【마도서의 봉인 보수】

의뢰가 들어오면 마도서의 봉인 결계 상태를 확인하는 것도
칠현인의 책무 중 하나다. 결계가 심하게 열화되면 마력이
새거나 기록된 술법이 폭주할 수 있으므로 해제하고 다시 건다.
그 외에는 간단한 보수 및 강화를 건다.

사일런트
위치 IV -after-

침묵의 마녀의 사건부
Casebook of the Silent Witch

Case I

네로
&
린즈벨퍼드

Case II

글렌 더들리
&
시릴 애슐리

모니카는 랜턴을 들고 서둘러 안쪽을 향해 달렸다.

네로를 머리에 올린 린이 발소리를 거의 내지 않고 모니카를 쫓았다.

네로가 린의 머리 위에서 아우성쳤다.

"이봐, 모니카.
어디 가는 거야!"

"서쪽 정원.
예상일 뿐이지만…… 막지 않으면,
큰일이 벌어질 거야."

사일런트 위치

IV

-after-

침묵의 마녀의 사건부

Casebook of the Silent Witch

이소라 마츠리

Illust

후지미 난나

Contents *Casebook of the Silent Witch*

프롤로그

칠현인과 도서관의 비밀

The Seven Wise Men and

the secret of the library

리디르 왕국 북서부에 있는 헤임즈 나리아 도서관은 리디르 왕국에서 가장 유명한 아스칼드 대도서관에 버금가는 역사 깊은 도서관이다.

헤임즈 나리아 도서관은 귀중한 구시대의 서적도 다수 보관하고 있으며, 장서나 그 건물 자체에도 역사적 가치가 있다.

그러나 슬프게도, 교통편이 치명적으로 좋지 않아 이용자는 매년 줄어들기만 했다.

덤으로 도서관을 관리하던 사서 일족도 대가 끊겨서, 헤임즈 나리아 도서관은 그리 머지않은 미래에 폐관되리라는 이야기가 나돌았다.

그런 헤임즈 나리아 도서관에서 접수원 아가씨 두 명이 잡담을 나누고 있었다.

"선배, 보세요. 너무 한가해서 내관객 명부에 꽃을 그리고 리본을 달아서 귀엽게 꾸몄는데 이게 회심의 완성도라……."

"부탁이니까 좀 똘똘해 보이는 얼굴로 앉아 있어. 오늘은 왕도에서 칠현인님이 보러 오신다잖아."

"칠현인이라니, 반년 전쯤에 두 명 교체되지 않았었나요? 새로 취임한 게 '결계의 마술사' 님하고…… 어어. 또 한 명은…… 누구였더라?"

"'결계의 마술사' 루이스 밀러 님, '침묵의 마녀' 모니카

에버렛 님이야. 오늘 보러 오시는 건 그 두 분하고 또 한 분, '심연의 주술사' 레이 올브라이트 님이야."

헤임즈 나리아 도서관은 마도서나 주술서를 다수 소장하고 있다. 그것들을 관리하기란 매우 어려워 물건에 따라서는 봉인 결계를 칠 필요가 있었다.

그래서 장서의 보수 및 봉인 강화 작업을 위해 칠현인이 온다고 한다.

"선배. '결계의 마술사' 님은 마법병단의 전직 단장이잖아요? 강하고 신사적이라니 굉장히 근사하네요. 에헤헤헤······ 연인 있으려나."

"절대로 사인을 조르거나 연락처를 물어보지는 마. 헤임즈 나리아 도서관의 품격을 낮추는 짓만큼은 그만둬."

"네~에."

후배 소녀가 기운차게 대답하던 그때, 환기를 위해 열어둔 창문에서 무언가가 덜컹거리며 굴러오는 소리가 들렸다.

마차 바퀴 소리와는 다른, 작은 짐수레나 운반차에서 나는 소리다.

오늘이 신간이 들어오는 날이었던가? 접수원 소녀들이 얼굴을 마주 보는데, 도서관 입구의 문이 열렸다.

문을 연 건 밤색 머리를 땋아 내린 남자였다. 여성적인 아름다운 용모에 오른 눈에는 외알 안경을 꼈다.

여름이건만 금실 자수가 들어간 로브를 입었고 오른쪽 어깨에 자기 키보다 긴 황금 지팡이를 멨다.

리디르 왕국에서는 상위 마술사일수록 지팡이가 길다. 그리고 자기 키보다 긴 지팡이를 가질 수 있는 건 단 일곱 명——마술사의 정점에 서는 칠현인뿐이다.

"평안하십니까. '결계의 마술사' 루이스 밀러라고 합니다. 관장의 의뢰를 받아 찾아왔습니다."

기품 있게 방긋 웃는 얼굴은 굉장히 아름다웠다……. 하지만 접수원 두 사람의 시선은 루이스 뒤에 못 박혔다.

루이스는 왼손에 로프를 쥐고 있었다. 그 로프는 그의 뒤에 있는 짐수레와 연결됐다.

아무래도 루이스는 이 짐수레를 로프로 당기면서 여기까지 온 모양이다.

작은 문 정도의 판에 바퀴를 달았을 뿐인 조악한 짐수레 위에는 루이스와 아주 비슷한 로브를 입은 인물 둘이 시체처럼 누워서 여름의 태양에 노출되어 있었다.

접수원 소녀들이 힐끔거리며 짐수레를 쳐다보자, 루이스는 더욱 아름답게 웃으며 말했다.

"도착하자마자 부탁드려 죄송합니다만, 물 한 그릇만 주시겠습니까?"

선배 소녀가 바로 짐수레에서 루이스에게로 시선을 돌리고 대답했다.

"오늘은 더우니까요. 바로 차가운 음료를……."

"아뇨. 그냥 물이면 충분합니다. 그리고 컵이 아니라 양동이에 부탁드립니다."

루이스는 그렇게 말하며 뒤에 있는 짐수레에서 축 늘어진 두 사람을 봤다.

"저기 있는 건어물에 쏟아부으려고 해서요."

루이스의 목소리가 들렸는지 안 들렸는지, 건어물 취급을 당한 두 사람이 짐수레 위에서 느릿느릿 일어났다.

"도, 도착……했나……."

"으으…… 매스꺼워어……."

먼저 일어난 건 보라색 머리 청년. 뒤늦게 짐수레에서 굴러떨어지듯 일어난 건 연갈색 머리를 엉성하게 땋은 조그만 체구의 소녀다.

새파란 얼굴로 입가를 가린 두 사람을 보고 루이스가 싸늘한 시선을 보냈다.

"두 분, 여기까지 옮겨 준 다정한 내게 뭔가 할 말 없나요?"

루이스가 차갑게 말하자, 보라색 머리 남자와 땋은 머리 소녀는 주변을 돌아보면서 "오햐아악." "피갸아악."이라며 각각 괴성이라고밖에 말할 수 없는 소리를 내질렀다.

"우오오오, 여름 태양에 눈이 따가워…… 여름이 나를 사랑하지 않아……. 섬세한 나는 건어물이 되고 말아…… 그늘, 그늘은 어딨어어어어어어……."

보라색 머리 남자는 두 눈을 손으로 가리면서 버둥거렸지만, 이윽고 땅을 기는 벌레처럼 사삭거리며 움직여서 도서관 접수대 옆에 있는 선반 그늘에 숨었다.

한편, 땋은 머리 소녀는 후드 위로 머리를 감싸며 웅크리더니 훌쩍거리며 울었다.

"히이잉…… 모르는 장소 무서워, 모르는 장소 무서워, 모르는 장소 무서워……. 으으, 으아아앙!"

소녀는 엉엉 울면서 엉기적거리는 둔한 달리기로 창가에 가서 커튼을 휘감았다. 그 모습은 마치 계절에 안 맞게 도롱이벌레 같았다.

"그늘…… 나를 사랑해 줘……."

"히이잉…… 훌쩍…… 돌아가고 싶어."

그늘에 사랑을 갈구하는 남자와 도롱이벌레가 된 소녀를 본 루이스가 깊은 한숨을 내쉬었다.

"두 분, 물을 담은 양동이에 머리를 처박고 싶지 않다면 슬슬 사람으로 돌아와 주시겠습니까?"

태도는 신사적이지만 발언이 하나하나 뒤숭숭했다.

입을 다문 접수원들 앞에서 루이스는 아무 일도 없었다는 듯이 내관객 명부를 들더니 리본이 장식된 표시를 보고는 "어라, 귀엽군요." 하고 중얼거렸다.

* * *

그것은 '침묵의 마녀' 모니카 에버렛이 제2왕자 호위 임무를 위해 산속 오두막에서 끌려 내려오기 대략 1년 전의 일.

사상 최연소인 15세에 칠현인으로 선발된 모니카는 왕도에서 떨어진 산속 오두막에 틀어박혀 개인적인 마술 연구나 수학에 관련된 일에 몰두하며 조용히 살았다.

동기인 루이스가 그런 모니카를 찾아온 것은 쨍쨍하게 맑은 어느 여름날 아침. 모니카가 밤새워 작성한 논문을 품에 안고 테이블 밑에서 평온하게 자고 있을 때의 일이었다.

산속 오두막은 대량의 서류와 책이 침대 위며 바닥을 점령했다. 그래서 모니카는 유일하게 여유가 있는 테이블 밑에서 몸을 둥글게 말고 자고 있는데, 입구 쪽에서 어이없다는 목소리가 들려왔다.

"동기님. 당신, 또 그런 곳에서 자고……."

"루이스 씨……? 필요한 서류가 있으면, 가져가, 세요……."

"나는 서류를 회수하러 온 게 아닙니다."

루이스는 서류투성이 바닥을 재주 좋게 이동해서 테이블 밑에서 졸던 모니카를 끄집어냈다.

"서류가 아니라 당신을 회수하러 온 겁니다. 동기님, 일입니다."

여기서 모니카의 기억이 끊겼다. 곯아떨어진 거다.

다음에 눈을 떴을 때, 모니카는 헤임즈 나리아 도서관으로 향하는 마차 안에 있었다.

"좋은 아침입니다. 동기님."

"…………."

"마차라서 미안하군요. 우리 정령이 있었다면 하늘을 훌쩍 날아갔겠습니다만, 그건 오늘 하루 사저(師姐)님에게 대출 중이라서요."

사과해야 할 건 이동 수단이 아니라 멋대로 데리고 나왔다는 점 아닐까. 이미 유괴나 다름없는 소행이다.

말문이 막힌 모니카의 눈에 비친 건, 마차의 동승자가 두 명이라는 점이었다. 한 명은 루이스, 또 한 명은 루이스와 같은 로브를 입은 보라색 머리 청년── 칠현인 중 한 명, '심연의 주술사' 레이 올브라이트다.

모니카는 칠현인이 된 지 반년 가까이 지났지만 사실 루이스를 제외한 칠현인과는 거의 말도 붙여본 적이 없다.

특히 레이는 회의에 얼굴을 거의 내비치지 않고, 가끔 모습을 드러내더라도 방구석에서 뭔가 투덜대며 중얼거릴 뿐이어서 더더욱 말을 걸기 힘든 분위기였다.

지금도 레이는 모니카와는 대각선 자리에 웅크려서 뭔가 투덜대며 중얼거리고 있었다.

모니카는 레이에게서 슬쩍 눈을 돌려 맞은편에 앉은 루이스에게 물었다.

"루이스 씨. 여, 여긴 어딘가요? 제가, 왜 마차에…… 이 마차, 어디로 가는…….'

"목적지는 헤임즈 나리아 도서관── 정확하게는 도서관에서 가장 가까운 로아라는 도시입니다."

루이스는 모니카의 마지막 질문에만 간결하게 대답했다.

헤임즈 나리아 도서관. 역사 깊은 유명한 도서관이라 모니카도 이름만큼은 들어봤지만 직접 가 본 적은 없다.

어째서 자신이 그런 곳으로 연행되는 걸까. 모니카의 의문에 답하듯이 루이스가 말을 이었다.

"도서관에서 주술서 복원과 마도서의 봉인 보수 의뢰가 왔거든요. 무려 400권 이상."

아무리 생각해도 하루에 끝날 양이 아니다. 아무리 빨라도 꼬박 이틀은 걸리는 양이다. 봉인의 종류에 따라서는 더 오래 걸려도 이상하지 않다.

"이렇게 대량의 봉인 작업을 하다간 내 목이 쉬지 않겠습니까?"

봉인 마술을 쓰려면 당연하게도 영창이 필요하다. 술법에 따라서는 수십 분에 걸쳐 영창을 이어 가야 할 때도 있다.

모니카는 얼굴을 실룩거렸다. 루이스가 하고 싶은 말이 뭔지 예상된 거다.

루이스는 성구를 읊는 성직자 같은 표정으로 가슴에 손을 대며 말했다.

"하지만 신께서는 나를 버리지 않으셨죠……. 나에게는 굉장히 믿음직한 동기가 있으니까요. 그 동기는 놀랍게도 이 세상에서 유일한 무영창 마술 사용자고요."

무영창으로 마술을 쓸 수 있는 마녀는 그 이명대로 침묵했다. 너무나 심한 횡포에 말문이 막힌 것이다.

루이스는 모니카의 태도는 아랑곳하지 않고 좌석 옆에 있는 천을 가리켰다.

"의자 등받이에 걸려 있어 가져왔습니다."

루이스가 내민 것은 모니카가 칠현인이 되었을 때 받은 정장용 로브다.

모니카가 로브와 루이스를 교대로 바라보자, 루이스는 웃으면서 모니카의 어깨를 두드렸다.

"그렇게 되었으니 무영창으로 가능한 봉인 작업을 잘 부탁합니다! 무영창으로는 못 하는 복잡한 결계 쪽은 내가 맡을 테니까요."

이건 횡포다.

그러나 빈손으로 끌려오다시피한 모니카가 거절할 수 있을 리 없었다.

헤임즈 나리아 도서관은 로아라는 도시에서 도보로 30분 정도 더 걸어가면 나오는 숲속에 있다.

예전에는 조금 더 도시에서 가까웠지만 1년 전에 산사태로 길이 막혀서 지금은 마차가 못 들어가는 좁은 길을 걸어가야 한단다.

그러나 로아에 도착한 무렵에는 모니카와 레이 두 사람이 마차 멀미와 여름 더위로 쓰러져서 도저히 도서관까지 걸어갈 몸 상태가 아니었다.

이런 때에도 몸이 좋아질 때까지 쉬자고 말하지 않는 것이 루이스 밀러다.

마차 안에서 독서를 하면서도 전혀 멀미에 시달리지 않은 루이스는 도시에서 짐수레를 빌리더니 거기에 모니카와 레이를 난잡하게 실었다.

그리고 짐수레를 밧줄로 당겨서 성큼성큼 헤임즈 나리아 도서관까지 걸어온 것이다.

* * *

짐짝처럼 끌려온 레이와 모니카는 루이스에게 잡혀서 그늘과 커튼에서 끌려 나와 도서관 최심부에 있는 마도서 전용 보관실로 연행되었다.

보관실은 비교적 아담한 방으로, 들어온 방향에서 오른쪽에 일정한 간격으로 책장이 다섯 개 놓여있다.

왼쪽에는 작업용 테이블이 있고, 책 복원 작업에 필요한 도구나 책 리스트 등이 제대로 마련되어 있었다.

루이스에게서 풀려난 레이는 테이블에 엎드려서 투덜대며 불평불만을 늘어놓았다.

"보통은 멀미가 난 동료를 도시에서 쉬게 해야 하잖아……. 짐짝처럼 끌고 오다니, 사람의 마음이 없는 것도 정도가 있지……."

"당신들이 기운 차리기를 기다렸다가는 해가 저물지 않습니까. 내가 뭘 위해 '침묵의 마녀' 님의 협력을 요구했는지 아십니까? 오늘 중에 작업을 끝내고 싶기 때문입니다."

루이스는 봉인 조치가 비교적 간단하게 끝나는 책과 시간이 걸리는 책을 나누면서 진지한 표정으로 말했다.

"내일은 약혼자와 데이트가 있거든요."

모니카와 레이는 저도 모르게 작업하는 손을 멈추고 루이스를 바라봤다.

젊은이 두 사람이 인간성을 의심하는 눈으로 바라봤지만 루이스는 아랑곳하지 않았다.

"약혼자와의 데이트 이상으로 우선해야 할 게 있습니까?"

루이스가 사뭇 당연하다는 듯이 말하자, 레이가 엄지손톱을 깨물면서 신음했다.

"젠자앙, 젠자앙, 질투 나……. 언젠가 나한테 약혼자가 생기면 똑같은 말로 반박해 주겠어……."

"아하하, 하시죠, 하시죠."

"어차피 나한테 약혼자 만들기 같은 건 무리라고 생각하는 거지이이이이! 젠자앙, 젠자앙, 다름 아닌 내가 제일 그렇게 생각한다고! 저주해 주겠어, 저주해 주겠어! 데이트하다가 바지 엉덩이 부분이 찢어져서 크나큰 창피를 당하는 저주를 걸겠어어어어!"

"내 약혼자는 관대해서 바지가 찢어져도 꿰매 줄 겁니다."

루이스가 태연하게 대답하자, 레이는 눈을 까뒤집으며 의자에서 굴러떨어졌다.

그런 안쓰러운 주술사는 심장 주변을 누르고 움찔거리며 경련했다.

"저주가 염장질에 반사됐어……. 비참해서 내 마음이 죽었어……. 사인, 비참사(死)……."

루이스는 바닥에서 경련하는 동료에게는 눈길도 주지 않고 분류가 끝난 책 더미를 모니카에게 밀었다.

"아, 동기님. 이쪽 마도서에 내화 술식이 들어간 3급 봉인을 부탁합니다."

"네, 네에……."

모니카는 힐끔거리며 레이를 신경 쓰면서 루이스에게 책 더미를 받았다.

리디르 왕국에서 마술서와 마도서는 명확하게 다른 것으로 취급한다.

일반적으로 마술을 쓰는 방법이나 이론을 기록한 교본을 마술서라고 부르고, 이것들은 책으로 분류한다.

한편, 책이라는 매체에 특수한 도료로 마술식을 기록해서 그 마술식을 읽기만 해도 마술을 발동할 수 있는 것을 마도서라 부르며, 이쪽은 책이 아니라 마도구의 일종으로 취급한다.

일찍이 마도구가 지금처럼 발달하지 않았던 시대에 마도서는 누구나 간단히 마술을 발동할 수 있는 편리한 도구로 요긴하게 쓰였다고 한다.

그러나 마도서는 약간의 오염이나 파손으로도 마력이 새거나 기록된 술법이 폭주하는 일이 적지 않았다. 아무래도 종이라는 매체인 이상 열화가 빠르다.

마도서 이후에 개발된 현대 마도구는 80% 이상이 광석에 마술식을 새기고 마력을 부여한 물건이다.

이런 현대 마도구는 마력을 담기만 해도 발동하고 영창도 필요 없다. 마술 지식이 없어도 미약한 마력만으로 발동할 수 있다.

그에 비하면 마도서는 직접 읽어야 하고 관리도 어렵다. 그래서 마도서는 자연스럽게 쇠퇴해 갔다.

이에 곤란해진 것이 마도서를 다수 보유한 도서관이었다.

마도서는 관리가 힘들기에 보유하는 것만으로도 파산할 만큼 돈과 수고가 든다.

그래서 최근에는 미사용 마도서에는 봉인 결계를 치는 게 일반적이었다. 그게 가장 안전하면서 낮은 코스트로 관리하는 방법이니까.

(이 책의 봉인 술식 상태는…….)

모니카는 루이스가 분류한 마도서의 봉인 상태를 확인했다.

심하게 열화됐다면 해제해서 다시 건다. 그 이외에는 간단히 보수하고 강화한다. 그리고 열화 상태와 복원 내용을 종이에 기록하는 것까지가 일련의 흐름이다.

(열화는 경미. 흐트러진 봉인 보수. 보강…… 정착 완료.)

모니카는 무영창으로 열화된 마도서를 보수하고, 짬짬이 그 내용을 기록했다.

무영창 마술 사용자인 모니카의 경우, 봉인 술식을 거는 것보다 상태 확인이나 기록 작업 쪽이 훨씬 오래 걸렸다.

"저기, 루이스 씨……. 이쪽 산더미, 봉인, 끝났어요."

모니카가 50권째 책을 테이블에 쌓자, 루이스는 깃펜을 움직이던 손을 멈추고 만감을 담아 중얼거렸다.

"이럴 때 당신은 마술사로서는 참 유능하다고 생각한단 말이죠. 이 짧은 시간에 이만한 양의 봉인을 끝내다니……."

봉인술은 결계술의 일종으로 마술 중에서도 비교적 난이도가 높다.

모니카는 모든 결계술을 무영창으로 쓸 수 있는 건 아니지만, 간단한 봉인 정도라면 무영창으로도 가능했다.

그렇기에 양이 많은 봉인 작업에서도 모니카의 부영창 마술은 매우 요긴했다.

한편, 루이스가 작업하는 건 더욱 강고하고 복잡한 고도 봉인 술식이다.

이쪽은 위험성이 높은 마도서에 거는 술식으로, 당연하지만 술식을 기동하는 데 상당한 수고가 든다.

루이스의 직함은 '결계의 마술사'. 방어 결계나 봉인 결계 등 각종 결계술에 있어서는 국내에서 그를 능가하는 자가 없다.

그런 루이스가 거는 봉인 술식은 마치 고도의 건축물처럼 정교하고 치밀하게 계산되어 있었다.

결계술은 마술식에 관한 깊은 이해력과 바늘에 실을 넣는 듯한 치밀한 마력 조작 기술, 이렇게 양쪽 모두가 필요하다.

루이스는 그 모든 부문에서 높은 수준을 유지하기에 최소의 마력으로 최적의 결계를 만들어 낸다. 이건 모니카도 흉내 못 내는 기술이다.

모니카가 루이스의 결계술을 슬쩍 관찰하는데, 루이스가 책장으로 눈을 돌렸다.

"그럼 봉인 작업이 끝난 책을 책장으로 돌려놓을까요."

"네⋯⋯."

루이스는 산더미처럼 쌓인 책을 가볍게 들어 올렸다. 그는 굳이 따지자면 마른 체구지만 마법병단에 소속되었던 만큼 마력도 체력도 모니카와 비할 바가 아니다.

힘이 없는 모니카는 두꺼운 책 다섯 권을 들어 올리는데도 팔이 아팠다.

(으으, 무거워⋯⋯.)

바람 마술을 써서 들어 올려도 되겠지만 이후에도 봉인 작업이 계속되는 걸 고려하면 마력은 아껴 두고 싶었다.

모니카는 가느다란 나뭇가지처럼 앙상한 팔을 부들부들 떨면서 한 권씩 책을 책장에 돌려놨다.

그렇게 테이블과 책장을 부지런히 왕복하는데, 뒤에서 목소리가 들려왔다.

"이봐⋯⋯."

당장에라도 사라질 듯한 가늘고 우울한 소리는 레이의 목소리였다.

처음에는 루이스에게 말을 건 줄 알았지만 레이의 분홍색 눈은 명백하게 모니카를 보고 있었다.

모니카는 곧장 손에 든 책을 안고 얼어붙었다.

같은 칠현인이지만 모니카는 레이와 대화다운 대화를 나눈 적이 없으니까.

"네, 네헷. 무슨 이리신가혀……!"

긴장해서 흠칫거리며 떠는 모니카에게 레이가 어두운 목소리로 말했다.

"'침묵의 마녀'에게 묻고 싶은데…… 주술서는 일반적으로 좋은 인상이 아니지?"

주술서란 주술을 다루는 법을 기록한 책으로 주술서 자체가 저주받은 건 아니다. 마술서와 마찬가지로 책으로 분류된다. 이번 작업에서 레이가 불려온 건 이 주술서의 복원작업을 위해서다.

주술은 마술과는 비슷하면서도 다르고 술식 계통은 완전히 다르다. 그래서 아무나 복원할 수 있는 게 아니었다.

그렇기에 칠현인 중 유일하게 주술사를 자칭하는 레이를 부른 것이다.

"주술서는 갖고 있기만 해도 저주받을 것 같다거나, 뭔가 불길하게 생각하지?"

"죄, 죄송해요. 잘 모르겠, 어엽."

"이런 표지로 바꾸면…… 여자아이가 기뻐할까?"

그렇게 말한 레이는 책 한 권을 들었다.

그것은 레이가 표지를 복원하던 주술서였다. 조금 전 힐끔 봤을 때는 말라붙은 피를 방불케 하는 검붉은 표지였는데 지금은 완전히 다른 표지가 붙어있었다.

연한 분홍색 표지에는 꽃다발을 품에 안은 귀여운 소녀 그림이 그려져 있다.

화룡정점으로 제목에 이르러서는 『주술 입문』이었던 것이 『처음 시작하는 행운의 주술』로 바뀌어 있었다.

책 표지에 쓰인 종이도 도료도 마도서 복원에 사용되는 것이다. 마력 부여된 식물이나 광물을 가공한 대단히 비싼 물건이다.

그걸 호화롭게 써서 귀여운 리본과 꽃을 그린 표지를 본 모니카는 할 말을 잃었다.

모니카가 굳은 표정으로 우두커니 서 있자, 책을 정리하던 루이스가 작업을 멈추고는 진심으로 아무래도 좋다는 표정으로 말했다.

"쓸데없는 노력 박람회라도 열 생각입니까?"

"쓸데없다고 하지 마! 귀, 귀엽잖아?! 이 도서관의 내관객 명부가 귀여웠으니까, 참고한 거야……. 이러면 여자아이도 읽기 쉬울까 해서……."

아무래도 이 귀여운 표지는 주술의 인상을 좋게 만들려는 레이 나름의 분투인 모양이었다.

하지만 이건 표지 복원이라기에는 도가 지나쳤다. 거의 다른 물건이 됐다.

모니카는 조심조심 끼어들었다.

"저기, 책을 쓴 분에게, 혼나는 게……."

"저자는 나야."

"그래도 도서관 사람이 곤란한 게…….."

책 제목이 바뀌면 책의 리스트와 일치하지 않게 된다.

모니카가 그렇게 지적하자, 레이는 잠시 고민하더니 손뼉을 한 번 쳤다.

"그럼 『주술 입문~처음 시작하는 행운의 주술~』로 해 두자……. 주술 입문이라는 글자를 작게 줄이면 얼버무릴 수 있어……. 크큭. 이러면 주술의 꺼림칙하고 기분 나쁘다는 편견이 없어질 거야……."

모니카는 다시금 레이가 고치는 표지를 가만히 바라봤다.

레이는 그림 재주가 있는지 터치가 섬세했고 그림은 대단히 귀여웠다.

허나…… 아무리 귀여운 표지라도 내용은 주술 지도서다.

루이스가 어이없어하며 코웃음 쳤다.

"주술서 같은 건 타인을 불행하게 하는 방법을 기록한 책이잖습니까? 그런 책의 표지를 귀엽게 만들어서 어쩌겠다는 겁니까."

"바, 바보 취급하지 마……. 주술 중에는, 자신감을 올리는 저주도 있으니까!"

"호오? 저주로 자신감을 올리다니, 구체적으로 어떻게 하는 거죠?"

루이스가 묻자 레이는 입꼬리를 올리면서, 그야말로 사악한 주술사다운 얼굴로 웃었다.

그리고는 잔뜩 뜸을 들이면서 말했다.

"듣고 놀라지나 마시지. 자신감을 올리는 저주……. 그건 타인의 양말에 구멍을 뚫는 저주야!"

루이스는 말없이 착석하고는 묵묵히 봉인 작업을 재개했다.

들을 가치도 없다는 듯한 루이스의 태도를 본 레이가 테이블을 두드리며 울부짖었다.

"마지막까지 들으라고오!"

"네네."

루이스가 대충 말한 맞장구를 듣자 레이는 불만스러운 표정을 지었지만 이내 모니카를 돌아보고 자랑스럽게 말했다.

"싫어하는 놈의 양말에 구멍을 뚫고 『저 녀석은 구멍 뚫린 양말을 신었지만, 나는 구멍이 없는 양말을 신었다고.』라고 말해서 자신감을 올리는 거지……. 『주술은 사람을 괴롭히기 위해 있다.』라는 올브라이트가(家)의 가르침에 따라 타인을 괴롭히면서 자신감을 올리는 저주인 거야……."

"그게에……."

모니카가 뭐라 답해야 할지 몰라 곤란해하자, 루이스는 진심으로 시시하다는 듯 중얼거렸다.

"동기님. 초라하다고 솔직하게 말해 주세요."

"초라하다고 하지 마! 그 밖에도 피술자의 꿈에 나타나서 괴롭히는 저주도 있다고! 크큭……. 꿈속이라면 평소에 못하는 말도 마음껏 할 수 있단 말이지……."

"직접 얼굴을 보고 말하면 되지 않습니까."

"그걸 못 하니까 주술이 있는 거라고오오오……!"

레이는 진심으로 루이스가 밉살스럽다는 듯이 테이블을 두드렸다.

루이스는 질색한 표정으로 흔들리는 잉크병을 잡았다.

"흔들지 마세요. 잉크가 넘치지 않습니까."

"여자아이는 행운의 주술 같은 거 좋아하잖아아아아! 그럼 진짜 주술도 좋아할 수 있는 거 아니냐고오……!"

레이가 그렇게 외치자 모니카는 곤란해졌다.

애초에 모니카는 행운의 주술 같은 것에 흥미가 없다. 오히려 술식으로 설명할 수 있는 진짜 주술 쪽이 훨씬 흥미롭다고 생각한다.

모니카가 우물쭈물하며 손가락을 꼬자, 루이스가 깃펜을 움직이며 중얼거렸다.

"행운의 주술이라면 내가 학생일 때도 유행했었죠. 그립군요."

루이스는 모니카와 같은 마술사 양성기관 미네르바 출신이다.

견습 마술사인 미네르바 학생이 효과가 의심스러운 행운의 주술에 흥미를 가지다니, 모니카는 의외였다.

"미네르바에서도, 행운의 주술이 유행했었, 나요?"

기본적으로 연구실에 틀어박혔던 모니카는 학생들 사이의 유행을 전혀 모르고 월반해서 졸업했기에 잘 와닿지 않았다.

모니카가 고개를 갸웃하자, 루이스는 작업하던 손을 멈추고 모니카를 바라봤다.

"미네르바만이 아니라 학자들 사이에서도 유행했지요. 꽃 소품에 아침이슬이 맺히게 하면 행운의 부적이 된다거나, 파란 잉크로 연애편지를 쓰면 서로 맺어진다거나……. 지금 재학생 중에도 아는 사람이 있지 않을까요?"

(꽃 소품에 아침이슬? 파란 잉크로 연애편지?)

당연하지만 모니카는 그런 행운의 주술 같은 건 들어본 적이 없다.

모니카는 팔짱을 끼고 미간에 주름을 잡았다.

"마력 부여를 한다면 아침이슬보다 순수한 물이 더 좋고, 마도서 전용 잉크로 정신 간섭 술식을 적는 거면 몰라도, 그냥 파란 잉크로 연애편지를 써서 어떻게 서로 좋아하게 되는지 모르겠는데요."

모니카가 마술사다운 견해를 입에 담자, 루이스가 살짝 어깨를 으쓱하며 웃었다.

"아침 이슬 같은 건 준비하는 것도 귀찮고, 파란 잉크는 고급품이잖습니까? 그런 평소와는 다른 특별한 걸 사용하는 것으로 자신감을 올리는 겁니다. 즉, 기분 내기죠. 기분 내기."

"네에……."

평소와는 다른 특별한 물건으로 자신감을 올린다──. 모니카는 그런 감각을 이해할 수 없었다. 그런 불확실한 것에 매달리기보다 수식을 생각하며 마음을 진정시키는 게 훨씬 낫지 않을까.

(행운의 주술……. 분명, 나하고는 평생 인연이 없겠지.)

모니카는 마음속으로 그렇게 중얼거리고 천천히 작업으로 돌아갔다.

"그런데 주술사님."

루이스가 작업하는 손을 멈추지 않고 입을 열었다.

테이블에 달라붙어 있던 레이는 눈만 데구루루 움직여서 루이스를 바라봤다.

"내 마음은 상처받았어……. 폭언은 듣고 싶지 않아……."

"애초에 주술서는 열람 허가가 필요한 전문서 아닙니까. 일반서라면 몰라도 읽을 수 있는 사람이 한정된 전문서의 표지를 소녀용으로 바꾸다니 죽을 만큼 무의미하지 않습니까?"

팩트였다. 그리고 때때로 팩트는 폭언보다 잔혹하게 사람의 마음을 후벼 파는 법이다.

레이는 "끄헉!" 하고 피를 뿜는 듯한 목소리를 내더니 테이블에 엎어진 채 움직이지 않았다.

"저, 저기, 루이스 씨……."

"동기님. 이쪽 책을 책장으로 돌려놔 주시겠습니까?"

루이스는 이제 레이는 돌아보지도 않고 봉인을 끝낸 책을 쌓았다.

모니카는 묵묵히 책을 안고 책장으로 향했다.

"영차……. 후우."

안고 있던 책의 마지막 한 권을 책장에 돌려놓은 모니카는 이마에서 흐르는 땀을 닦으며 책장을 구석구석까지 바라봤다.

모니카는 책을 넣을 때 독자적인 규칙에 따라 수납하는 안 좋은 버릇이 있지만 지금은 제대로 저자명 순서대로 넣고 있다.

내심 다시 바꿔 넣고 싶어서 근질근질하며 책장을 바라보던 모니카는 문득 위화감이 들었다.

(뭐지? 뭔가, 아까 책장과는 다른 것 같은데…….)

몇 걸음 물러나 멀찍이서 책장 전체를 바라보자 위화감의 원인을 바로 알 수 있었다.

방 오른쪽에 놓인 다섯 개의 책장 중, 앞쪽 책장 네 개는 10단인데 안쪽 책장만 9단이었다.

(책장 크기 자체는 똑같은데 왜 가장 안쪽 책장만 한 단 적은 걸까?)

같은 크기의 책장인데 단수를 줄이면 당연히 한 단의 높이가 조금 올라간다. 하지만 가장 안쪽 책장은 큰 판형의 책을 넣은 것 같지는 않았다.

만약 이 책장에 책이 빼곡히 들어차 있었다면 모니카는 위화감 없이 그대로 놔뒀을 것이다.

그러나 마도서 봉인 작업 중인 지금, 책장은 거의 비어있다. 그래서 모니카가 알아챌 수 있었다.

가장 안쪽 책장의 제일 아랫단 안쪽 판에 부자연스러운

이음매와 홈이 있었다. 홈은 손가락을 걸기에 딱 좋은 크기였다.

(이 책장은 방의 오른쪽 모퉁이에 딱 들어맞게 설치되어 있어……. 그렇다면…….)

모니카는 홈에 손가락을 걸고 책장의 안쪽 판을 옆으로 밀었다.

모니카의 상상대로 안쪽 판은 옆으로 움직였고 그 너머에 공간이 나타났다. 공간은 깜깜해서 뭐가 있는지 보이지 않았다.

"동기님. 뭘 하는 겁니까?"

바닥에 이마를 대고 책장의 가장 아랫단에 손을 집어넣은 모니카를 루이스가 의아한 듯 내려다봤다.

"루이스 씨, 여기에 부자연스러운 공간이……."

모니카가 말을 전부 끝마치기보다 먼저, 모니카의 오른 손목에 무언가가 휘감겼다.

어? 그렇게 생각한 순간, 모니카는 손목을 휘감은 무언가에 끌려들어 가듯이 책장 안쪽으로 떨어졌다.

(에에에에에에에엥? 뭐야? 뭐야아아아아?!)

모니카가 아무리 높은 계산 능력이 있고 무영창으로 마술을 쓸 수 있다 해도 혼란스러운 상태에서는 정확한 마술식을 구축할 수 없다.

(뭐야 이거, 뭐야 이거, 뭐야 이거어어어?!)

느껴지는 건 무언가가 오른 손목을 당기는 감각과 부유

감. 모니카는 어딘가로 떨어지고 있었다.

비명조차 지르지 못한 채 낙하하는 모니카의 머리 위에서 루이스의 영창이 들려왔다. 이건 비행 마술 영창이다.

"동기님!"

그 순간, 모니카의 로브 등쪽을 누군가가 난폭하게 잡았다. 누구인가—— 말할 것도 없다. 비행 마술을 사용한 루이스다. 아무래도 모니카를 쫓아서 책장 안쪽으로 뛰어들어 구해 준 모양이다.

주변은 깜깜해서 어떤 상황인지 잘 몰랐지만 비행 마술을 사용한 루이스가 모니카의 로브를 잡고 공중에서 멈췄다는 건 알 수 있었다.

"루, 루, 루이스, 씨……!"

"조명."

"네헷!"

모니카는 무영창으로 자기 손끝에 작은 불을 켰다.

그러자 모니카의 오른 손목에 휘감긴 무언가가 불에 겁먹었는지 스르륵 떨어졌다.

"저건…… 식물의, 덩굴?"

그렇게 중얼거린 모니카는 마술로 켠 불을 조금 키워서 주변을 비췄다.

모니카와 루이스가 있는 공간은 건물로 따지면 3층 정도 높이다. 두 사람은 그 중간 쯤에 멈춰 있다.

모니카가 켠 건 작은 불이라서 공간 전체의 모습은 알 수 없었지만 부자연스러울 만큼 넓었다. 최소한 조금 전까지 모니카와 루이스가 작업하던 방보다는 훨씬 넓다.

그리고 식물의 덩굴이나 나무뿌리 같은 게 그 지면 일대를 가득 메우면서 꿈틀대고 있었다.

조금 전 모니카의 손목을 휘감은 얇은 덩굴도 있고, 사람 팔보다 두꺼운 덩굴이나 나무뿌리도 있다. 그것들이 천천히 꾸물거리며 꿈틀대는 광경은 무수한 뱀이 지면을 가득 메운 것 같았다.

로브를 잡혀서 대롱대롱 흔들리는 모니카를 옆구리에 낀 루이스가 혀를 찼다.

"마력을 띠고 비대화한 식물……. 매우 불길한 예감이 드는군요. 동기님. 조금 더 넓은 범위를 비출 수 있겠습니까?"

모니카는 수긍하며 불을 크게 키워 비추는 범위를 넓혔다.

아마 이 공간은 원래 작은 비밀 방이었으리라. 그야말로 그 책장 뒤에서 내려와도 다치지 않을 만큼 작은 방이었을 게 틀림없다. 일부 인공물의 흔적이 있다.

그런데 이 식물들이 억지로 계속 파내서 이런 넓은 공간이 생긴 것이다.

"감지 마술을 쓰겠습니다. 조명은 그대로 유지. 공격이 온다면 처리 부탁합니다."

루이스는 짧게 지시를 내리고 영창을 시작했다. 감지 마술이다.

일반적으로 마술사가 동시에 유지하는 마술은 두 개까지

다. 루이스는 지금 비행 마술을 유지하고 있기에 감지 마술을 사용하면 다른 마술은 못 쓴다.

그동안 조명 유지와 방어는 모니카의 역할인 셈이다.

식물은 모니카와 루이스를 적이라 판단했는지 덩굴 일부가 이쪽으로 뻗어 왔다.

모니카는 루이스에게 안긴 불안정한 자세를 유지하면서 무영창으로 바람 칼날을 만들어 덤덤히 덩굴을 잘라 냈다.

(덩굴이 생각보다 단단해……. 마력을 띠었구나.)

모니카가 십여 개의 덩굴을 처리하자, 루이스가 입을 뗐다.

"보였습니다. 저곳……. 저 나무뿌리 주변에 강한 마력 반응이 있군요."

아마 그 무언가가 이 상황의 원흉이리라.

문제는 그걸 섣불리 공격할 수 없다는 점이다.

모니카의 예상대로라면 저곳에 있는 것을 파괴할 시, 사태가 악화할 게 분명하다. 루이스도 그걸 아는 것이리라. 그는 험악한 표정으로 덩굴 무리를 노려봤다.

"그럼 어떻게 처리해야 할지……. 한 번 위로 돌아가서 태세를 다잡아야 하나."

루이스가 중얼거린 그때, 두 사람의 머리 위에서 "으아아아아앗?!"이라는 비명이 들렸다. 레이의 목소리다.

모니카는 머리 위를 올려다보고 뒤늦게 눈치챘다. 떨어진 구멍을 통해 덩굴 몇 개가 도서관 쪽으로 뻗어 있었다.

이윽고 덩굴에 휘감긴 레이가 구멍에서 주르륵 떨어졌다.

레이는 그대로 낙하하지 않고 덩굴 끝에서 붕붕 흔들렸다.

"이, 이게 어떻게 된 일이야……. 혹시, 나는 식물에 사랑받는 재능이 있었던 건가……?! 사, 사랑받고 있어? 나는 식물에 사랑받고 있는 건가!"

모니카는 할 말을 잃었다.

레이는 기대감으로 눈을 반짝이고 있지만, 아무리 봐도 덩굴이 포식하려는 것으로만 보인다.

루이스는 어이없다는 듯이 한숨을 내쉬었다.

"저 사람, 의외로 긍정적이군요. 타인의 양말에 구멍을 뚫으면서까지 자신감을 올릴 필요는 없지 않을까요?"

"그게……. 저기, 구해야……"

모니카가 무영창 마술로 바람 칼날을 만들려 하자, 루이스는 그걸 제지하고 레이에게 말을 걸었다.

"주술사님. 유감이지만 당신은 사랑받는 게 아닙니다. 그 식물이 잡아먹으려는 겁니다. 딱하기도 하지."

"사, 사랑받는 게 아니었구나…… 나, 나나나나는, 농락당한 건가!"

식물에게 농락당한 남자는 자신을 구속하는 덩굴을 밉살스럽다는 듯이 노려보고 낮은 목소리로 신음했다.

"사랑받는 줄 알았는데…… 그런 줄 알았는데……. 미워미워미워! 나를 농락한 이 식물이 미워……. 저주하겠어저주하겠어저주받아라아아아아."

레이가 중얼거리며 빠르게 영창하자, 그의 왼쪽 뺨에 있는 문양이 보라색으로 빛나더니 공중으로 스르륵 떠올랐다.

문양은 레이를 구속하는 덩굴에 달라붙어서 혈관처럼 가늘고 길게 뻗어 침식했다.

"나를 사랑하지 않는다면, 두 번 다시 꽃도 열매도 못 맺은 채 말라비틀어져라."

레이를 구속하던 덩굴이 갈색으로 변색되며 쪼그라들었다.

덩굴은 구속력을 잃었고 휙휙 흔들리던 레이의 몸은 덩굴 무리로 툭 떨어졌다.

그러자 이번에는 레이가 떨어진 지점을 중심으로 저주 인장이 침식하며 덩굴이 속속 시들어갔다.

마치 악몽과도 같은 광경을 바라보던 루이스가 만감을 담아 중얼거렸다.

"주술사님은 적진에 내던졌을 때 제일 빛나는군요."

이 사람은 동료를 뭐라고 생각하는 걸까.

모니카가 "흐에엑……."이라고 작게 소리치자, 루이스는 외알 안경을 밀어 올리며 중얼거렸다.

"자, 그럼. 슬슬 회수하기로 할까요. 동기님. 남은 덩굴의 처리를 부탁합니다."

"네, 네에……."

지면을 가득 메운 식물은 레이의 힘으로 이미 30%는 시들어 버렸다. 시들지 않은 부분도 움직임이 많이 둔해졌다.

루이스는 한 손으로 모니카를 안은 채 비행 마술을 써서 나무뿌리가 집중된 곳으로 급강하했다.

식물들이 마지막 발버둥이라는 듯 루이스에게 덩굴을 뻗었지만, 모니카가 다루는 바람 칼날에 잘려 나갔다.

"나무뿌리, 앞쪽 두 개."

모니카는 루이스가 가리킨 나무뿌리를 겨눴다.

모니카는 지금 조명용 불을 유지하고 있다. 그렇기에 쓸 수 있는 마술은 하나뿐이다. 헛되이 쓸 수는 없다.

(좌표축 문제없음. 예상 마력 함유량으로 도출되는 강도는…….)

모니카는 덩굴에 함유된 마력량으로 나무뿌리의 강도를 산출해서 그에 맞춘 위력이 되게 바람 칼날을 조절했다.

단순하게 위력이 높은 마술을 꽂아 넣는 건 간단하다. 하지만 그러면 나무뿌리 밑에 있는 물건이 파괴되고 만다.

(이걸로…….)

모니카가 날린 바람 칼날은 정확하게 루이스가 지시한 나무뿌리만을 절단해서 조각냈다.

루이스가 입가를 올리고 사납게 웃었다.

"좋은 실력이군요."

루이스는 모니카를 안은 손과 반대쪽인 왼손을 나무뿌리의 잔해에 꽂았다. 그리고 무언가를 잡아서 끄집어냈다.

루이스가 손에 쥔 건 검은 가죽 표지에 마법진이 찍힌 마도서였다. 오래됐는지 곳곳이 상했고 마법진도 많이 흐릿하다.

루이스는 재빨리 봉인 결계를 영창했다. 루이스의 손끝에서 나온 마력은 금색 사슬로 형태를 바꿔 검은 마도서를 뒤

덮었다. 그 사슬의 고리는 하나하나가 마술식으로 만들어
진 강고한 결계다.

이윽고 사슬은 마도서에 딱 달라붙어서 사라졌다. 이윽고
마도서에는 사슬을 구성하는 마술식이 옅게 떠올라 있었다.

"봉인 완료."

그 말과 동시에 덩굴과 나무뿌리가 힘을 잃고 픽픽 땅에
떨어졌다.

마력을 잃은 식물은 레이의 저주에 침식되어 허망하게 말
라비틀어지며 사라졌다.

* * *

식물 잔해투성이인 비밀 방에서 원래 방으로 돌아온 세
사람은 각자 의자에 앉았다.

체력이 없는 모니카와 레이는 완전히 기진맥진했지만, 루
이스는 평소와 변함없는 태도로 검은 마도서를 확인했다.

테이블에 턱을 올린 레이가 분홍색 눈을 움직여 마도서를
노려봤다.

"결국, 만악의 근원인 그 책은 뭐였던 거야?"

"글자가 일부 흐릿해졌지만 저자명은 알 수 있군요. 저
자…… 레베카 로즈버그."

저자명을 들은 레이와 모니카가 눈을 크게 떴다.

"초대 '가시나무의 마녀' 잖아!"

"어, 어, 그렇게 굉장한 마도서였던 건가요?!"

초대 '가시나무의 마녀' 레베카 로즈버그는 리디르 왕국에서 그 이름을 모르는 자가 없는 전설의 마녀다.

그녀는 식물 조작에 뛰어났고 조종하는 장미는 식인 장미 요새라 불리며 천 명 넘는 군세를 피범벅으로 만들었단다.

'가시나무의 마녀' 로즈버그는 리디르 왕국의 마술사 명문가 출신으로 칠현인에는 항상 로즈버그가(家) 당주의 이름이 올라간다.

현 칠현인에도 5대 '가시나무의 마녀'가 취임해 있다.

"저기, 루이스 씨……. 초대 '가시나무의 마녀' 님의 마도서는 굉장히 귀중한 게……."

모니카가 소곤소곤 말하자, 루이스는 살짝 끄덕였다.

"아마 이 도서관을 관리하던 일족의 사람이 마도서 붐이 일었을 때 입수한 것이겠죠. 그것도…… 위법적인 루트로."

그 말을 듣자, 모니카도 대략적인 사정을 읽을 수 있었다.

소유자는 위법적인 루트로 입수한 이 마도서를 도서관에 숨기고 봉인 결계를 쳤다.

그러나 이 헤임즈 나리아 도서관을 관리하는 일족은 대가 끊기고 말았다.

지금은 그 일족 중 누가 마도서의 소유자였는지 모른다. 비밀 방의 마도서를 아는 사람마저 사라지고 말았다.

그렇게 세월이 흘러 마도서도 봉인 결계도 열화된 것이다.

"이 마도서엔 식물 조작 마술이 기록돼 있겠죠. 그 마술식이 누설돼 비밀 방 주변에 있던 식물에 영향을 끼친 겁니다."

거기서 말을 끊은 루이스가 살짝 어깨를 으쓱했다.

"이 도서관에 오는 도중에 산사태로 길이 막혔었죠? 그것도 이 식물이 벌인 짓일 겁니다. 여기저기에 뿌리를 뻗었던 모양이니까요."

비밀 방은 원래 있던 공간보다 넓고 깊게 파여 있었다. 그 과정에서 도서관 주변 토지나 식물에 영향을 끼쳤다는 건 말할 것도 없다.

레이가 콧잔등에 주름을 잡으며 신음했다.

"어, 어쩜 이리도 민폐 끼치는 마도서인 거야."

"민폐인 건 마도서를 제대로 관리 안 한 사람입니다. 살아 있다면 위자료와 봉인 수고비를 청구했겠지만…… 하아."

루이스는 안타깝다는 듯 한숨을 내쉬었다.

아무리 위자료와 수고비를 청구하려고 해도 이미 마도서의 소유자와 그 일족은 살아 있지 않다.

초대 '가시나무의 마녀'의 마도서는 헤임즈 나리아 도서관의 책 목록에 없다. 현 관장은 모르쇠로 일관하겠지.

루이스는 마도서에 떠오른 봉인 술식을 손으로 어루만졌다. 그가 조금 전 건 것은 영창이 짧게 끝나는 만큼 지속 시간이 짧은 간이 봉인이다. 초대 '가시나무의 마녀'의 마도서쯤 되면 당연히 다시 최상위 봉인을 걸 필요가 있다.

"최상위 봉인을 걸고, 비밀 방에도 현장 보존 봉인을 하고, 이번 일의 보고서를 작성하고……."

늘어난 일을 손가락으로 꼽던 루이스는 벽에 있는 시계로 눈을 돌렸다.

이미 저녁에 가까운 시간이지만 마도서 봉인 작업은 아직 절반 이상 남았다.

"이렇게 되면 철야해야 합니다. 도서관 책임자에게 체재 허가를 받아 올 테니 잠깐 기다리세요."

"왜 나까지……."

"말했잖습니까. 난 내일 데이트가 있다고요."

외알 안경에서 루이스의 눈이 뒤숭숭하게 번쩍이며 빛났다.

그 거부를 용납하지 않는 기백 앞에서 모니카와 레이는 묵묵히 작업을 재개했다.

숲속에 있는 헤임즈 나리아 도서관은 아침이 되면 들새가 지저귀는 소리가 여기저기에서 들려온다.

이른 여름 아침의 기분 좋은 시원함 속에서 모니카는 새들의 합창을 들으며 깃펜을 놓았다.

"마지막 한 권, 끝, 났어요오……."

"나도, 복원 작업 완료……."

모니카와 레이가 교대로 말하자, 루이스도 마지막 한 권의 봉인을 끝내고 지팡이를 놓았다.

그리고 그는 의자 등받이에 등을 맡기고 다크서클이 낀 눈으로 천장을 올려다봤다.

"봉인 완료입니다. 이제 데이트에 늦지 않겠군요……."

"저기이, 루이스 씨. 데이트는 몇 시부터 하시나, 요?"

모니카가 묻자, 루이스는 의자에 기대던 몸을 일으키며 답했다.

"정오에 왕도 리르타리아 공원 분수 앞에서 보기로 했죠."

"으엑?! 그, 그러면…… 지금이면 늦은 게……."

헤임즈 나리아 도서관에서 왕도까지는 빠른 말을 타고 가더라도 도착하면 밤이다. 마차라면 더 오래 걸린다.

그러나 루이스는 입꼬리를 들고 큭큭 웃었다.

"이런 일도 있을까 해서 나의 계약 정령을 불러 놨죠."

루이스는 바람의 상위 정령과 계약한 희귀한 마술사다.

인간은 마력 소비가 심해 장시간 비행 마술을 쓰는 건 불가능하지만 바람의 상위 정령의 힘이라면 루이스를 왕도까지 보내기란 쉽다.

루이스는 품에서 에메랄드 반지를 꺼냈다. 에메랄드 안에는 어렴풋이 마술식이 떠올라 있다. 저건 정령과 계약했다는 증표인 계약석이다.

루이스는 그 반지를 들고 빠르게 영창했다.

"계약에 따라 어서 오너라. 풍령(風靈) 린즈벨피드!"

루이스의 부름에 응하듯 창밖에서 한 줄기 바람이 불었다.

마력을 동반한 그 바람은 황록색 빛의 입자를 둘렀다.

그 바람 속에서 떠오른 것은 루이스의 계약 정령……이 아니라 한 장의 종이.

하늘하늘 떨어진 종이에는 잘 썼다고는 말하기 힘든 글자로 이렇게 적혀 있었다.

『인간에게는 휴가라는 문화가 있다고 배웠기에 현재 그것을 실천 중입니다.

일주일 정도 돌아가지 않겠으니 양해해 주십시오.

린즈벨피드』

루이스의 관자놀이에 푸른 핏대가 떠올랐다.

"이이이이이, 글러먹은 메이드가아――!"

루이스는 종이를 꾸깃꾸깃 구겨서 쓰레기통에 던져 버리고는 지팡이를 움켜쥐고 빠르게 영창을 시작했다.

그 영창을 들은 모니카와 레이는 놀라서 눈을 크게 떴다.

"루이스 씨. 서, 설마, 비행 마술로……?!"

"아무리 생각해도 무리잖아?! 사람의 마력으로는 왕도에 도착할 때까지 못 버텨!"

루이스는 움직이기 편하게 로브 앞섶을 열고 창틀에 발을 걸쳤다.

"반한 여자를 위해서라면 이 정도쯤 무리한 축에도 안 들어갑니다."

루이스는 땋은 머리를 꼬리처럼 휘날리면서 창문에서 날아올랐다.

이른 아침의 하늘로 사라져가는 루이스의 모습을 배웅한

레이가 나지막하게 중얼거렸다.

"젠자앙……. 언젠가 말해 보고 싶어, 저 대사……."

　이렇게 역대 장거리 비행의 국내 기록에 육박하는 기세로 비행 마법을 써서 날아간 루이스 밀러는 아슬아슬하게 약속 장소에 도착했지만 최후의 순간에 마력이 고갈되어 약속 장소인 분수에 추락.

　관대한 약혼자는 루이스의 무모함에 화내면서도 마력이 고갈된 그를 성심성의껏 간호했다고 한다.

막간 아침 이슬이 나르는 행운을 당신에게

"에취."

약혼자와의 데이트를 위해 비행 마술을 쓴 결과, 마력이 고갈돼 분수에 추락한 '결계의 마술사' 루이스 밀러는 자택 소파에서 재채기했다.

그 후, 마력 고갈로 휘청거리면서 분수에서 기어 나온 루이스는 약혼자의 손에 집까지 연행됐고 젖은 로브는 강제로 갈아입게 되었다.

그때 보여준 약혼자의 멋진 수완은 말귀를 못 알아듣는 환자를 다루는 의사와도 같았다. 실제로 그의 약혼자는 의사다.

루이스가 소파에 앉아서 콧물을 훔치자, 진한 갈색 머리를 한데 모은 여자가 빠르게 돌아왔다. 그녀가 루이스의 사랑하는 약혼자, 로자리다.

마른 천을 들고 돌아온 로자리는 강한 손짓으로 루이스의 머리를 마구 닦았다.

"저기, 로자리. 아픕니다. 저기……."

"머리가 마르면 한동안 누워있는 게 좋아. 마력 결핍증은 때때로 중대한 후유증을 불러오기도 하니까……."

"괜찮습니다. 나는 마력이 떨어져도 뛰어다닐 자신이 있어요."

"의사의 충고는 진지하게 들어."

루이스의 약혼자는 관대하지만 환자에게는 무척이나 엄한 사람이었다. 지금 그녀가 루이스를 보는 눈은 연인이 아니라 환자를 보는 눈이다.

아아, 모처럼의 데이트였는데!

(게다가 오늘은…….)

루이스는 힐끔거리며 기대감 어린 눈으로 약혼자를 바라봤다.

"오늘은 내 생일인데요."

"그러게. 축하해."

"……."

"선물은 아까 당신을 닦을 때 쓴 손수건이야. 나중에 빨아서 말린 뒤에 줄게."

지방에 따라 다소 차이가 있지만 생일이라면 가족이나 연인과 축하하는 법이다. 친한 친구라면 그 뒤에 꽃이나 과자 같은 소정의 선물 정도를 준다.

생일에 데이트를 하게 되었으니 달콤한 분위기가 되리라 기대했는데 현실은 환자 대우다. 이대로 가면 식사도 환자식이 나올 것만 같았다.

어떻게 해야 성실한 연인의 마음을 끌 수 있을까 고민하던 루이스가 소파에서 팔짱을 끼고 고민하자, 로자리가 옆에 앉았다.

"무릎베개는 머리 위치가 너무 높아져서 그다지 피로가 풀리지 않을 거야."

그래서 침대에서 자라는 걸까.

루이스가 입을 열려는데, 로자리가 작은 목소리로 소곤거렸다.

"하지만 그렇게 해서 당신이 쉬어 준다면…… 무릎을 내주는 것도…… 싫지는 않은데."

로자리의 귀는 아주 조금 빨개져 있었다.

루이스는 그대로 연인을 안아 주고 싶은 충동을 꾹 참았다.

여기서 끌어안았다가는 강제로 침대에 들어가게 될 거다.

"그럼 호의를 받아들여서……."

로자리의 무릎에 머리를 맡긴 루이스는 그녀의 얼굴을 올려다보았다. 그리고 옆머리에 작은 헤어핀이 꽂힌 것을 알아챘다.

작은 꽃장식이 들어간 그 헤어핀은, 루이스가 학생 시절에 로자리에게 선물한 것이다.

"그 헤어핀……."

로자리는 아무 말도 하지 않고 루이스의 눈을 한 손으로 가렸다.

입 다물고 자라며 압박하는 한편으로 쑥스러움을 감추고 있는 거라 믿고 싶다.

루이스는 눈을 감고 그 헤어핀을 샀을 때를 떠올렸다.

행운의 주술이라니 바보 같기는…….

그렇게 내뱉으면서도 잉크 가게에서 파란 잉크병을 들고 그 가격에 전율했다.

그래서 아직 학생이었던 루이스는 필사적으로 아침이슬을 찾아 돌아다녔다.

꽃 소품에 아침 이슬을 묻혀 행운의 부적으로 만들기 위해.

"잘 어울리네요."

루이스는 자신의 눈가를 덮은 약혼자의 손목을 잡고는 그 손을 치우며 씨익 웃었다.

사건 I

검은 고양이 탐정의 망(亡)추리

~불량아의 서서 읽기 대작전~

The black cat detective's

stray reasoning

리디르 왕국 제2왕자 펠릭스 아크 리디르는 세렌디아 학원 남자 기숙사의 자기 방에서 소파에 앉아 대량의 서류를 훑어보고 있었다.

서류 내용은 90%가 이틀 전에 열린 학원제에 관한 것들이다.

학원제에서는 무대에서 일어난 사고 등등 예기치 못한 사태가 있었지만 전체적으로는 학생도 교사도 내빈도 만족시켰다.

내빈으로 초청된 국내외 중진과도 연결고리를 만들었고 펠릭스의 조부 크록포드 공작도 급제점 정도로는 평가한 모양이었다.

물론 학원제가 끝난 뒤에도 펠릭스는 할 일이 많다.

학원제 뒷정리 지시, 학원제 동안 일어난 각종 트러블의 뒤처리, 감사장 내용 확인, 경비 재검토 등등.

세렌디아 학원은 학원제 다음 날부터 뒷정리를 위해 이틀간 휴교한다. 그 이틀간 펠릭스를 필두로 학생회 임원들은 모두 등교해서 뒷정리에 여념이 없었다.

지금은 학원제 뒷정리 이틀째 밤.

내일부터는 다시 정상적으로 수업이 시작된다. 펠릭스는 그 전에 훑어봐야 하는 서류가 산더미처럼 있었다.

(감사장은 엘리엇과 브리짓 양에게 맡기면 문제없겠지.)

학생회 서기인 두 사람은 모두 사교계에서 발이 넓고 접대도 능숙하므로 학원제 당일에는 내빈 접대, 그 이외에는 초대장, 감사장 등의 작성을 맡았다.

엘리엇은 화사하고 보기 좋은 글을 쓰고, 브리짓은 외국어에 능통해서 다른 나라에서 온 내빈에게도 대응할 수 있다.

두 사람이 쓴 감사장 내용을 확인했는데, 학원제에서 나눈 대화 내용이나 상대 영지의 화제도 절묘하게 들어가서 더할 나위 없이 높은 완성도였다.

펠릭스는 다음 서류를 훑어봤다.

(각 부문장, 클럽장의 보고를 벌써 정리한 건가. 역시 시릴이야. 작업이 빨라.)

이런 보고는 제출이 늦는 부문장, 클럽장이 매년 나오는 법인데 시릴은 빠르게 사전 작업을 마친 데다 펠릭스가 읽기 쉽게 보고 내용을 정리했다.

자존심이 강한 부문장이나 클럽장에게 신뢰받는 시릴이기에 가능했다.

그 이외의 트러블 같은 자잘한 보고는 서무인 닐이 제대로 모아 목록을 정리했다.

남작 영식인 닐은 학생회 임원 중에서는 지위가 낮아 보이지만 '조정자의 가계'인 그의 능숙한 관리와 교섭 능력은 모두가 인정하는 부분이었다.

다른 학생회 임원이 놓치기 쉬운 디테일을 제일 먼저 알아채는 것도 대부분 닐이었다.

(역시 닐이 있어 주니 도움이 많이 되네.)

닐을 차기 학생회장에 앉히기 위한 사전 작업을 슬슬 진행해도 괜찮을지 모른다.

그런 걸 머리 한구석에서 생각하던 펠릭스는 다음 서류를 집었다.

가느다란 글자로 적은 숫자가 빼곡하게 늘어선 그것은 회계 보고서다.

"와아……."

무심코 목소리가 나온 건, 아무리 생각해도 학원제가 있고 이틀 만에 작성할 내용이 아니었기 때문이다.

제출 기한은 학원제가 끝나고 2주 뒤라고 말했을 텐데, 분명 이 서류를 작성한 인물은 희희낙락 계산에 몰두해서 서류를 완성한 것이리라.

학생회 회계 모니카 노튼은 높은 계산 능력을 가졌고 동시에 숫자를 편애한다.

뭐니 뭐니 해도 펠릭스의 몸이 황금비라는 참신한 칭찬을 하고 긴장하면 성구 대신 수식을 외울 지경이다.

펠릭스와 대화를 나누는 것보다 회계 보고서를 재검토할 때 더 활기차 보이는 괴짜다.

(모니카의 능력은 묻히게 두기에는 아까워.)

케르벡 백작과 그 영애에게 냉대받는 모니카의 힘이 되고 싶지만, 케르벡 백작은 동부의 대귀족이다.

그 군사력은 국내에서도 영향력을 발휘해 왕족인 펠릭스라도 간단히 간섭할 만한 상대가 아니다.

(케르벡 백작 영애…… 이자벨 노튼 양과 교류할 수는 없을까?)

이자벨을 아군으로 끌어들이고 싶은 사람은 이 세렌디아 학원에도 많이 있다. 다름 아닌 펠릭스도 마찬가지다.

지금 이자벨은 제1왕자파, 제2왕자파 어느 쪽에도 속하지 않고 중립파로 능숙하게 행동하고 있었다.

(이자벨 양과는 신나게 개인적인 취미 이야기를 할 수 있을 것 같은데 말이지.)

개인적인 취미── 그 구체적인 내용을 생각한 펠릭스는 한숨을 내쉬었다.

한동안 학원제 일로 바빠서 그는 차분하게 취미를 만끽하지 못했다.

콜랩튼에서 모니카와 마담 카산드라의 저택에 묵은 뒤로 그는 취미로 산 책을 읽지 못했다.

이 일이 끝나면 자기 전에 조금 읽기로 하자. 그런 생각을 하면서 서류를 확인하던 펠릭스는 남은 몇 장의 서류를 들어 올렸다.

마지막 서류는 학원제 관련이 아니다. 국내 어느 유명 도서관이 폐관되어 장서 일부가 세렌디아 학원에 기증된다는 연락이었다.

기증되는 책의 리스트를 별생각 없이 바라보던 펠릭스는

숨을 삼키고는 눈을 크게 떴다.

"윌! 윌! 윌디아누! 큰일이야!"

펠릭스의 목소리에 응하듯이 상의 주머니에서 하얀 도마
뱀이 작은 머리를 내밀었다.

물의 상위 정령 윌디아누는 매우 가느다란 물색 눈으로
펠릭스를 올려다보고는 딱딱한 목소리로 물었다.

"왜 그러십니까? 마스터."

비상사태인가 싶어 경계하는 윌디아누를 손등에 올린 펠
릭스는 리스트에 기재된 저자명을 손으로 훑었다.

"기증되는 책 중에, '침묵의 마녀'의…… 레이디 에버렛
의 논문이 있어!"

"…………."

하얀 도마뱀은 뭔가 말하고 싶은 눈치로 주인을 올려다보
면서 침묵했다.

펠릭스는 감격했는지 뺨을 장밋빛으로 물들이고는 윌디아
누에게 떠들어 댔다.

"게다가 그 무영창 마술 사용자인 '침묵의 마녀'가 단축
영창을 언급하는 논문! '침묵의 마녀'라면 마술식에 관한
지식이 깊고 새로운 마술식을 수없이 만든 것으로 유명하
지만, 그런 사람이 제창하는 마술식 단축 방법이라니…….
'침묵의 마녀' 팬이라면 필독해야 하지 않겠어? 윌디아누."

"마스터……. 저기, 당신은 마술에 관한 책은……."

윌디아누의 진언을 듣자, 펠릭스는 살짝 눈썹을 내리깔고

는 안타까운 듯 웃었다.

"그래, 알아. 도서실에서 책을 빌리면 기록이 남으니까."

펠릭스도 안다. 자신이 도서실에서 빌린 책의 기록을 조부 크록포드 공작이 정기적으로 확인한다는 것을.

마술 공부가 금지된 펠릭스는 이 학원에서 마술서 종류를 빌릴 수 없다. 그런 짓을 했다가는 분명히 크록포드 공작의 눈에 들어간다.

크록포드 공작의 권력 아래에 있는 한, 펠릭스는 읽을 책의 자유조차 없는 것이다.

(그래도…… 읽고 싶어.)

이 학원에, 손이 닿는 거리에 동경하는 사람의 책이 있는 거다.

서서 읽을 뿐이라면 가능할지도 모른다. 하지만 누군가에게 마술서를 읽는 모습을 들키는 건 매우 좋지 않은 일이다.

(서서 읽는 동안에는 월디아누에게 감시를 맡기고 여차하면 환술로 얼버무릴까? 아니…… 안 돼.)

마술서를 보관하는 제2도서실은 마도서도 몇 권 보유하고 있다.

마술을 다루는 법을 기록한 교본 같은 성질이 강한 마술서와 달리, 마도서는 마력이 부여된 마도구의 일종. 그렇기에 정령의 간섭을 피하는 결계가 쳐져 있다.

그 결계가 있는 이상, 월디아누는 제2도서실에 접근할 수 없다.

어떻게든 동경하는 이의 책을 읽을 수 없을까 하고 갈등하던 펠릭스의 머리에 떠오른 건, 한 명의 소녀.

"좋아. 그 사람에게 협력을 부탁하자."

"그 사람?"

윌디아누가 의아하게 묻자, 펠릭스는 장난스럽게 윙크했다.

"나의 불량아 동료야."

* * *

모니카는 뺨을 꾹꾹 누르는 발바닥 젤리의 감촉을 느끼며 눈을 떴다.

무거운 눈꺼풀을 들자, 익숙한 다락방 천장과 이쪽을 내려다보는 금색 눈의 검은 고양이가 보였다.

검은 고양이—— 모니카의 사역마 네로는 앞발로 모니카의 이마를 꾹 누르면서 의기양양하게 말했다.

"『범인은…… 너다!』"

"무슨 소리야……?"

모니카가 꾸물대며 일어나면서 묻자, 침대 옆에 있던 메이드복 차림의 미녀—— 린이 인사했다.

그리고 메이드로 변한 정령은 아침 인사라도 하는 듯한 말투로 말했다.

"'침묵의 마녀' 님…… 범인은 당신이었군요."

"저기, 그러니까, 범인이라뇨?"

모니카가 당혹스러워하자, 린은 책 한 권을 들었다.

제목은 『명탐정 캘빈 올콕의 사건부』.

"요즘 유행하는 추리소설입니다."

과연, 네로와 린 두 사람은 이 추리소설에 빠진 모양이다. 그야말로 자다 일어난 모니카를 탐정 놀이에 끌어들일 만큼.

"모니카, 알고 있냐? 탐정은 무지 멋있다고! 그 어떤 어려운 사건도 탁월한 두뇌로 척척 해결한다니까."

"으~음……."

네로는 탐정에 로망이 있는 모양이지만, 모니카가 아는 탐정은 이른바 정보상의 일종이다.

외도 조사나 반려 고양이 수색 등등 사적인 조사에 이용한다는 것이 모니카가 탐정에 가진 인식이다. 하지만 이 추리소설에 등장하는 탐정 캘빈 올콕 씨는 헌병단을 제치고 화려하게 사건을 해결한다는 모양이다.

"대부호의 저택에서 살인사건이 일어나는데 피해자는 밀실에서 가슴을 꿰뚫려 죽어 있었어. 그리고 흉기는 어디에서도 발견되지 않았지!"

네로는 사라진 흉기와 밀실의 수수께끼로 열변을 토했다.

모니카는 느릿느릿 옷을 갈아입으면서 별로 흥미 없다는 투로 말했다.

"원격 마술로 바람 화살을 쏜 게 아닐까?"

"용의자 중에 마술사는 없었거든."

"비행 마술로 도망친 거지?"

"그러니까 마술사는 등장하지 않는다고!"

"그럼 마도구……."

"그런 것도 없어!"

"범인은 정령……."

"범인은 인간이야. 그 녀석은 지혜를 쥐어짜서 깜짝 놀랄 만한 트릭을 말이지……."

네로가 그 트릭을 말하려 하자, 린이 재빨리 네로를 안아 들었다.

"검은 고양이님, 안 됩니다. 추리소설의 트릭을 까발리는 행위는 읽지 않은 분의 즐거움을 빼앗으니까요."

"과연, 분명 그렇지."

네로는 앞발로 자기 입을 막았다.

모니카는 추리소설에 흥미가 없고 읽을 예정도 없기에 트릭이 까발려져도 상관없었다.

"범인이 마술을 못 쓴다면 마술을 쓸 수 있는 사람을 고용하면 되지 않을까?"

모니카가 볼레로를 걸치며 말하자, 네로는 어이없다는 시선을 보냈다.

"너…… 추리소설은 트릭을 써야 하는 법이잖냐."

"그야, 크게 공들인 트릭을 쓸수록 비합리적이라고 생각하니까……."

"비합리적, 이라아……."

네로는 뭔가 말하려는 듯이 책상 쪽을 힐끔 바라봤다.

모니카는 이제 네로는 신경 쓰지 않고 머리를 묶으며 몸단장을 했다.

학원제 뒷정리 기간이 끝나서 오늘부터 정상 수업이 시작된다. 너무 느긋하게 있을 수는 없다.

"나, 잠깐 물 좀 떠오게."

네로와 린에게 그렇게 말한 모니카는 계단으로 이어지는 문을 열었다.

모니카가 다락방을 나간 뒤, 네로와 린은 얼굴을 마주했다.

"저건 비합리적이지?"

"네. 비합리적이죠."

추리소설 『명탐정 캘빈 올콕의 사건부』에서 명탐정은 이렇게 말한다.

——아무리 사소한 일이라도 일상에 숨은 위화감을 놓쳐서는 안 된다네. 자네들이 비합리적이라고 느끼는 것의 반대편에 범인의 진의가 숨어있으니까.

네로는 경쾌하게 책상 위로 뛰어올랐다.

이 다락방에는 학원제 전과 후에 달라진 점이 두 가지 있다.

첫 번째는 책상 위에 장식된 하얀 장미다.

"이 장미를 본 적이 있습니다. '침묵의 마녀' 님이 학원제 때 착용하고 계셨던 것이죠."

"그러고 보니 이 리본도 달려 있었지."

가시를 쳐낸 하얀 장미는 줄기에 파란 리본이 묶여 있었다.

모니카는 학원제 날에 가지고 온 이 장미를 유리병에 꽂아서 장식했다. 일부러 물을 뜨러 간 건 이 병에 있는 물을 갈기 위해서다.

일반적으로 마술로 정제한 물은 마력을 함유해서 마시기 좋지 않다. 그건 식물에게 주는 물도 마찬가지다.

평소 모니카는 자기가 마실 때는 딱히 신경 쓰지 않고 마술로 생성한 물로 커피를 탄다.

그런 모니카가 저 장미 한 송이를 위해 일부러 물을 뜨러 간 것이다.

네로가 아는 한, 모니카에게는 잘린 꽃을 꽃병에 꽂아서 돌보는 감성 같은 건 없었다.

예전에 네로가 멋대로 꽃을 따서 가지고 왔을 때는 그걸 애지중지하기는커녕 그저 벌레를 쫓는 허브용으로 현관에 매달아 뒀을 정도였다.

그런 모니카가 방에 장미꽃을 장식하다니, 범상치 않았다.

그리고 다락방에 늘어난 것이 또 하나 있다.

창가에 수많은 하얀 꽃이 삼베 끈에 묶여 매달려 있다.

"이건 무슨 꽃이야? 이 몸은 꽃 이름은 잘 모른단 말이지."

"저도 자세히는 모르지만 이건 화단의 꽃이 아니라 들꽃인 모양이네요."

린의 말대로 꽃은 소박한 들꽃뿐이었다.

꽃의 색은 모두 하얗지만 형태는 다양했다. 꽃잎이 방사

형으로 늘어선 꽃도 있고 종형인 꽃도 있다.

이것들은 학원제가 끝나고 뒷정리 기간인 이틀 동안 모니카가 어딘가에서 따왔다.

그런 걸 매달아서 어쩔 거냐고 네로가 묻자, 모니카는 말리는 거라고 말했다.

"이 몸. 처음에는 벌레 쫓는 허브를 매단 건 줄 알았는데. 그런 느낌의 냄새는 안 난단 말이지."

"네. 특히 지금은 겨울이 가까워지는 시기고 벌레가 줄어드는 계절입니다. 벌레를 쫓는 의도로 매단 것이라고는 생각하기 힘들죠."

학원제가 끝나고 소중하게 꽂아 놓은 하얀 장미. 창가에 매달아서 건조 중인 하얀 들꽃.

모니카답지 않은 이 비합리가 의미하는 건 무엇인가?

"이건 사건의 냄새가 나네요."

"그래, 사건이야."

모니카에게 솔직히 물어보면 대답이 돌아오리라는 건 알지만, 두 사람은 탐정 놀이를 하기 위한 사건을 원했다.

네로는 재주 좋게 앞발로 팔짱을 끼고는 씨익 웃었다.

"사건이라면 탐정이 나설 차례겠지?"

"조수로 유능한 메이드장은 어떠신가요? 탐정님."

"검은 고양이 탐정과 조수 메이드장. 좋네. 뭔가 무척 강해 보여."

네로와 린은 서로 고개를 끄덕이고는 창문을 열고 다락방을 나섰다.

얼마 뒤 주전자를 들고 돌아온 모니카는 갑자기 네로와 린이 사라지자 고개를 갸웃거리면서도 분명 산책하러 갔겠지 하며 납득하고 하얀 장미의 물을 갈았다.

* * *

학원제가 끝나고 이틀간의 휴교 기간이 지난 오늘의 첫 수업은 선택 과목이다.

모니카는 체스와 승마를 선택했고 오늘 수업은 승마였다.

오랜만에 승마복으로 갈아입은 모니카는 오늘도 뒤에 있는 펠릭스에게 부축을 받으면서 승마 연습에 힘썼다.

"놀랍네. 전보다 훨씬 나아졌어."

모니카 뒤에서 펠릭스가 감탄한 듯 말했다.

모니카는 기뻐서 입꼬리를 꿈틀거리며 움직였다.

스스로는 숙달했는지 아닌지는 잘 모르겠지만 최소한 말 위에 있는 걸 전만큼 무서워하지 않는다는 건 사실이다.

(비행 마술 연습, 해서 다행이야.)

최근 모니카는 빈 시간에 빗자루에 걸터앉아 비행 마술을 연습한다.

아직 안정되었다고는 말하기 어렵지만 비행 마술을 연습하면서 균형 감각이 조금은 단련된 모양이다.

"숨어서 연습이라도 했어?"

"저기, 그런 느낌, 이에요⋯⋯."

모니카가 수줍어하며 대답하자, 펠릭스가 뒤에서 손을 뻗어 고삐를 쥔 모니카의 손에 자기 손을 겹쳤다.

"그러면 오늘은 가볍게 달려 볼까?"

"으⋯⋯ 네, 넷⋯⋯!"

모니카는 달리는 건 아직 무섭다는 말은 삼켰다.

비행 마술이나 댄스도 그렇지만, 실제로 경험하고 감각을 몸으로 배우지 않으면 익힐 수 없는 게 있다.

언제까지고 말을 걷게만 해서는 만족할 수는 없다.

펠릭스가 말의 배를 걷어차자 말은 천천히 달려서 중상급자용 코스로 향했다.

(어, 어라? 어디 가는 거야?!)

초심자용 기초 코스를 달린다고만 생각했던 모니카는 새파래지면서도 균형 유지에 애썼다.

말은 점점 숲속으로 나아갔다.

예전에 이 코스를 지났을 때는 나무에 빨간색이나 노란색 잎이 남아있었지만 지금은 그것들도 대부분 떨어져서 겨울이 도래했음이 느껴졌다.

(이 주변은, 거의 꽃이 안 핀 것 같네⋯⋯.)

조금 커다란 꽃이 피어 있었다면 따고 싶었다고 마음속으로 생각하는데, 펠릭스가 코스 중간에서 말을 멈췄다.

그리고 말은 코스에서 벗어나 옆길을 나아갔다. 모니카는 이 길을 기억하고 있었다.

(전하의 비밀 산책로네…….)

여기서부터는 정규 코스가 아니라 길이 좁아서 말을 달리게 하기는 어렵다.

모니카가 말을 천천히 걷게 하는 펠릭스에게 물었다.

"오늘도, 마법전 견학, 인가요?"

"응. 그것도 있지만…… 실은 네게 부탁하고 싶은 게……."

펠릭스가 뭐라 말하려던 그때, 숲속에서 화려한 폭발음이 들렸다.

저건 화속성 마술을 썼을 때의 소리다. 아무래도 마법전이 시작된 모양이다.

펠릭스는 폭발음에 놀란 말을 진정시키면서 마법전을 볼 수 있는 위치까지 이동했다.

숲속의 조금 탁 트인 곳에는 마법전용 결계가 쳐져 있다. 이 결계 안에서는 마술 공격을 받아도 다치지 않지만 대신 마력이 소모되는 구조다.

"시릴 애슐리! 오늘이야말로 내가 이기겠다!"

그렇게 목소리를 높인 건 짧은 금발의 덩치 큰 남학생이었다. 에전에 여기서 마법전을 견학했을 때, 시릴과 대치했던 것도 저 사람이었다.

저 사람의 이름은 고등과 3학년, 바이런 갈레트. 마법전 클럽의 클럽장이다.

바이런은 빠르게 영창했다. 영창이 전부 들린 건 아니지만 무척 짧았기에 모니카는 저것이 단축 영창이라고 판단했다.

바이런이 전방에 손을 휘두르자 화염창이 생성되어 똑바로 시릴을 향해 날아갔다. ——그러나 조준이 어설프다. 시릴은 피하지도 않았고, 화염창은 근처 나무에 부딪혀서 사라졌다.

(아마 단축 영창에 익숙하지 않은 거야. 마술식 제3절과 제5절의 단축이 틀렸으니까. 마력 밀도도 내려갔고 명중률도 떨어졌어.)

그래도 바이런은 익숙하지 않은 단축 영창을 되풀이했고 이번에는 불화살을 10개 정도 만들어서 시릴을 노렸다.

위력은 떨어지더라도 숫자를 늘린 만큼, 불화살 몇 개는 시릴을 향해 날아갔다. 그러나 불화살이 직격하는 것보다 먼저 시릴이 얼음벽을 생성해 불화살을 튕겨 냈다.

그리고 시릴은 얼음벽을 유지한 채 무릎을 꿇고 손끝으로 지면을 매만졌다. 그의 손끝에서 가느다란 얼음 덩굴이 생성되어 지면을 따라 바이런에게 뻗어갔다. 바이런은 그걸 눈치채지 못했다.

바이런이 필사적으로 단축 영창을 읊는 사이, 얼음 덩굴은 바이런의 발밑에 도착해 신발 끝을 건드렸다.

그러자 얼음 덩굴이 단숨에 부풀어 다리를 얼렸다.

바이런이 발밑에 정신이 팔렸을 때 이미 시릴은 다음 마술을 발동하고 있었다. 얼음 화살이 비처럼 바이런에게 쏟아졌다. 같은 단축 영창이라도 정밀도가 전혀 다르다.

(시릴 님은 마력량이 많고 마력 조작도 견실해…… 단축 영창을 틀리지 않고 쓰는 걸 보면 마술식의 이해도도 높아. 얼음 이외의 마술도 쓴다면 상급 마술사를 노릴 수 있지 않을까?)

모니카가 그런 생각을 하는데, 펠릭스가 천천히 말을 몰았다.

"시릴, 또 실력이 늘었네."

"그게, 굉장, 하네요."

펠릭스는 "그러게."라며 짧게 맞장구쳤다.

그 목소리는 부드럽고 다정했지만 어딘가 부러워하는 느낌이 있었다.

(역시 전하는…… 마술 공부를 하고 있구나.)

어째서 이 사람에게는 마술 공부가 금지된 걸까? 극단적으로 마력량이 적다거나 하는 체질적인 문제라도 있는 걸까?

"그러고 보니, 전하. 아까, 저한테 부탁하고 싶은 게 있으시다고……."

"응."

펠릭스는 마법전 결계에서 떨어진 곳에 가서 말을 멈췄다.

"모니카."

귓가에 이름을 속삭이자, 모니카는 흠칫 어깨를 떨었다.

고삐를 쥔 모니카의 손에는 펠릭스의 손이 올라가 있다. 그 손에 살짝 힘이 담겼다.

"불량아 동료인 나에게 힘을 빌려줬으면 좋겠어."

모니카는 천천히 돌아보면서 '아이크'라고 입 밖에 내지 않고 속으로 중얼거렸다.

올려다본 펠릭스는 진지하면서도—— 어딘가 절박한 눈으로 모니카를 바라봤다.

모니카는 침을 삼키고 주변에 시선을 보냈다. 네로와 린도 근처에는 없을 거다. 그걸 확인한 모니카는 입을 열었다.

"저한테, 부탁이라는 건……."

"헤임즈 나리아 도서관을 알아?"

예상 밖의 이름을 들은 모니카는 눈을 동그랗게 떴다.

국내에서도 손꼽히는 역사를 자랑하는 헤임즈 나리아 도서관은 모니카가 갓 칠현인이 되었을 무렵, 마도서 봉인 작업을 위해 루이스에게 끌려갔던 도서관이다.

(초대 '가시나무의 마녀' 님의 마도서가 발견돼서 큰일이었지…….)

모니카는 그때의 소동을 떠올리면서 펠릭스에게 고개를 끄덕였다.

"그게, 헤임즈 나리아 도서관…… 이름만이라면 알아, 요."

"헤임즈 나리아 도서관이 얼마 전에 폐관되었거든. 장서의 일부가 세렌디아 학원 도서실에 기증되었어. 그 안에……."

펠릭스의 손에 힘이 담겼다. 열기를 띤 목소리가 절박한 듯 모니카에게 속삭였다.

"'침묵의 마녀'의 논문이 있지."

"끄에엑."

모니카가 목에서 소리를 냈다.

동요했지만 끝내 낙마하지 않은 자신을 칭찬하고 싶었다.

"부탁이라는 게…… 설마……."

"도서실 대여 기록에 남으니까 나는 마술서 종류를 빌릴 수가 없어……. 하지만……."

올려다본 펠릭스의 얼굴은 열기를 띠고 주홍빛으로 물들어서 마치 사랑하는 사람을 이야기하는 것처럼 몽롱했다.

"어떻게든…… 읽고 싶거든. 하지만 대여 기록에 이름을 남기지 않고 책을 읽으려면 그 자리에 서서 읽을 수밖에 없지. 그것도 내가 마술서를 읽는 걸 누구에게도 들키지 않게 몰래 말이야."

"다시 말해서, 어어……."

"내가 서서 읽는 동안 망을 봐 줬으면 좋겠어."

제2왕자의 호위 임무를 맡은 지 이미 몇 달이 지났다.

설마 그 호위 대상이 자신에게 서서 책을 읽는 동안 망봐 달라고 부탁하는 날이 오리라고 어떻게 상상할 수 있을까.

"저, 제가 그 책을 빌리고, 전하께 빌려드리는, 건요……?"

이른바 다시 빌려주기는 그다지 칭찬받을 일은 아니지만 사정이 사정인 만큼 어쩔 수 없다.

최소한 서서 읽는 것보다는 질책받을 확률이 훨씬 낮아질 거다.

그러나 펠릭스는 씁쓸한 표정으로 고개를 가로저었다.

"그것도 생각해 봤지만, 넌 기초 마술학 수업을 이수하지 않았잖아? 그런데 마술서를 빌린다면 부자연스러워 보일 수 있어."

확실히 칠현인이라는 정체를 숨기는 모니카도 마술서 대여 기록을 남기고 싶지는 않았다.

뭔가 문제가 생겨서 어째서 마술서를 빌렸는지 추궁당한다면 도망칠 길이 없어진다.

(헤임즈 나리아 도서관에 내 논문 같은 게 있었구나……. 대체 어떤 논문일까? 내용에 따라서는 읽는 데 상당한 시간이 걸릴 텐데…….)

모니카는 남몰래 신음하면서 펠릭스에게 말했다.

"저기, 마술서는 읽는 게 어렵, 잖아요? 서서 읽는 걸로 다 읽기는, 힘들지 않을지……."

"속독과 암기에는 자신이 있어."

"…………."

그 대단한 재능은 좀 더 다른 곳에 활용해야 하지 않을까?

(그래도…… 그렇게까지 해서라도, 읽고 싶은 거구나…….)

아이크가── 모니카의 유일한 밤놀이 동료가 그렇게까지 갈망한다면 힘이 되어 주고 싶었다.

모니카는 고삐를 꽉 쥐고 펠릭스를 올려다봤다.

"저는, 언제 도와드리면, 될까요?"

그때, 모니카는 펠릭스의 표정이 확 밝아진 것을 분명히 봤다.

"기증된 책이 도서실에 진열되는 건 오늘 방과 후부터야. 다행히 오늘은 학생회 모임이 없어……. 힘을 빌려주겠어?"

모니카가 고개를 끄덕이자, 펠릭스는 눈썹을 내리고는 안도와 환희가 섞인 표정으로 고맙다고 중얼거렸다.

* * *

"네 이놈, 네 이놈 시릴 애슐리! 내가 또다시 패배하다니!"

점심시간. 마법전 클럽의 클럽장 바이런 갈레트는 마법 역사 연구 클럽의 연구실을 찾아 투덜대고 있었다.

짧은 금발을 헝클면서 끙끙대는 바이런 맞은편에는 흑발에 통통한 남자—— 마법 역사 연구 클럽의 클럽장 콘래드 애스컴이 구운 과자를 으적거리며 씹고 있었다.

바이런과 콘래드는 각각 실전과 마법 역사 연구로 방향성은 다르지만 둘 다 마법에 관해 배우는 몸이다.

그렇기에 중등과 시절부터 두 사람은 사이가 좋아 이렇게 서로의 연구실로 와서 자주 잡담을 나눴다.

"이걸로 바이런 님은 올해 들어서 부회장에게 27전 27패로군요."

"크윽…… 이 무슨 굴욕이냐! 시릴 애슐리 녀석……. 원래는 평민이었던 주제에 맹렬히 노력해서 저하의 눈에 들어 학생회 부회장이 되다니…… 그런 건……그런 건…….."

바이런은 굳게 움켜쥔 주먹으로 책상을 내리치고는 뱃속

에서 우러나온 목소리로 외쳤다.

"무척 장하지 않은가!"

울부짖는 바이런 옆에서 콘래드는 느긋하게 홍차를 홀짝이며 아련한 시선을 보냈다.

"바이런 님은 애슐리 부회장을 정말 좋아하네요."

"좋아하는 게 아니야! 그저 무척 장하니까 나도 본받아야겠다고 생각했을 뿐이다!"

"네네."

"너도 기억하겠지, 콘래드! 내가 시릴 애슐리와 만났을 때의 비극을!"

바이런이 책상을 내리치면서 주장하자, 콘래드는 크흣, 하고 목에서 공기를 밀어내는 듯한 소리로 웃었다.

"네에, 네에, 비극이었죠. 여자로 착각해서 헤벌쭉하며 말을 걸었는데 남자였다니…… 크흣."

바이런이 중등과였을 때, 선택 수업 교실에 낯선 편입생이 있었다. 그것이 시릴 애슐리다.

당시의 시릴은 지금보다 훨씬 덩치가 작아서 의자에 앉으면 덧없는 소녀처럼 보였다. 덤으로 말하면 바이런은 반이 달랐기에 시릴의 이름도 가문명도 몰랐다.

편입해서 뭐가 뭔지 모를 테니까 친절하게 대하자 싶어서 흑심도 담아 말을 걸었는데 그 사람이 남자였을 때 바이런이 느꼈던 절망은 컸다.

게다가 비극은 그걸로 끝나지 않았다.

고등과로 진급하여 바이런에게 약혼자가 생겼을 때, 그는 그 약혼자가 다른 여학생에게 이렇게 말하는 걸 듣고 말았다.

『이상형이요? 글쎄요……. 그래, 시릴 애슐리 님일까요.』

그다음 날, 바이런은 시릴에게 마법전 결투를 신청했고 허망하게 패했다.

"네 이놈, 시릴 애슐리. 나만이 아니라 내 약혼자의 마음마저 빼앗다니……."

바이런이 주먹으로 책상을 내리치고 외쳤다.

"이 첫사랑 도둑!"

콘래드가 드디어 "에힉, 에힉." 하고 인간이기를 포기한 듯한 웃음소리를 냈다.

이 친구는 나쁜 사람은 아니지만 웃음소리가 꺼림칙한 것이 옥에 티였다.

"에힛, 에히힛……. 으효홋……. 그 약혼자와는 지금도 서먹하잖아요? 애슐리 부회장보다는 약혼자를 쫓아가야 하지 않을까요?"

"그러니까! 시릴 애슐리를 무참하게 꺾어서 약혼자의 눈을 뜨게 하려고…… 큭!"

콘래드는 뭔가 흐뭇한 광경을 보는 표정으로 바이런을 바라보고는 토실토실한 턱을 어루만지며 말했다.

"약혼자를 돌아보게 하려면 학원제 때 꽃장식 하나라도 선물하면 좋지 않았을까요? 노란 장미에 오렌지색 리본을 달아 선물했다면 분명 그 사람도……."

학원제에서 댄스 약속을 잡고 싶은 여학생에게 장미 꽃장식을 선물하는 관습은 바이런도 알고 있었다.

그러나 바이런은 흥, 하고 콧소리를 내고는 콘래드의 말을 일축했다.

"그런 관습은 나에겐 필요 없어!"

바이런 갈레트의 가문은 기사단이나 마법병단 출신이 많다. 그래서인지 혈기왕성하고 남자다움이나 체면에 집착하는 경향이 있다.

"꽃을 선물한다는 나약한 짓을 하지 않아도 춤 정도는 췄다고!"

"흐음. 그래서 약혼자의 반응은……."

"이제까지와 똑같이 쌀쌀맞았다! 그게 뭐 어쨌는데?!"

역시 시릴 애슐리를 이기지 못하면 약혼자는 자신을 돌아보지 않는다.

그래서 필사적으로 단축 영창을 익혔지만 정밀도가 시원치 않았다.

바이런이 단축 영창을 하면 아무래도 마술이 허술해지기 때문이다. 심할 때는 표적에 닿기도 전에 흩어지고 만다.

마술이란 막대한 계산 위에 성립되는 기술이다. 화염창 하나를 쏴도 위력, 형태, 속도, 비거리, 유지 시간 등을 계산해서 마술식을 짜내야 한다.

사실 바이런도 단축 영창은 아직 과분한 기술임을 자각하고 있었다.

그래도 시릴 애슐리에게 이기고 싶었다.

바이런이 신음하자, 콘래드는 몸을 내밀고 목소리 톤을 낮추며 말했다.

"크흐흣…… 첫사랑 도둑에게 전패인 바이런 님에게 낭보가 있습니다."

"낭보?"

콘래드는 크흣크흣, 하고 목을 울리듯 웃으며 수긍했다.

"실은 도서실에 기증된 책 중에……."

* * *

검은 고양이 탐정 네로와 그 조수 린은 모니카가 갑자기 꽃을 돌보게 된 수수께끼를 풀고자 두 패로 나뉘어 각자 조사한 뒤 비밀기지에 집합했다.

"비밀기지—— 그것은 소년의 마음을 간질이는 매혹적인 말이라고 알고 있습니다."

"이 몸, 소년은 아니어도 마음은 이해하겠어. 뭔가 좋단 말이지. 비밀기지."

두 사람이 비밀기지라 부르는 것은 구 학생 기숙사라 부르는 건물이다.

구 학생 기숙사는 세렌디아 학원 부지의 숲속에 있으며 현재의 기숙사보다 조금 아담하다.

건물 자체는 그리 낡지 않아서 아직 쓸 만해 보인다.

그러나 이 주변 일대는 토지의 마력 농도가 높고 인체에 유해하다고 판단되어 버려둘 수밖에 없었다고 한다.

마력 농도가 높을 경우 마력을 흡수해 방출하는 마도구 같은 것도 있지만 토지에 따라서 흡수가 잘 안 될 때도 있다. 이 구 학생 기숙사 주변도 그랬던 것이리라.

마력 농도가 높은 토지는 내성이 낮은 인간이 장시간 머물면 마력 중독을 일으키지만, 마력을 양식으로 삼는 정령에게는 이보다 더할 수 없을 만큼 쾌적한 공간이다.

그렇기에 바람의 정령인 린은 평소에 이 구 학생 기숙사를 드나들면서 비밀기지로 삼은 모양이었다.

네로는 구 학생 기숙사 현관홀을 돌아보고는 만족스럽게 고개를 끄덕였다.

"여기, 좋은 비밀기지네."

버려졌다고 해도 귀족 자녀를 위해 만든 건물이다. 넓고 여유가 있는 구조는 꽤 나쁘지 않았다.

소파나 안락의자가 있다면 더 그럴싸했겠지만 아무리 그래도 그것까지 바랄 수는 없었다. 네로는 고양이 모습을 유지하며 용케 두 발로 서서 벽에 기대고 짧은 앞발로 팔짱을 꼈다.

벽에 기대어 팔짱을 끼는 것은 네로가 생각하는 탐정의 멋진 포즈 중 하나다. 여기에 담배 파이프까지 있으면 완벽하다.

"자, 그럼. 정보 공유 시간이야. 조사 결과 보고를 부탁해, 조수."

"네. 저는 '침묵의 마녀'님의 책상을 조사했습니다."

학원제 이후로 이틀간 모니카는 다락방에서 항상 뭔가를 적고 있었다. 모니카가 회계 업무 짬짬이 쓰던 건 마술식이다.

"전 그저께부터 '침묵의 마녀'님이 적고 있던 마술식을 몰래 조사했는데……."

"오, 뭔가 알아냈냐?"

"아무것도 알 수 없었습니다. 마술식이라는 건 매우 난해하네요."

마술식을 구성해서 마력을 다루는 인간과 달리, 정령인 린은 감각으로 마력을 자유롭게 조종할 수 있다.

그렇기에 린은 모니카가 쓴 마술식을 전혀 이해하지 못한 모양이었다.

그러나 네로는 그걸 책망하지 않았다. 왜냐하면 네로도 마술 같은 건 전혀 모르기 때문이다.

"하지만 마술식 옆에 『식물의 수분 함유량』이라는 기록이 있었습니다. '침묵의 마녀'님은 창가에 매단 꽃을 말린다고 말씀하셨으니 아마 그 마술식도 식물을 건조시키기 위한 게 아닐까요."

네로는 "흠흠." 하면서 앞발로 턱을 어루만졌다.

역시 모니카는 모아둔 그 하얀 꽃을 써서 마술로 뭔가를 하려는 거다.

"그래서 검은 고양이 탐정님은 어떤 조사를 하셨죠?"

"오. 이 몸은 모니카를 미행했지."

미행하다가 중간에 질려서 모니카가 선택 수업을 듣는 동안 주방에서 고기 요리를 몰래 집어 먹기도 했지만 이건 당연히 생략하겠다.

그나저나 오븐에서 구운 뼈 붙은 고기는 대단히 맛있었다. 닭은 삶아도 구워도 생으로 먹어도 맛있지만 역시 뼈 붙은 건 각별하다.

네로는 기름으로 번들거리는 입가를 핥으면서 말했다.

"모니카를 미행하던 이 몸은 모니카가 점심시간에 반 친구인 라나와 이야기하는 걸 들었지."

네로는 그때를 떠올렸다.

『있잖아, 모니카. 오늘은 학생회 임원 일 없지? 그럼 다과회라도 하자. 좋은 찻잎이 들어왔어.』

라나가 싱글벙글 웃으며 제안하자, 모니카는 미안하다는 듯이 손가락을 꼬면서 이렇게 말했다.

『미, 미안해. 오늘 방과 후에는…… 굉장히 굉장히 중요한 용건이, 있어서.』

굉장히 굉장히 중요한 용건──. 물론 네로도 린도 처음 듣는다.

"수상하지?"

"수상하군요."

"이러면 본격적으로 미행할 수밖에 없겠어."

제2왕자 호위 임무는 어떻게 된 거냐는 멀쩡한 지적을 할 사람은 여기에 없다.

탐정의 사명감에 불타는 검은 고양이 탐정과 조수 메이드
는 서로 고개를 끄덕이고는 잽싸게 세렌디아 학원 건물로
이동했다.

* * *

방과 후, 모니카는 조마조마하게 주변의 시선을 신경 쓰
면서 도서실로 향했다.

세렌디아 학원 학생인 모니카가 도서실을 쓰는데 주변의
시선을 신경 쓸 필요는 없지만 부탁받은 내용을 생각하면
그만 신경 쓰게 된다.

세렌디아 학원에는 본교 건물과는 별도로 독립된 도서관
동이 있어서 중등과, 고등과 건물과는 각각 복도로 연결되
어 있다.

그 연결 복도의 고등과 쪽 문 앞에서 펠릭스가 모니카를
기다리고 있었다.

펠릭스는 인사하며 가볍게 한 손을 들었다.

"자, 잘, 부탁합니닷."

"나야말로……. 자, 가볼까."

도서관동을 바라보는 펠릭스의 푸른 눈은 기분 탓인지 반
짝였다. 발걸음도 가볍다.

지금부터 진행할 작전은 이렇다.

마술서는 전문서라 일반서와는 다른 방에 수납되어 있다.

마술서, 마도서 종류를 수납한 곳은 도서관동 2층, 제2도서실이다.

마술과 인연이 없는 사람이 제2도서실을 드나들면 그것만으로도 사람의 기억에 남기 쉽다.

그래서 모니카와 펠릭스 두 사람은 학생회 임원으로서 기증된 책이 올바르게 수납되어 있는지 도서위원의 업무를 조사하러 왔다——는 명목으로 제2도서실에 들어가 리스트를 확인하는 척하며 책장에 접근한다.

그리고 펠릭스는 노리는 책을 서서 읽는다는 작전이다.

모니카의 역할은 그가 서서 읽는 동안 감시하는 것이다.

만약 사람이 온다면 "이 선반의 책은 리스트와 대조 작업 중이에요."라고 말해서 시간을 벌고, 그동안 펠릭스는 책을 책장에 돌려놓고 아무렇지 않은 얼굴로 그 자리를 떠나면 된다.

(서서 읽기에 너무 진심이잖아……. 그것도, 내 논문을……으으.)

모니카가 몰래 위를 누르는 사이, 펠릭스가 "자, 리스트."라고 하며 책 리스트를 넘겨줬다. 당연하지만 리스트는 진짜다.

게다가 필적으로 추측건대 펠릭스가 직접 썼으리라.

(왕자님이 직권남용에 위장 공작을 해가며 서서 읽기…….)

이렇게나 공을 들여서 하려는 일이 책의 독점이 아니라 몰래 서서 읽는 거라는 게 참으로 눈물겨웠다.

펠릭스는 도서관동에 발을 들이자마자 똑바로 카운터로 가서 도서위원에게 인사했다.

아무래도 그는 도서위원장을 통해서 학생회의 조사가 있으리라는 것을 사전에 전달한 모양이었다. 사전 공작까지 완벽했다.

"자, 리스트를 확인하러 가 볼까."

"네, 네……."

펠릭스에게 재촉받은 모니카가 걸어간 그때, 바로 옆에서 목소리가 들렸다.

"어머……. 드문 조합이네."

목소리가 들린 방향으로 눈을 돌리자, 책을 안고 서 있는 흑발 영애와 눈이 마주쳤다.

그녀의 이름은 클로디아 애슐리. 학생회 부회장 시릴 애슐리의 여동생이다.

모니카가 "아, 안녕하세요." 하고 작게 인사하자, 클로디아는 감청색 눈으로 모니카를 가만히 바라봤다.

"학생회 일?"

"네, 넷. 새로 기증된 책의 대조 작업, 이에요!"

"그건, 도서위원의 일 아니야?"

모니카가 흠칫거리며 어깨를 떨자, 펠릭스가 곧장 끼어들었다.

"예전에 도서위원이 기증된 책을 서가에 진열하지 않고 몰래 팔아 버린 사건이 있었거든. 그래서 그걸 방지하려고 학생회 임원 쪽에서도 체크하고 있어."

"38년 전 사건이네……."

클로디아가 나지막하게 혼잣말처럼 말했다.

넌지시 그런 오래된 사건을 이제 와서 들먹이다니 수상하다고 말하는 것이다.

그나저나 신경 쓰이는 건 클로디아의 태도다.

클로디아는 조금 전부터 철두철미하게 펠릭스를 시야에 넣으려 하지 않았다. 어디까지나 모니카만 똑바로 보고, 펠릭스의 말을 듣고 대답할 때는 혼잣말 같은 말투였다.

(내, 내 쪽이 실수를 저지르기 쉬우니까 그런가……?)

모니카가 남몰래 초조해하는 사이, 클로디아는 뺨에 붙은 흑발을 귀로 넘기고는 힐끔 주변을 봤다.

"오늘은 오라버니가 없네……. 리스트 대조 같은 수수한 일은 오라버니에게 어울릴 텐데."

"나도 이런 일을 할 때가 있지."

펠릭스는 클로디아에게 웃었다.

그 웃음은 무척이나 붙임성 좋고 부드러워서 어지간한 사람이라면 "전하는 어쩜 이리도 직무에 열심인 분일까."라고 감탄했으리라.

그러나 클로디아는 역시 펠릭스를 시야에 넣지 않고 모니카를 바라본 채 혼잣말처럼 중얼거렸다.

"그러고 보니 오라버니가 말했었어. 오늘 방과 후는 학생회 임원 일이 없으니까 마술 훈련을 한다고……. 어라? 오라버니는 다른 학생회 임원도 일이 없다는 말투였는데 이상하네…….”

만약 펠릭스가 도서실에서 리스트 대조 작업을 했단 걸 알면 시릴은 망설임 없이 자기도 돕겠다고 말했으리라.

그래서는 펠릭스가 서서 읽을 수 없다.

모니카가 조마조마해하는 사이, 펠릭스가 지극히 자연스러운 말투로 말했다.

“시릴은 학원제 뒷정리로 애썼으니까 말이지. 오늘은 천천히 쉬었으면 해서.”

“그런데 모니카는 데리고 다니네.”

예리한 반박이 날아오자 펠릭스는 웃은 채 말문이 막혔다.

모니카는 초조해졌다. 이대로 가면 펠릭스가 서서 읽을 시간이 없어진다.

(내가, 전하가 서서 읽을 시간을 벌어야……!)

모니카는 클로디아를 펠릭스에게서 떼어낼 방법을 필사적으로 고민했다.

고민을 거듭한 끝에 필사적으로 말을 쥐어짜 냈다.

“클로디아 양! 저, 저, 지금 당장 읽고 싶은 책이 있는데……. 저기, 클로디아 양, 도서실을 잘 아시죠? 책이 어디에 있는지, 알려주실 수 있나요!”

“그런 건 도서위원의 일이잖아.”

“아우…….”

모니카가 꿍얼거리자, 클로디아는 하얀 장갑을 낀 손으로 모니카의 두 뺨을 감쌌다.

그리고 모니카의 얼굴을 지근거리에서 들여다보고는 씨익 웃으면서 펠릭스에게는 안 들릴 작은 목소리로 속삭였다.

"하지만…… 모니카가 시간을 버는 동안에 저기 왕자님이 뭘 할 생각인지는 흥미가 있어."

(들켰어──!)

클로디아는 말문이 막힌 모니카에게서 몸을 떼고 치맛자락을 휘날리며 손짓했다.

"이리 와……. 나는 친절한 친구니까 모니카가 읽고 싶은 책이 어디 있는지 알려줄게."

"가, 감사, 합니, 닷."

모니카는 펠릭스를 곁눈질하면서 입으로만 뻐끔거렸다.

──지금이에요, 전하! 이럴 때 서서 읽으러 가세요!

모니카의 의도를 짐작했는지, 펠릭스가 살짝 끄덕였다.

"대조 작업은 내 쪽에서 진행할 테니까 너는 원하는 책을 빌리도록 해."

"네, 넷!"

클로디아는 펠릭스가 뭘 하려는 건지 그늘에서 관찰할 속셈이리라.

그걸 저지하고 펠릭스가 서서 읽을 시간을 버는 것이 모니카의 사명이다──. 그렇게 자신을 타이른 모니카는 호위 임무라는 진짜 사명은 완전히 잊어버렸다.

(어떻게 클로디아 양을 붙들어 둘지 생각해야……!)

필사적으로 고민하는 모니카의 팔을 옭아맨 클로디아가 귓가에 살짝 속삭였다.

"날 상대로 얼마나 시간을 벌지…… 볼만하겠네?"

히이잉. 모니카는 목을 떨었다.

(……모니카. 미안해. 고마워.)

클로디아에게 끌려가는 모니카에게 감사의 마음을 보낸 펠릭스는 빠르게 제2도서실로 향했다.

모니카라는 감시자를 잃은 건 뼈아프지만, 펠릭스는 주변 기척 감지에 뛰어나다.

제2도서실은 이용자가 적으니까 사람이 접근하면 바로 알 수 있다.

(가능하면 독서에 몰두하고 싶었지만…… 이 이상 사치를 부릴 수는 없겠지.)

모니카가 몸을 던져서 시간을 벌고 있다. 이 얼마 안 되는 시간을 낭비할 수는 없었다.

(그나저나 나는 클로디아 양에게 상당히 미움받나 보네.)

아마 모니카는 알아채지 못했으리라.

클로디아는 기본적으로 펠릭스를 그 자리에 없는 것처럼 대하고, 펠릭스의 발언에 뭔가 대답할 때는 노골적으로 눈을 돌리면서 혼잣말 같은 말투를 쓴다.

왕족을 대하는 클로디아의 행동거지는 불경하기 짝이 없

지만, 펠릭스는 그걸 꾸짖을 생각은 없었다.

리디르 왕국의 지보(至寶)라 불리는 지식의 보유자──── '식자의 가계'는 그다지 적으로 돌리고 싶지 않으니까.

펠릭스는 1층 홀 옆에 있는 계단을 올라 그대로 망설임 없이 제2도서실로 향했다.

오락서가 많은 1층과 달리 전문서가 많은 2층은 평소에 사람이 그리 많지 않다. 그러나 오늘은 2층에 무척이나 학생이 많아 보였다.

학원제 기간에 도서실이 폐쇄되었기에 그 반동으로 오늘은 사람이 많은 걸지도 모른다.

그런 생각을 하면서 복도를 돈 펠릭스는 목격했다.

목적지인 제2도서실에 사람이 넘쳐났다.

"……."

말문이 막힌 펠릭스가 복도에 우두커니 서 있자, 제2도서실에서 나온 두 남학생이 인사했다.

한 명은 흑발에 동그란 안경을 쓴 통통한 남학생. 다른 한 명은 짧은 금발에 덩치 큰 근육질 남학생.

마법 역사 연구 클럽의 콘래드 애스컴과 마법전 클럽의 바이런 갈레트다.

"어라? 이거이거 학생회장님. 평안하신가요."

흑발의 콘래드가 크홋크홋, 하고 목을 울리며 웃었다. 그는 책 몇 권을 안고 있었다.

펠릭스는 즉시 콘래드가 든 책 제목으로 시선을 돌렸다.

모두 리스트에 있는 책이다.

"기증된 책을 곧장 빌리러 온 거야?"

동요를 감추고 펠릭스가 부드럽게 묻자, 덩치 큰 바이런이 등을 쭉 펴며 대답했다.

"네. 그렇습니다. 전하께서는 아십니까? 우리 나라 칠현인 중 한 명인 '침묵의 마녀'를."

모를 리가 없다.

오히려 대단한 팬인데다 그 사람의 논문을 읽고 싶은 나머지 못 참고 몰래 서서 읽으려고 후배를 끌어들여 위장 공작까지 벌이며 여기까지 왔다.

펠릭스는 기품 있게 싱긋 웃었다.

"그래, 물론 알고말고. '침묵의 마녀'는 워건의 흑룡을 격퇴한 우리 나라의 영웅이니까."

사상 최연소로 칠현인이 된 '침묵의 마녀'는 좀처럼 남들 앞에 나서지 않는 인물이지만 반년 전쯤에 워건의 흑룡을 격퇴하여 일약 유명해졌다.

그러나 그 사건 전부터 마술을 배우는 사람은 그녀를 주목했다.

'침묵의 마녀'는 학생 시절부터 새로운 마술식을 몇 가지 발표하여 마술식의 상식을 뒤집은 천재 소녀다.

그녀의 연구를 통해 기초 마술학 교과서가 크게 개정되었을 정도다.

"'침묵의 마녀'라면 무영창 마술 사용자로 유명한데, 그런 사람이 단축 영창에 관해 언급한 논문을 썼거든요."

"흐응."

설마 하고 펠릭스가 바이런이 품에 안은 책으로 시선을 돌렸지만 두껍고 다부진 팔이 방해해서 저자명을 볼 수 없었다.

"나…… 저는 마침 단축 영창을 다루는 데 고전 중이라서요. 곧장 '침묵의 마녀'의 책을 빌렸습니다! 이걸로 다음 마법전에서 시릴 애슐리에게 승리하고 말 겁니다!"

"……."

그 책은 구체적으로 몇 주일 정도 빌릴 생각이야? 반납할 때는 꼭 말 좀 해 줘. 바로 서서 읽으러 갈 거니까——라는 본심을 감춘 채 어떻게 반납일만 들을 수 없을까?

펠릭스가 진지하게 그런 생각을 하는데, 콘래드가 크흐훗, 하고 입가에 손을 대며 웃었다.

"첫 번째로 빌릴 수 있어서 다행이네요, 바이런 님. 아무래도 '침묵의 마녀'의 책은 인기 중의 인기. 예약표를 봤더니 10명이나 대기하고 있지 않았습니까."

"10명이 대기……?"

"더 늘어날지도 모르겠네요. 그만큼 인기였지 말입니다."

"그건 대단하네……."

그렇다. '침묵의 마녀'의 실력과 실적을 높이 평가하는 건 실로 기쁜 일이다. 펠릭스도 한 명의 팬으로서 기쁘게 생각한다.

기쁘게 생각하지만…… 역시 책을 읽고 싶었기에 펠릭스는 미소를 유지하면서도 최근에 거의 볼 수 없던 기세로 침울해졌다.

* * *

"아, 있다. 모니카야."

"친구와 함께 계신 모양이군요."

도서관동 1층의 높은 위치에 설치된 창문에 검은 고양이와 작은 노란색 새가 있었다.

더 설명할 것도 없이 모니카를 미행 중인 네로와 린이다.

제2왕자와 함께 도서관동으로 들어간 모니카는 지금은 흑발의 영애 클로디아 애슐리와 함께 책을 찾고 있었다.

그나저나 모니카의 거동이 불안정한 게 심상치 않다.

원래부터 사람이 많은 곳에서는 거동이 불안정해지는 모니카지만 지금은 완전히 핏기가 가신 표정으로 시선을 이리저리 돌리면서 무의미하게 손을 파닥거렸다.

네로도 린도 귀가 좋아서 창문 근처에 있는 두 사람의 대화를 들을 수 있었다.

"그래서 모니카는 무슨 책을 빌리고 싶어?"

"저기, 그게……."

"빌리고 싶은 책이 있는 거 아니었어……?"

"저기, 저기…… 맞다! 식물 책을 빌리고 싶어요! 저, 만들고 싶은 게 있어서요!"

"만들고 싶은 것?"

모니카는 고개를 끄덕거리고는 부끄러운 듯 손가락을 꼬면서 클로디아에게 귓속말했다.

아무래도 그 귓속말까지는 창밖에 있는 두 사람이 듣지 못했다.

네로와 린은 얼굴을 마주 보고는 그대로 훌쩍 지붕 위로 이동했다.

"새로운 정보야. 모니카는 식물로 뭔가를 만들려는 모양이야."

그렇게 중얼거린 네로는 꼬리를 좌우로 흔들면서 고민했다.

갑자기 꽃을 모으기 시작한 모니카.

식물을 건조시키기 위한 마술식.

그리고 "식물로 만들고 싶은 게 있다."라는 발언.

이러한 사실을 연결해서 드러난 사실은……?

"추리소설에서 식물이 나온다면 대체로 그거지."

"네. 그거겠지요."

검은 고양이와 작은 새는 입을 모아 말했다.

"독이네."

"독이네요."

추리소설에서 의미심장하게 식물이 나온다면 그건 대체로 독극물인 법이다. 명탐정 캘빈 올콕 시리즈에서도 단골로 나오는 흉기다.

"식물은 건조시키면 독성이 강해진다……. 캘빈 올콕도 그렇게 말했었지. 틀림없어. 모니카는 식물을 건조시켜서 독을 만들려는 거야."

분명 모니카가 책을 찾는 것도 더 강한 독을 추출할 방법을 조사하기 위해서이리라.

네로가 지당하다는 어조로 말하자, 린이 거수하듯이 노란색 날개 한쪽을 들었다.

"탐정님에게 질문입니다."

"오, 뭐야? 조수."

"'침묵의 마녀' 님은 누굴 독살할 셈이라고 생각하십니까?"

독약을 만든다면 누군가에게 먹인다고 생각하는 게 자연스럽다.

어지간한 적은 무영창 마술로 제압하는 모니카가 독에 의존할 정도의 상대—— 그렇다면 생각나는 건 단 한 명.

"그거야, 한 명밖에 없잖냐."

* * *

모니카가 빌리려던 책을 클로디아가 찾고 그걸 카운터에 가져가 대출 절차를 마쳤을 즈음, 펠릭스가 2층에서 돌아왔다.

생각보다 빨리 돌아왔다. 혹시 벌써 다 읽은 걸까?

모니카는 클로디아의 눈을 피해 펠릭스에게 다가가서 작

은 목소리로 물었다.

"전하! 저기, 그 책은……."

'서서 읽으신 건가요?' 모니카가 그렇게 묻기보다 먼저 펠릭스가 천천히 고개를 내저었다.

그는 시선을 발밑으로 내리깔고 중얼거렸다.

"예약 인원, 현재 13명……."

"예?"

눈을 동그랗게 뜬 모니카 앞에서 고개를 든 펠릭스가 미소 지었다. 덧없는 웃음이었다.

"그 사람의 대단함을 우리 학원 학생들도 이해해 준다면 굉장히 기쁜 일이겠지."

"…………."

아무래도 서서 읽기는 실패한 모양이다.

모니카가 뭐라 말을 걸어야 할지 몰라 주저하는 사이, 펠릭스는 모니카가 손에 든 리스트를 슬쩍 가져갔다.

"끌어들여서 미안해."

"저기, 전하는……."

"내가 도서위원에게 제안한 이상, 대조 작업은 끝내야지."

서서 읽기 위한 구실로 내세운 작업이었지만, 아무래도 펠릭스는 혼자 그걸 끝내려는 모양이었다.

모니카가 눈썹을 내리고 허둥대는데 갑자기 어깨가 무거워졌다. 클로디아가 뒤에서 끌어안은 거다.

클로디아의 살랑거리는 스트레이트 흑발이 모니카의 뺨을

간질였다.

"어머, 간계 꾸미기는 이제 끝났어? 그래…… 유감이네."

"가, 간계라니, 저기, 그게……."

"기대에 부응하지 못해서 미안하네, 클로디아 양."

펠릭스가 평소처럼 온화하게 아주 살짝 비아냥거리며 말하자, 클로디아는 눈동자만 움직여서 펠릭스를 바라봤다.

그리고 바로 아무것도 없는 정면으로 시선을 돌리고는 혼잣말처럼 말했다.

"언제나 여유만만…… 모든 게 자기 뜻대로 되어 간다는 표정을 짓던 누군가가 눈에 띄게 실망하는 건 조금 재미있었어."

클로디아는 몸을 돌리고 흥미를 잃은 고양이처럼 책장 속으로 사라졌다.

클로디아에게서 풀려난 모니카가 펠릭스를 올려다봤다.

"저도, 리스트 대조, 할게요."

"그렇게까지 끌어들일 순 없지."

"아뇨. 저는…… 학생회 임원이니까요!"

모니카가 아주 조금 가슴을 펴며 말하자, 펠릭스는 놀란 듯 눈을 동그랗게 뜨고는 얼굴을 확 일그러뜨리며 웃었다.

"그럼…… 부탁할까."

"네!"

펠릭스는 리스트에 나온 책이 있는 서가로 향했다. 모니카도 뒤를 따라갔다.

두 사람은 묵묵히 리스트와 책의 대조 작업을 시작했다.

이제 펠릭스는 평소와 같은 부드럽고 여유 있는 미소를 짓는 완벽한 왕자님이다. 의기소침한 기색은 조금도 없다.

그러나 조금 전 실망한 표정을 떠올리자, 역시 모니카는 펠릭스를 내버려 둘 수 없었다.

(이럴 때는 뭐라고 말해야 좋을까…….)

모니카는 침울해진 사람을 격려할 말이 바로 떠오르지 않았다.

오히려 자신은 쓸데없는 짓을 하는 게 아닐까. 침울해진 펠릭스는 혼자 있고 싶어 하지 않을까.

그런 생각이 머리를 스치면서 거북해진 모니카 옆에서, 펠릭스가 책장을 올려다보며 나지막하게 중얼거렸다.

"네가 있어서 다행이야."

"예……?"

"책을 읽지 못한 건 유감이지만…… 내가 좋아하는 것에 관해 이야기를 들어주는 친구가 있다는 건 무척 행복한 일이거든."

그렇게 말한 펠릭스가 모니카를 바라봤다.

단정한 얼굴이 장난스럽게—— 그러면서도 어딘가 쓸쓸한 듯 눈썹을 내리깔며 웃었다.

"덤으로 그 친구는 이런 바보 같은 간계에 가담해 주기도 했고."

"아…….."

"어디에도 없는 유령에게는 과분한 사치야."

아이크, 라는 말을 삼킨 모니카는 손에 든 리스트를 움켜쥐었다.

펠릭스가 좋아하는 게 '침묵의 마녀'라는 건 모니카에게는 대단히 속이 쓰린 사실이다.

그래도 이 다정하고 쓸쓸한 청년을 내팽개치는 말은 하고 싶지 않았다.

그래서 모니카는 서툴게나마 열심히 말을 골라서 말했다.

"저, 저는 불량아니까……."

"응?"

"다음 간계도, 분명…… 도와드릴 거라고, 생각해요."

펠릭스는 숨을 내뱉으며 푸핫, 하고 웃었다.

진심으로 즐거워하는 웃음에 이끌려 모니카도 흐헷, 하고 숨을 내쉬며 웃었다.

펠릭스는 부드럽게 풀린 입가를 한 손으로 가렸다. 하지만 내려간 눈꼬리는 아직 웃고 있다.

"그건 든든하네. 그 책의 예약 건수는 13건…… 졸업 전까지는 책장에 돌아오기를 기도할까."

"네."

"그러고 보니 너는 무슨 책을 빌렸어?"

펠릭스는 모니카가 옆구리에 끼운 책으로 눈을 돌렸다.

조금 전 시간 벌기를 하면서 클로디아에게 찾아 달라고 한 책이다.

"이건 말이죠. 저, ……를 만들고 싶어서요."

모니카가 수줍어하며 대답하자, 펠릭스는 살짝 미간을 찌푸리고는 입술을 삐죽였다.

"치사하네에……."

모니카는 허둥댔다. 펠릭스가 읽고 싶어 하던 책은 못 읽었는데 시간 벌기를 하던 모니카가 찾던 책은 빌렸으니까. 이건 조금 난처했다.

"죄, 죄송해요. 저만, 책을 빌려서……."

"아니. 너한테 한 말이 아니야."

"……?"

펠릭스는 몸을 웅크리고는 모니카의 귓가에 살짝 속삭였다.

"오늘 일의 답례는 언젠가…… 기대하고 있으라고?"

* * *

도서실에서 작업을 마친 모니카는 빌린 책을 품에 안고 다락방으로 돌아왔다.

겨울이 가까워진 이 계절에는 해가 저무는 게 빠르다. 가능하면 밝을 때 진행하고 싶은 작업이 있었다.

다락방으로 이어지는 사다리를 올라 문을 밀어 올리자, 검은 고양이 모습의 네로가 진지한 태도로 말했다.

"'침묵의 마녀' 모니카 에버렛…… 범인은, 너다."

네로는 앞발로 모니카를 척 가리켰다.

"······아직도 그 놀이를 하고 있었어?"

모니카가 네로 옆을 빠져나가 안고 있던 짐을 책상에 내려놓자, 방구석에서 대기하던 메이드 차림의 린이 입을 열었다.

"외람되지만 '침묵의 마녀' 님께 말씀드리고 싶습니다."

공손한 태도를 느낀 모니카가 살짝 경계하자, 린은 덤덤한 어조로 말했다.

"루이스 님은 다 썩어 가는 고기나 생선이라도 불로 굽고 잼을 바르면 먹을 수 있다는 유감스러운 미각과 강인한 위장의 소유자입니다."

왜 갑자기 루이스의 이름이 나오는 걸까.

모니카가 창가에 매단 꽃을 책상에 늘어놓으면서 "네에." 하고 맞장구치자, 린이 말을 이었다.

"게다가 루이스 님은 곰도 마비되는 독을 맞았는데도 집념만으로 움직이면서 마구 날뛰었다는 증언도 있습니다."

"괴, 굉장하네요······."

"그러니 독살은 그다지 확실한 방법이 아닐 겁니다."

갑자기 뒤숭숭한 단어가 튀어나오자 모니카는 저도 모르게 손에 든 꽃을 툭 떨어뜨렸다.

"독살······?"

대체 무슨 이야기일까.

모니카가 아연실색하자, 네로가 책상으로 뛰어올라 거기에 놓인 꽃을 앞발로 가리켰다.

"요 며칠, 너는 꽃을 모아 매달았지. 그리고 오늘은 식물에 관한 책을 빌렸어."

"으, 응……."

"그리고 결정타는 이거다!"

네로는 린을 돌아봤다.

린은 앞치마에서 종이 다발을 꺼내 말없이 펼쳤다.

그것은 요전부터 모니카가 적고 있던 마술식이다.

"이 마술식은 식물을 건조하기 위한 것이지. 아니냐?"

"맞는데……."

모니카가 수긍하자, 네로는 그러면 그렇지 하고 말하려는 듯한 태도로 고개를 끄덕였다.

"즉, 너는 독이 있는 식물을 건조시켜서 독약을 만들려고 한 거야. 그리고 그 독약으로 성격 나쁜 동기 룬룬 룬탓타를 독살하려고 한 거지!"

"루이스 씨거든. 슬슬 기억하자."

"범행 동기는 무리한 일을 떠넘긴 원한이려나."

네로는 모니카의 말은 귓등으로도 안 듣고 일방적으로 말하고는 인간이 지인의 어깨를 두드리듯이 앞발로 모니카의 위팔을 토닥였다.

"증거가 나왔어……. 자수해, 모니카."

아직 사건조차 일어나지 않았는데 뭘 자수하라는 걸까.

애초에 독살을 꾸몄다는 것부터 엄청난 트집이었다.

"있잖아. 이 책은……."

모니카는 도서실에서 빌린 책을 들어서 목적한 페이지를 넘겼다.

네로 말대로 이건 식물 가공 방법에 관한 책이다. 그러나 결코 독을 만들기 위해서 빌린 건 아니다.

"드라이플라워 만드는 법을 조사하려고, 빌렸어. 그쪽 마술식은, 식물의 수분을 빼기 위한 마술식이고."

모니카는 책에 적힌 드라이플라워 제작법을 훑어봤다.

모니카는 지금까지 드라이플라워 같은 것에는 흥미가 없었기에 그냥 건조시키면 되지 않을까 싶었지만 이 책에 따르면 꽃을 직접 햇살에 내놓으면 변색될 우려가 있다고 한다.

즉, 햇살이 닿는 창가에 말리는 건 좋지 않다. 적당한 꽃으로 시험해서 다행이었다. 모니카는 마음속으로 가슴을 쓸어내렸다.

(이후에는…… 『아름다운 드라이플라워를 만들려면 꽃의 신선도가 좋을 때 재빨리 꽃의 수분을 빼내는 게 중요』. 응…… 그러면 자연 건조보다 마술로 수분을 빼는 편이 예쁘게 만들 수 있을 것 같아.)

모니카는 미리 따온 들꽃 하나를 들어서 무영창으로 식물의 수분을 빼는 마술을 발동했다.

그러나 수분을 너무 뺐는지 꽃은 갈색으로 말라 버리고 말았다.

모니카는 다시 꽃 하나를 들어서 신중하게 수분을 뺐다.

네로와 린은 그 모습을 의아한 듯 바라봤다.

"이봐, 모니카. 드라이플라워는 다시 말해 말린 꽃이잖냐? 그런 걸 만들어서 어쩌려고?"

"말린 꽃이라니……. 이렇게 하면 꽃을 예쁜 상태로 보존할 수 있어."

모니카는 따온 꽃 중 마지막 하나에 마술을 걸었다. 이번에는 아름답게 꽃의 하얀색을 유지한 채 건조됐다.

"응, 좋아."

고개를 끄덕인 모니카는 꽃병에 꽂아 놨던 하얀 장미를 집었다.

그리고 지금까지 이상으로 의식을 집중해서 신중하게 장미의 수분을 뽑아냈다.

파릇파릇하던 하얀 장미는 수분을 잃고 많이 쪼그라들었지만 꽃의 하얀색은 대부분 유지할 수 있었다.

꽃이 쪼그라들자 줄기에 묶인 리본이 풀어졌기에 모니카는 신중한 손길로 다시 맸다. 드라이플라워는 아주 약간의 충격으로도 부서지기 쉬우니까.

예쁘게 리본을 맨 뒤, 장미를 입이 큰 유리병에 넣고 코르크 마개로 닫았다. 이제 완성된 병의 내부를 보호하는 마술을 걸면 완성이다.

"다 됐다아……."

칠현인의 지식과 기술을 아낌없이 쏟아부어 만든 드라이플라워 병을 양손으로 들고 모니카는 만족스럽게 웃었다.

네로가 분한 듯이 신음했다.

"다시 말해 모니카는 말린 꽃 표본을 만들고 싶었던 건가. 이것 참 대단히 어려운 사건이었네……."

모니카는 분통해하는 망(亡)탐정에게 조금 자랑스러운 듯 이 병을 내밀었다.

"이건, 내가 아주 조금 강해질 수 있는, 행운의 주술이야."

그렇게 말한 모니카는 열쇠 달린 서랍을 열었다.

아버지의 유품인 커피포트, 라나와 함께 산 빗, 라나의 편지, 아버지의 책, 페리도트 목걸이, 자수가 들어간 손수건.

모니카는 보물을 모아둔 서랍에 하얀 장미를 넣은 병을 살며시 내려놨다.

그렇게 또 하나 늘어난 보물을 바라보며 행복한 기분에 잠겨 뺨에서 힘을 풀었다.

막간 첫사랑 도둑과 나

바이런 갈레트가 대략 10세일 때, 마법병단에 소속된 삼촌에게 이런 말을 들은 적이 있다.

『바이런. 네겐 관찰력이 부족하다. 대치하는 상대를 잘 관찰하거라. 그럼 자연스럽게 어찌 움직여야 할지 보일 거다.』

삼촌의 말이 올발랐음을 안 건 14세 때.

선택 수업인 '마술 입문' 교실에서 바이런은 본 적 없는 소녀를 목격했다.

은색 머리를 뒤로 넘긴 소녀다.

그 아름다운 옆얼굴은 섬세했고 건드리면 녹아 버릴 듯한 얼음 같은 덧없음이 있었다. 그런데도 의연하고 올곧게 앞을 바라보는 강한 눈빛이 인상적이었다.

등을 쭉 펴고 의자에 앉은 자세마저 아름다워 왠지 모르게 눈을 못 떼고 있는데, 옆에 앉은 친구 콘래드가 말했다.

"아아, 편입생이에요. 바이런 님과는 반이 다르던가요."

"편입생? 그럼 오늘 수업에서 쓰는 마소 배열 일람표가 없는 것 아닌가?"

마소 배열 일람표는 마술 입문 수업에서 가장 처음에 배우는 것으로 과제로 자신에게 맞는 속성의 개별표를 만들어야 한다.

그게 없으면 오늘 수업에서 곤란하리라 여긴 바이런은 자신의 교본을 안고 일어섰다.

"잠깐, 저 여자애에게 말을 걸고 올게."

"예……?"

콘래드가 의아한 목소리를 냈지만, 바이런은 알아채지 못했다.

바이런은 큰 보폭으로 편입생에게 다가가 말을 걸었다.

"이봐, 너는 편입생이지? 마소 배열 일람표는 가지고 있나? 속성에 따른 개별표는 있나?"

"사전에 확인하고 준비했다. 고맙군."

영애치고는 차가운 말투였지만 마지막 한마디에서 성의가 배어 나왔다.

이런 귀여운 여자아이가 고맙다고 말한다면 나쁘게 생각할 남자가 있을까? 아니, 없다. 절대로 없다. ——바이런은 입을 근질거리면서 생각했다.

(안 되지, 안 돼. 나는 터프한 남자. 이런 곳에서 히죽거리지 않는 법이야.)

바이런은 입을 앙다물었다.

"너는 준비성이 좋구나. 나는 바이런 갈레트. 곤란한 일이 생기면 의지해 줘."

"나는 시릴 애슐리다. 잘 부탁한다."

"응……?"

'식자의 가계' 인 하이온 후작의 딸이 클로디아 애슐리라고 들었다. 그렇다면 같은 가문 사람이리라.

그보다도 문제는 가문명이 아니라 이름 쪽이다.

바이런은 그 이름이 남자 같다고 생각해서 슬쩍 시선을 내렸다가 눈을 크게 떴다. 편입생이 입은 건 남학생용 교복이었다.

뇌리에 삼촌의 말이 되살아났다.

『바이런, 너에게는 관찰력이 부족하다.』

(아아, 삼촌. 당신은 올발랐어.)

편입생의 얼굴밖에 보지 않았던 바이런은 휘청거리면서 자신의 어리석음을 곱씹었다.

뒤에서는 친구 콘래드가 크흐훗, 하고 돼지 울음소리 같은 소리를 내며 웃고 있었다.

시릴은 자신에게 말을 걸어온 바이런을 올려다보고 남몰래 가슴을 쓸어내렸다.

하이온 후작의 양자라는 미묘한 처지인 시릴에게 솔선해서 말을 걸어오는 학생은 적다.

안 그래도 같은 반의 엘리엇 하워드는 얼굴을 마주할 때마다 빈정거리는 말을 던졌으니까.

(바이런 갈레트……. 이 사람과는 좋은 친구가 될 수 있을

것 같군.)

'수업이 끝나고 바로 말을 걸어보자.' 시릴은 그런 기분 좋은 생각을 하며 필기도구를 다시 가지런하게 정리했다.

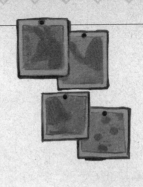

사건 II

얼음의 귀공자와 정육점 아들의 분투

~고기 도둑과 미아 소녀~

The struggle of the Ice Prince

and the butcher's son

학생회 부회장 시릴 애슐리는 마력 과잉 흡수 체질이다.

인간은 마력을 저장하는 그릇이 있고, 이 그릇이 가득 찼을 때는 마력을 흡수하지 않는다.

그러나 시릴의 경우, 한계를 넘어섰는데도 마력을 계속 흡수해서 체내에 쌓아 마력 중독을 일으킨다.

그래서 그는 체내에 마력이 가득 차면 냉기로 변환해서 방출하는 마도구 브로치를 몸에서 떼지 않고 지니고 다닌다.

시릴은 그런 까다로운 체질을 가졌지만 그렇다고 언제나 냉기를 흩뿌리고 다니는 건 아니다.

몸 상태와 감정 기복에 좌우되기도 하지만, 어느 정도 마력을 소비한 상태라면 마력을 방출할 필요도 없고 냉기 방출도 멎는다.

학원제 뒷정리를 하기 위한 휴일이 끝나고 일반 수업이 재개된 지 이틀째.

어제는 학생회 임원 일이 없어서 방과 후에는 마술 훈련에 전념할 수 있었다.

훈련으로 마력을 적절하게 소비했기에 오늘은 냉기 방출이 적다. 그래서 시릴은 아주 조금 기분이 좋았다.

그는 좋아서 냉기를 흩뿌리고 다니는 게 아니었기에 겨울이 가까운 이 계절에는 주변 사람들이 추워하지 않을까 남몰래 신경 쓰고 있었다.

(맞다. 학생회실로 가기 전에 전하의 홍차를 준비하자.)

방과 후, 시릴은 곧장 학생회실로 가지 않고 같은 층에 있는 홍차나 다과를 준비하는 작은 방으로 발을 들였다.

이 방은 최신 가열용 마도구가 도입되어 있기에 불을 피우지 않고도 끓인 물을 준비할 수 있다.

세렌디아 학원에서 홍차 준비나 일상생활을 돕는 건 고용인의 일이다.

유복한 학생은 본가에서 고용인을 데려오고, 그 사람들은 학생 기숙사 근처에 있는 고용인동이라 불리는 건물에서 숙박한다.

그런 고용인들은 필요에 따라 학생 기숙사나 학원을 드나들며 주인의 일상생활을 돌보거나 다과회 준비를 한다.

고용인동을 이용하려면 그에 따른 비용이 들기에 학원에 고용인을 데려오는 건 유복함의 상징이다.

하이온 후작 영식인 시릴도 양아버지가 고용인을 붙였지만, 학원 안에서 고용인에게 의지하는 일은 별로 없었다.

원래 서민이었던 시릴은 스스로 일상생활을 할 수 있고 적극적으로 다과회를 열지도 않는다. 기껏해야 양아버지나 어머니에게 편지를 보내거나 일상생활에 필요한 자잘한 물건을 준비해 달라고 부탁하는 정도다.

홍차 역시, 시릴은 음료를 준비하는 걸 좋아하기에 다과회가 아닌 한 직접 준비했다.

(오늘은 냉기 방출이 적으니 차분하게 홍차를 준비할 수 있겠어.)

냉기가 나올 때는 끓인 물이나 다기가 식지 않게 작업대와 거리를 두는 등 자잘하게 신경을 써야 한다.

시릴은 물이 들어간 주전자를 작업대 구석에 배치된 금속제 판 위에 올려놨다.

주전자 바닥보다 두 배는 큰 은색 판은 네모 모양에 중심엔 원을 그리듯 마술식이 새겨졌고 마도구 전용 도료가 발렸다.

판 오른쪽 대각선 앞쪽에는 붉은 보석이 박혀 있는데 여기에 마력을 아주 조금 주입하면 판 위에 있는 물건을 데우는 최신 가열용 마도구다.

아직 불을 미세하게 조절할 수는 없고 조리에 쓰기엔 화력이 약해 조리실에는 거의 도입되지 않았지만 화속성 마술을 못 쓰는 시릴에게는 매우 편리한 도구다.

이런 최신 기술을 접할 때마다 세렌디아 학원의 대단함을 깨닫는다.

수도(水道) 역시 그렇다. 리디르 왕국은 옛 칠현인인 '치수의 마술사'의 공적으로 수도 기술이 다른 나라보다 발달한지라 각 가정에 수도가 있다. 하지만 2층 이상의 방에 수도를 설치할 수 있는 집은 귀족 중에서도 별로 없다.

그러나 세렌디아 학원은 거의 모든 층에 수도 설비가 있다.

(역시 왕족들이 다니는 세렌디아 학원…….)

자신은 그런 위대한 왕족인 펠릭스 아크 리디르의 차를 준비하는 걸 허락받았다. 이런 명예로운 일이 또 있을까?

시릴이 자랑스러운 마음으로 찻잎을 고르는데 뒤에서 작은 목소리가 들렸다.

"저, 저기, 시릴 님……."

돌아보자, 후배인 모니카 노튼이 문 앞에서 꾸물거리며 손가락을 꼬고 있었다.

"노튼 회계인가. 무슨 일이지?"

"저, 저, 도와드릴게요."

홍차 준비는 시릴이 좋아서 하는 일이라 신경 쓰지 않아도 되건만 성실한 모니카는 선배가 홍차를 준비하게 놔두기가 미안한 모양이었다.

시릴은 극도로 낯가림이 심한 모니카가 직접 도와준다고 나서는 건 좋은 경향이라고 생각했다.

"그렇다면 저기 쟁반에 컵을 놓아 주겠어?"

"네!"

시릴이 일을 맡기자, 모니카는 안심한 듯 식기 선반으로 다가갔고…….

"아우."

컵에 손이 닿지 않아 한 손을 들어 올린 자세로 슬픈 목소리를 냈다. 모니카는 고등과 여학생 중에서도 몸집이 무척 작은 편이다.

시릴은 잘못된 부탁을 했다고 마음속으로 반성하면서 다른 지시를 내렸다.

"내가 컵을 놓을 테니 넌 컵을 데울 온수를 부어 줘."

"네, 네에……."

"그 금속판은 뜨거우니까 건드리지 말고."

시릴은 보석 옆에 있는 작은 돌기를 돌렸다. 이러면 마력이 차단되어 가열이 끝나지만 그런 뒤에도 금속판은 한동안 뜨거울 것이다.

시릴은 처음 썼을 때 실수로 만졌다가 화상을 입었었다.

"시릴 님. 이거, 마도구인가요?"

"그래. 여기 보석 부분에 마력을 주입하면 위에 올려둔 물건을 데울 수 있지."

"1층 준비실에는, 없었어요."

그러고 보니 여학생은 다과회 수업이 있다.

모니카도 홍차를 준비하려고 준비실을 사용한 적이 있을 것이다.

"마도구는 귀중품이고 개수가 적으니까. 가열용 마도구가 설치된 곳은 이 준비실뿐이야."

"그렇군요……."

모니카는 주전자를 살짝 기울여 금속판에 새겨진 문양을 빤히 바라봤다.

모니카는 언제나 허둥대는 소녀지만 수식이나 체스판과 마주할 때는 감정이 빠져나간 것처럼 무표정하다.

지금, 시릴의 눈앞에서 마도구를 관찰하는 모니카는 그런 무표정이었다.

"앰버드의 락슈아 공방제, 지속 사용 가능한 소형 마도구…… 굉장한 사치품이네……."

"잘 아는군."

중얼거림을 듣고 시릴이 반응하자, 모니카는 양손을 허둥지둥 움직였다.

"그게, 옛날에, 잠깐 본 적이, 있었어요."

모니카 노튼이 옛 케르벡 백작 부인이 거둔 소녀이자 현 케르벡 백작 영애 이자벨 노튼의 시중을 들고 있음은 시릴도 들었다.

그렇다면 케르벡 백작의 저택에서 마도구를 본 적이 있어도 이상하지 않다.

케르벡 백작은 리디르 왕국에서도 손꼽히는 대귀족이다. 그러니 비싼 마도구를 소유하고 있는 게 당연하다.

시릴이 컵을 진열하면서 그런 생각을 하는데 복도에서 학생회 서기 엘리엇 하워드가 얼굴을 내밀었다.

"아, 있다 있어. 어~이, 시릴. 서둘러 주방에 가 달라고."

"주방에 무슨 일이 생겼나?"

자신을 부른다면 얼음 마술이 필요한 사태── 즉, 화재가 일어났나 싶어서 시릴은 내심 대비했다.

그러나 엘리엇은 딱히 긴박하지 않은 투로 태연히 말했다.

"주방에서 문제를 일으킨 학생이 있는 모양이더라고. 분명 네가 그 학생과 면식이 있었을 텐데."

거기서 엘리엇은 갑자기 뭔가 떠올랐다는 듯이 모니카를

바라봤다.

"아, 맞아. 노튼 양도 가 보는 편이 좋지 않을까?"

"저도, 아는 사람…… 인가요?"

모니카의 말에 수긍한 엘리엇은 그 이름을 입에 담았다.

* * *

"그~러~니~까~ 저는 무고함다!"

주방에서 곤란한 표정을 지은 요리사들에게 둘러싸여 큰 소리로 주장하는 건 고등과 2학년 편입생 글렌 더들리였다.

시릴은 학년이 다르지만 모니카의 댄스 연습에 어울렸을 때 어째서인지 글렌에게도 댄스를 가르치게 되어 그 뒤로 왠지 인연이 있는 후배였다.

모니카와 함께 주방에 도착한 시릴은 실례한다고 한마디 양해를 구하고는 요리사들의 얼굴을 돌아봤다.

"학생회다. 거기 있는 글렌 더들리가 문제를 일으켰다고 들었는데."

시릴이 그렇게 말하자, 곤란한 얼굴을 하던 글렌의 표정이 확 밝아졌다.

"부회장님! 모니카!"

글렌이 그렇게 외치며 손을 흔들었다.

시릴의 뒤에 숨어 있던 모니카가 그의 등에서 고개를 내밀고 조심스레 글렌에게 말을 걸었다.

"저기, 글렌 씨. 무슨 일이 있었나요?"

"그게, 다들 내가 주방에 있던 요리를 몰래 먹은 거 아니냐고 의심해서…….."

글렌은 토라진 표정으로 금갈색 머리를 긁적이며 자신을 둘러싼 주방 요리사들을 돌아봤다.

요리사들은 글렌에게 적의를 보이지는 않았고 오히려 곤혹스럽다는 표정이었다.

덩치 큰 고령의 주방장이 글렌을 바라보며 곤란하다는 얼굴로 말했다.

"우리도 이 젊은이를 의심하고 싶지 않지만 상황이 상황인지라…….."

정육점네 아들인 글렌은 주방에 자주 드나들며 직원용 식사를 나눠 먹거나 새로운 고기 요리 레시피를 함께 개발하던 모양이었다. 학원제 때는 글렌의 본가에서 고기를 제공했을 정도다.

세렌디아 학원에 다니는 학생답지 않은 행동이지만 붙임성이 좋은 글렌은 주방 사람들에게 귀여움을 받았다.

그래서 요리사들도 글렌의 몰래 집어 먹기 의혹이 당혹스러운 것이리라.

시릴은 흠, 하고 고개를 끄덕이고는 주방장에게 물었다.

"자세한 사정을 들려줬으면 좋겠다."

"네, 어제 오전 중에 말이죠. 우리 요리사 중 한 명이 저기 안쪽에서 뼈 붙은 고기를 굽고 있었지요."

주방장은 조리장 안쪽에 있는 오븐과 작업대를 가리켰다.

오븐 옆 작업대는 열을 막기 위해 벽돌로 된 벽이 있어서 다른 작업장에서 그곳은 사각지대였다.

"그리고 오븐에 구운 고기를 꺼내서 열을 식히고 있었습니다. 제 주먹 크기 정도의 뼈 붙은 고기가 20개 정도 있었던 가……. 그게 고작 15분도 안 되어서 누군가가 뼈만 남기고 다 먹어 치웠더라고요."

팔짱을 끼고 얘기를 듣던 시릴이 콧소리를 내며 단언했다.

"불가능한 범죄군. 갓 구운 뜨거운 고기가 20개나 되는데 15분 만에 먹을 리가 없어."

"어, 그 정도면 여유로운데…… 부회장님은 못 드심까?"

글렌이 중얼거리자, 뜨거운 걸 잘 못 먹는 데다 소식가인 시릴은 입을 다물었다.

어른 주먹 크기의 뼈 붙은 고기라니, 시릴은 두 개 먹으면 충분히 배가 찬다.

시릴은 헛기침하고는 계속해서 자잘한 점을 추궁했다.

"애초에 어째서 글렌 더들리가 용의자로 거론된 거지?"

"아무래도 요리사가 아닌 사람이 문을 통해 들어왔다면 누군가가 눈치챘겠죠. 하지만 저곳에는 높은 위치에 창문이 있습니다."

주방장 말대로 오븐 옆 높은 곳에 작은 창문이 있었다.

시릴의 키보다 더욱 높은 위치다. 주방은 1층이지만 이 높은 창문을 드나들려면 발판이 필수다.

"과연…… 비행 마술인가."

비행 마술은 쓰기 어려워서 상급 마술사 중에서도 사용자가 적다. 시릴도 못 쓴다.

그런데 이 학원에서 유일하게 비행 마술을 쓰는 것이 견습 마술사 글렌 더들리다.

시릴은 직접 보지 못했지만, 글렌이 학원제 무대에서 비행 마술을 보여 준 것은 유명했다.

시릴은 손끝으로 자기 팔을 툭툭 치면서 생각을 정리하듯 말했다.

"범인은 비행 마술로 창문을 드나들었을 수도 있다. 그리고 이 학원에서 비행 마술을 쓸 수 있는 건 글렌 더들리뿐이다. 게다가 고기를 좋아하고 대식가이니 조건은 맞는다. 그렇군……."

그러나 명확한 증거도 없이 글렌을 의심하긴 아직 이르다.

시릴은 좀 더 상황을 정확하게 조사해야 한다고 생각했다.

"범행이 이루어진 건 오전이라고 하던데 구체적으로는 몇 시 무렵인가?"

"네. 그게…… 마침 선택 수업 시간이었죠."

"그럼 수업을 들었다면 알리바이는 성립될 거다."

어제 선택 수업에서 시릴은 고도 실전 마술 수업을 듣고 있었다. 마침 그 무렵 글렌도 실전 마술 수업을 들었을 거다. 그때의 상황을 담당 교사에게 확인하면 글렌의 무죄는 증명된다.

아무래도 무사히 후배의 무고함을 증명할 수 있을 것 같다. 시릴이 그렇게 가슴을 쓸어내리는데, 글렌이 거북한 표정으로 말했다.

"아니~ 그게, 저기……. 실은 이 창문 건너편에 제가 만든 훈제기가 놓여있지 말입다……"

시릴은 왜 그런 걸 가지고 다니냐고 외치고 싶은 걸 꾹 참았다. 이 뒤로도 글렌이 고함치고 싶어지는 말을 할 것 같은 예감이 들었으니까. 그리고 그런 예상은 정답이었다.

"어제는 햄을 만들고 있었는데 훈제기에 바람이 잘 통하나 신경 쓰여서 그만 수업 중에 비행 마술로 휘잉……."

"즉, 네놈은 수업을 빠져나와 이 창문 건너편에 있는 훈제기 상황을 보러 왔다는 거로군."

글렌이 커다란 몸을 웅크리면서 고개를 끄덕였다.

"네놈은 대체 뭘 하는 거냐! 그러면 당연히 의심받지 않나!"

"하, 하지만 이런 일이 일어났을 줄은 몰랐지 말임다……."

"평소에 성실히 수업을 들었다면 이런 일은 없었을 거다! 반성해라!"

시릴의 마력 과잉 흡수 체질은 감정이 격양되면 악화할 때가 있다. 딱 지금이 그랬다.

시릴의 분노를 그대로 표현하듯이 냉기가 주변을 감쌌다.

근처에 있던 몇 명이 팔을 쓸어내렸고, 모니카는 재채기했다.

글렌은 꾸중을 들어서인지 추워서인지 코를 훌쩍이며 울

상을 하고 주장했다.

"수업을 땡땡이친 건 반성하고 있슴다! 하지만 전 정말로 몰래 안 먹었는데……!"

시릴은 미간에 깊은 주름을 잡으며 고민했다.

글렌은 복도를 자주 뛰어다니기도 하고, 교복은 풀어 입고, 수업은 땡땡이치는 등 참으로 골치 아픈 문제아다. 그러나 악인이 아님은 시릴도 알고 있었다.

무엇보다 글렌은 거짓말이 서툴다. 정말로 몰래 먹었다면 좀 더 거동이 수상했을 것이다.

"정말로 몰래 먹지 않았다고 맹세할 수 있나?"

"맹세함다! 신께 맹세코 몰래 안 먹었슴다!"

"전하의 어전에서도 맹세할 수 있나?"

"물론!"

"그럼 됐다."

주변 요리사들이 그걸로 된 거냐고 중얼거렸지만, 시릴의 귀에는 닿지 않았다.

시릴은 거만하게 가슴을 펴고는 글렌에게 선언했다.

"전하께 진심으로 맹세할 수 있다고 한다면 나는 너의 무고함을 증명하기 위해 온 힘을 다하마!"

친하게 지내던 주방 사람들에게 의심받아 궁지에 몰렸을 때, 글렌의 머리를 스친 건 스승 루이스 밀러가 한 말이었다.

『알겠습니까? 글렌. 젊은 너는 앞으로 다양한 곤란에 직면할 겁니다. 그럴 때는 스승의 말을 떠올리세요.』

루이스는 자기 가슴에 손을 대고는 성구를 읊는 성인 같은 표정으로 말했다.

『어지간한 곤란은 돈, 폭력으로 해결할 수 있습니다──.』

글렌은 "칠현인은 돈과 폭력의 화신임까."라고 말했다가 주먹으로 얻어맞은 걸 지금도 기억한다.

그리고 지금, 곤란에 직면한 글렌 앞에서 그의 선배인 시릴 애슐리가 말했다.

"우선은 현장을 재검토하는 것부터 시작하자. 곤란에 직면했을 때 중요한 건 착실한 노력을 거듭하는 거다!"

글렌은 조금 가슴이 뜨거워졌다.

돈과 폭력으로 해결한다고 말하는 스승보다는 눈앞의 선배가 100배는 멋있게 보인다.

"부회장님 멋있습다! 저, 부회장님을 따르겠습다!"

글렌이 감격해서 외치자, 시릴은 조금 눈을 동그랗게 뜨고는 입꼬리를 들어 웃었다.

"따라와라, 글렌 더들리!"

"넵!"

이미 글렌의 머릿속에 스승의 망언 따윈 남아 있지 않았다.

이렇게 현장 재조사를 시작하던 중, '침묵의 마녀' 모니카 에버렛은 남몰래 머리를 감싸 쥐고 있었다.

(잠깐잠깐잠깐, 혹시…… 혹시, 범인은…….)

뜨거운 고기를 단시간에 먹어치우는 먹보에 비행 마술을 쓰지 않고도 창문으로 가볍게 드나들 수 있는 인물── 아니 고양이를 모니카는 알고 있다.

'아아, 제발 내 생각이 지나쳤기를.' 모니카가 남몰래 그렇게 기원하는데, 발판에 올라 창문을 조사하던 시릴이 목소리를 높였다.

"여기에 발자국이 있다! 흐릿해졌지만…… 이건 아마 작은 동물의 것이군."

(허어어어어억!)

새파래져서 떠는 모니카 옆에서 글렌과 시릴은 그것 말고도 발자국이 없나 조사했다.

"즉, 소형 육식동물이 드나들었다는 검까?"

"확증은 없지만 가능성은 있지. 하지만……."

시릴은 발판에서 내려와 심각한 표정으로 말했다.

"단시간에 대량의 고기를 먹어치우는 육식동물이라면…… 위험한 짐승일지도 모른다. 학생의 안전을 위해서라도 포획할 필요가 있겠어."

모니카가 목에서 "히에엑."하고 가느다란 소리를 냈다.

시릴은 글렌과 모니카를 번갈아 보며 말했다.

"일단 밖으로 나가서 조사하자. 또 다른 발자국이 있을지도 몰라. 노튼 회계는 학생회실로 돌아가서……."

"아뇨! 저도…… 저도 갈게요!"

이렇게 되면 모니카가 할 수 있는 일은 단 하나.

시릴과 글렌과 동행해서 네로의 흔적을 찾으면 무영창 마술로 신속하게 지우는 거다. 그렇게 모든 걸 흐지부지 넘길 수밖에 없다.

그러나 시릴은 모니카의 동행을 좋지 않게 보는 모양이었다. 짐승이 있다면 위험하다고 생각했으리라.

모니카는 두 주먹을 움켜쥐고 자신이 낼 수 있는 제일 큰 목소리로 말했다.

"저도, 학생회 임원이니까요!"

"그런가……."

시릴은 모니카가 성장했음을 곱씹듯이 감회로 가득한 표정으로 중얼거리며 윗옷 자락을 휘날리며 밖을 향해 걸었다.

"그럼 가자, 노튼 회계! 글렌 더들리!"

"네헷!"

"알겠슴다!"

* * *

밖으로 나와 건물을 빙 돌아간 모니카 일행은 주방 밖——무전취식범이 드나든 창문 밖으로 이동했다.

주방 벽 쪽에는 모니카의 키 정도 되는 크기인 금속제 상자가 있었다.

"이건……?"

낯선 상자를 본 모니카가 고개를 갸웃거리자, 글렌이 의기양양하게 말했다.

"내 수제 훈제기! 버려진 나무를 조합해서 만들었슴다. 지금도 여러모로 개량 중이라……."

"너는 신성한 배움터를 뭐라고 생각하는 거냐."

시릴이 글렌을 빤히 노려보면서 낮은 목소리로 신음했다.

모니카 옆에서 차가운 공기가 감돌았다. 이건 격앙하기까지 세 발짝 정도 남은 싸늘함이다.

모니카가 허둥대면서 시릴과 글렌을 번갈아 보는데, 글렌은 훈제기 뚜껑을 열고 외쳤다.

"아앗! 매달아둔 햄이 사라졌슴다!"

기다란 훈제기는 상부에 후크가 있었다. 아무래도 그곳에 고기를 매다는 모양이다.

시릴이 빈 훈제기를 보고 눈썹을 찌푸렸다.

"훈제기 불은 이미 꺼졌군. 끈 채로 햄을 방치했나?"

"식재료에 따라 다르지만 훈제는 훈연한 뒤에 바로 먹기보다는 조금 바람을 쐬서 건조해야 더 맛있슴다."

글렌의 말로는 오늘 아침에 불을 끄고 햄에 바람을 쐤다고 한다.

즉, 햄이 사라진 건 그 이후라는 뜻이다.

시릴은 몸을 수그려서 지면을 조사했다.

"훈제기 옆에 작은 발자국이 있군……. 숲 쪽으로 이어지는 모양이다. 아마 그 동물은 숲에 잠복했겠지."

(와아아아악……!)

모니카는 초조해졌다. 네로는 지금 어디에 있는 걸까? 만약 시릴에게 숲에서 와작거리며 햄을 먹는 모습을 들킨다면 더는 대책이 없다.

"숲에도 흔적이 있나 조사하자."

"알겠슴다!"

시릴이 큰 보폭으로 성큼성큼 숲으로 향했고, 글렌도 뒤를 따랐다.

모니카는 종종걸음으로 두 사람의 뒤를 쫓으며 어떻게 네로의 흔적을 지울지 고민했다.

세렌디아 학원의 부지 안에는 승마나 실전 마술 수업 등에 쓰이는 숲이 있다.

숲은 일부 위험한 곳을 제외하고는 기본적으로 학생의 출입이 자유롭지만 수업이 아닌 일로 나오는 사람은 별로 없다.

방과 후에 드나드는 건 기껏해야 승마 클럽과 마법전 클럽 정도다.

모니카 일행이 숲속을 나아가자 공격 마술 연습을 하던 마법전 클럽원들의 모습이 보였다.

귀족에게 마술은 교양 중 하나다. 그래서인지 세렌디아 학원은 모니카가 생각한 것 이상으로 마술 교육 시설이 충

실했다.

예를 들어 마술서나 마도서 종류는 도서관에 따라 보유하지 않는 곳도 있지만 세렌디아 학원은 어느 정도 보유하고 있다.

또한 마법전 결계는 다루기 까다롭고 유지하려면 조건을 만족하는 토지, 마도구와 마술사가 최소 두 명은 필요하기 때문에 어디에서나 칠 수 있는 건 아니다.

솔직히 세렌디아 학원에서 마법전을 볼 줄은 몰랐기에, 모니카도 처음 봤을 때는 내심 놀랐었다.

"애슐리!"

마법전 지도를 하던 남학생이 이쪽을 알아채고 목소리를 높였다.

노란빛이 도는 금발의 덩치 큰 남학생이다. 밝은색 눈은 저녁놀의 하늘처럼 오렌지색을 띠었다.

마법전 클럽 회장 바이런 갈레트다.

어제 마법전 수업에서 시릴과 대치하고 단축 영창에 실패해서 패배한 학생이다.

바이런은 종종걸음으로 달려오더니 어딘가 조마조마한 기색으로 시릴에게 말을 걸었다.

"네가 우리 마법전 클럽에 발을 들이다니 웬일이냐. 설마 나와 마법전을 하고 싶어진 거냐? 그런 거지? 그런 거지? 좋아. 그럼 지금부터 정식으로 결투를……."

"학생회 업무 중이다. 그런 이야기는 나중에 해."

"그런가. 업무 중이라면 그럴 수 없지. 그럼 추후 일정을 확인해서 결투를 신청하겠다는 취지를 서면으로 제출해야겠어."

바이런은 의외로 바로 물러났다. 혈기왕성하지만 성실한 학생이다.

모니카의 주관이 많이 섞이긴 했지만 세렌디아 학원 학생은 미네르바 학생보다는 압도적으로 행실이 바르다.

(미네르바 시절에는 선배가 억지로 마법전 회장으로 끌고 갔었지…….)

지나간 날을 떠올린 모니카가 질색하는 사이, 바이런은 우락부락한 턱을 어루만지며 물었다.

"그래서 학생회 임원이 일부러 숲에 오다니 무슨 일이냐?"

"이 주변에 위험한 육식동물이 도망쳤을 가능성이 있는지 조사 중이다. 짐작 가는 건 없나?"

시릴이 묻자 바이런은 고민하듯 눈썹을 찌푸리더니 고개를 가로저었다.

"아니, 없어."

"그런가. 만약 그럴듯한 동물을 발견하면 가르쳐 줘."

"그래, 알았다."

시릴은 바이런과 몇몇 대화를 나누고는 그 자리를 떠났다.

걸어가던 시릴이 문득 뭔가 떠올랐는지 글렌을 봤다.

"글렌 더들리. 너는 견습 마술사 아니냐. 마법전 클럽에서 실전을 위해 실력을 갈고닦을 생각은 없나?"

시릴은 글렌이 마법전 연습 풍경을 신경 쓰는 걸 눈치챈 것이리라.

지금도 글렌은 걸어가면서 바이런 쪽을 힐끔거렸는데, 시릴의 말을 듣고 앞을 돌아보면서 거북한 듯이 머리를 긁적였다.

"저, 마법전에는…… 으~음. 그다지 좋은 추억이 없다고나 할까……. 조금 보류임다."

"그런가. 뭐, 강요하지는 않겠다만."

글렌은 '결계의 마술사' 루이스 밀러의 제자다.

모니카는 루이스와 동기지만 그가 어떤 경위로 글렌을 제자로 들였는지는 모른다.

(루이스 씨는 적극적으로 제자를 두는 사람으로는 안 보이니까……. 뭔가 이유가 있었던 걸까?)

모니카가 속으로 고민하는 사이, 글렌이 걷는 속도가 조금 느려졌다.

글렌은 언제나 큰 보폭으로 기운차게 걷는 청년이다. 그런 그가 체구가 작은 모니카에게도 추월당하는 보폭으로 걸으면서 나지막하게 중얼거렸다.

"부회장님은 뭘 위해 마술을 공부하심까?"

"아버님의 도움이 되기 위해서다."

시릴이 돌아보지 않고 똑바로 앞을 바라보며 즉답하자, 글렌은 얼굴이 비뚤어질 정도로 찡그리며 웃었다.

언제나 대책 없이 밝은 글렌답지 않게 씁쓸한 것을 삼키는 듯한 웃음이었다.

"그렇게 즉답하는 사람은 굉장히 멋있다고 생각함다. 저는 그런 걸 잘 모른 채로 견습 마술사가 되었으니까요."

글렌의 말이 모니카의 가슴에 꽂혔다.

모니카도 똑같았다. 명확한 목표를 두고 마술을 배우기 시작한 게 아니다. 양어머니에게 폐를 끼치지 않는 것만으로도 좋았다.

우연히 모니카에게는 적성이 있었고 무영창 마술을 익혀서 칠현인이 되었지만── 그것뿐이다. 목표가 있어서 이룬 건 아니다.

휩쓸리면서 살다가 정신을 차리니 그렇게 되었을 뿐이다.

모니카가 남에게는 도저히 자랑할 수 없는 자신의 삶을 돌아보는 사이, 시릴이 앞을 바라본 채 말했다.

"설령 지금은 목표가 없더라도 언젠가 생겼을 때, 몸으로 익히면서 배우고 쌓아올린 기술이나 지식은 분명 도움이 될 거다. 글렌 더들리. 너는 비행 마술을 쓸 수 있지?"

"넵."

"비행 마술은 결코 간단하지 않아. 긁힌 상처투성이가 되면서 몇 번이고 연습해야 익히는 마술이다. 그건 노력을 거듭해서 습득한 기술이라고 자랑해도 되지 않을까?"

시릴의 말은 모니카에게 작은 충격으로 다가왔다.

목표도 없이 휩쓸리며 아래만을 바라보며 살아왔다. 그런 자신에게도 무언가를 자랑할 수 있는 날이 올까?

(자랑할 수 있으면…… 좋겠다.)

모니카는 그렇게 생각한 자신에게 놀랐다.

산속 오두막에 틀어박힌 무렵이었다면 이런 생각은 하지도 않았을 거다.

모니카가 자신의 변화에 놀라는 사이, 글렌도 시릴의 말에 뭔가 느낀 바가 있었던 모양이다.

"저…… 아직 완전 미숙하다는 말을 듣슴다."

"그렇다면 자랑할 수 있을 때까지 단련하는 게 좋아."

참으로 시릴다운 말이어서 글렌은 눈썹을 내리고 웃었다.

그리고 조금 보폭을 넓혀서 모니카와 나란히 서고는 몰래 귓속말했다.

"역시 부회장님은 멋있지 말임다."

모니카는 글렌을 올려다보고 살짝 웃으면서 수긍했다.

두 사람의 앞을 걷는 시릴의 등은 남성치고는 가냘프다. 연약하다고 해도 좋다.

그런데 어째서 이렇게나 믿음직스럽게 보일까.

그 믿음직한 등이 한순간, 주르르르륵 하는 소리와 함께 단숨에 사라졌다.

"끄악?!"

"시릴 니임?!"

"부회장니임——?!"

아무래도 발을 헛디뎌 언덕에서 미끄러진 모양이었다. 시릴이 떨어진 곳은 절벽이라고 할 정도는 아니지만 상당히 급경사였다.

모니카와 글렌이 언덕 밑을 바라보자, 시릴은 건물 한 층 정도 높이를 미끄러져서 낙엽 사이에 파묻혀 있었다.

"부회장님. 실은 운동 신경 나빴습까……."

"평범해! 지금은 발이 미끄러진 게 아니라 무언가가 다리에 부딪힌 거다!"

글렌의 중얼거림을 들은 시릴이 낙엽을 헤치고 나와서 고함쳤다. 그러나 그 얼굴은 굉장히 괴로운 듯 일그러져 있었다.

일어난 시릴은 휘청거리며 지면에 무릎을 꿇었다. 딱 봐도 상태가 이상하다.

"시릴 님?! 어딘가 다치신……."

"모니카, 낌새를 보러 가지 말임다. 여기는 미끄러지기 쉬우니까 나를 잡지 말임다!"

글렌은 비행 마술을 영창하고는 모니카를 옆구리에 끼고 두둥실 떠올랐다.

모니카의 조잡한 비행 마술과는 격이 다른 안정감이다. 모니카는 사람 한 명을 옆구리에 끼우면 분명 균형을 잡지 못하고 추락했을 거다.

두 사람이 시릴 옆에 착지하자, 시릴은 거북한 듯 입술을 일그러뜨렸다.

"조금…… 발이 삐었다."

조금이라지만 상당히 아픈 것이리라. 몇 번이고 일어서려다 실패했다.

글렌도 시릴이 참고 있다는 걸 알아챘는지 등을 돌려서

쪼그려 앉았다.

"부회장님. 저한테 업히시지 말임다."

"미안하군……. 고맙다."

글렌은 괴로운 표정을 지은 시릴을 보고 하얀 이를 드러내며 쾌활하게 웃었다.

"비행 마술이 바로 도움이 돼서 뭔가 자신감이 붙었슴다!"

"그런가……. 그렇군……."

시릴이 복잡한 듯한 심경으로 중얼거린 그때, 근처 덤불에서 부스럭거리는 소리가 났다.

글렌과 시릴이 긴박한 표정으로 덤불을 노려봤다. 뼈 붙은 고기와 햄을 홀라당 먹어 치운 사나운 고기 도둑을 경계한 것이리라.

모니카도 만약을 위해 경계하며 언제든 무영창 마술을 쓸 수 있게 대비했다.

덤불이 다시 크게 흔들렸고 아래쪽에서 무언가가 튀어나왔다. 작은 손이다. 그것도 인간 아이의 것이었다.

그 작은 손으로 덤불을 헤치고 모습을 드러낸 것은 금색 머리를 양 갈래로 묶은 서너 살 정도의 소녀였다.

그 아이는 양손으로 지면을 짚고는 덤불에서 슬금슬금 기어 나오더니 고개를 들어 이쪽을 올려다봤다.

그 동그랗고 커다란 눈에 눈물이 그렁그렁하기 시작했다.

"으에엥, 히끅, 히끅……."

소녀가 지면에 엎드린 채 울자, 시릴과 모니카는 흠칫 어깨를 떨었다.

"우, 울잖아……."

"울고 있어요……!"

두 사람은 딱딱한 목소리로 목격한 그대로의 모습을 말했다. 이 정도 나이대의 아이에게는 익숙하지 않으니까.

시릴이 지면에 앉은 채 조심조심 소녀에게 말을 걸었다.

"저기…… 어, 어디서 온 거냐? 이름은……?"

"히끄으윽, 와아아앙……!"

소녀의 울음소리가 더욱 커졌다.

얼굴을 새빨갛게 물들이고 목이 터져라 우는 소녀를 본 시릴이 당황했다.

"나, 나냐?! 내가 울린 건가?!"

"부회장님. 진정하시지 말입다. 아마 얘는 미아일 겁다."

그렇게 말한 글렌이 소녀의 몸을 가볍게 안아 들고 등을 토닥였다.

그러자 소녀의 울음소리가 더욱 커졌다.

시릴이 불안한지 글렌을 바라봤다.

"아, 안아도 괜찮은 거냐? 아까보다 울음소리가 심해졌는데……. 혹시 그 소녀가 높은 곳을 싫어하는 게……?"

"이건 안심해서 우는 겁다."

글렌의 말대로 소녀는 처음에는 크게 울었지만 점차 우는 소리가 잦아들었다.

모니카와 시릴은 저도 모르게 존경하는 시선으로 글렌을

올려다봤다.

"글렌 씨, 대단해요…….."

"아이 다루는 게 능숙하구나."

"우리 집은 여동생이 두 명 있어서 말임다. 그리고 이웃집 애를 돌봐 달라는 부탁도 받았었고요."

글렌은 별거 아니라는 투로 말하고는 소녀에게 여느 때보다 부드러운 목소리로 말을 걸었다.

"이름이 뭐니?"

"아…… 에이아가, 없어~."

"에이아?"

글렌이 고개를 갸웃하자, 소녀는 훌쩍거리며 콧물을 삼키고 '에이아'라는 말을 반복했다.

"에이아? 그런 녀석을 찾고 있나? 으~음. 잘 모르겠지 말임다. 에이아를 만나고 싶니?"

글렌이 묻자, 소녀는 슬픈 듯 훌쩍이면서 '에이아'만 반복했다.

"미아라면 이대로 놔둘 수도 없지. 직원실로 데려가자."

그렇게 말한 시릴이 일어나려다가 발목 통증으로 신음하며 무릎을 꿇었다.

* * *

"──그렇게 돼서 고기 도둑을 쫓아 숲으로 들어갔다가

이 소녀를 보호했습니다. 직원실로 데려가려고 했지만 현재는 직원회의 중인지라 끝날 때까지 학생회실에서 돌보려고 데려왔습니다."

학생회장석에 앉은 펠릭스는 시릴의 보고를 들으며 "그래."라고 중얼거리고는 소녀를 바라봤다.

숲속에서 발견한 그 소녀는 울지도 외치지도 않고 모니카의 치맛자락을 잡은 채 가만히 있었다.

나이는 추정하기로 대략 3~4세. 밝은 금발을 양 갈래로 묶은 귀여운 소녀로 고급스러운 외출복을 입은 걸 보면 어느 정도 유복한 집의 아이 같았다.

덤불에서 나왔을 때는 울고 있었지만 지금은 입을 꾹 다물고 침묵 중이다. 이동하면서 글렌이나 시릴이 말을 걸었지만 소녀는 줄곧 이랬다.

소녀가 모니카의 치맛자락을 잡는 것도 딱히 모니카를 따라서 그런 게 아니라, 그저 붙잡기 좋아서 잡은 것뿐이리라.

(모르는 사람에게 둘러싸였으니, 무섭겠지……. 나라면 기절했을, 지도.)

학생회실에는 펠릭스 말고도 서기인 엘리엇과 브리짓이 있었다. 둘은 각각 작업하던 손을 멈추고 소녀를 관찰했다. 서무인 닐만 부재중이었다.

"그래서……."

엘리엇이 손으로 턱을 괴고는 어이없다는 듯이 처진 눈을 가늘게 뜨며 시릴을 바라봤다.

"왜 미아가 된 애가 아니라 네가 업힌 거냐?"

"숲을 조사하다가 다쳤다."

"흐응. 그래서 후배에게 업혀 왔다는 건가. 게다가 고기 도둑이라고 의심받는 녀석한테."

엘리엇이 악의를 숨기려 하지도 않은 채 말하자, 시릴과 글렌이 울컥한 표정을 지었다.

계급 지상주의인 엘리엇은 세렌디아 학원에 서민이 다니는 걸 좋게 안 본다.

그런 그에게 있어 귀족다운 면이 없는 글렌은 특히 눈엣가시이다.

엘리엇이 비웃으면서 입을 열었다. 아마 비아냥대려는 것이리라. 그러나 그걸 가로막듯이 펠릭스가 끼어들었다.

"직원회의는 앞으로 30분 정도면 끝나겠지. 그때까지 우리 학생회 임원이 세렌디아 학원을 대표해서 작은 손님을 접대하자고."

부드럽게 견제 당한 엘리엇이 코웃음 쳤다.

"애 보기 같은 건 학생회 임원의 일이 아니야. 고용인을 부르면 되잖아."

시릴이 삐딱한 태도의 엘리엇을 노려봤다.

엘리엇이 계급 지상주의라면, 시릴은 전하 지상주의다.

펠릭스의 말에 반발한 엘리엇에게 시릴이 날카로운 말투로 말했다.

"30분만 있으면 직원회의가 끝난다. 그 정도의 시간이라면 우리끼리 어떻게든 해야겠지."

"흐응. 그럼 잘해 보라고. 후배에게 업힌 부회장님."

시릴의 관자놀이에 푸른 핏대가 치솟고 주변에 냉기가 감돌았다. 시릴을 업은 글렌이 비명을 질렀다.

"부회장님! 차갑습니다! 차갑습니다! 등이 싸늘합니다!"

"미, 미안하다. 내려다오."

시릴은 글렌의 등에서 내려와 의자에 앉았다. 응급처치는 했지만 서 있는 것도 힘들 만큼 아픈 것이리라.

시릴은 모니카의 치맛자락을 잡은 소녀에게 물었다.

"내 이름은 시릴 애슐리. 이 세렌디아 학원의 학생회 부회장이다. 이름을 알려줄 수 있을까?"

"……."

"나이는?"

"……."

"보, 보호자의 이름은?"

"……."

시릴의 표정이 점점 굳었고, 소녀의 얼굴은 어두워졌다.

엘리엇이 어이없다는 듯 코웃음 쳤다.

"그건 그냥 심문이잖냐."

"이거 말고 뭘 이야기하라는 거냐!"

"그러니까 애들이 좋아할 이야기를 해야지."

엘리엇은 문득 뭔가 떠올랐다는 표정으로 모니카를 보더니 히죽거리며 심술궂게 웃었다.

"그쪽 아기 다람쥐는 애를 돌본 적 있나?"

"에윽?!"

"똑같은 어린이니까 친하게 지낼 수 있을 것 같은데."

엘리엇은 어른 소녀와 모니카를 교대로 보면서 히죽거렸다. 실제 나이보다 어리게 보이는 모니카에게 비아냥거리는 거다.

"저, 전, 다음 달이면 열일곱인데요……."

모니카는 작은 목소리로 반론하면서 생각했다.

모니카에게 아이를 돌본 경험 같은 건 없다. 하지만 학생회 임원으로서 모두의 도움이 되고 싶었다.

(아이가 기뻐할 즐거운 이야기…… 즐거운 이야기…… 즐거운…… 맞다. 샘 아저씨의 돼지!)

이거다. 이거라면 분명 즐거울 거다. 모니카는 주먹을 움켜쥐면서 빠르게 말했다.

"저, 샘 아저씨의 돼지 노래에서 나오는 수열의, 나머지의 주기성 증명을 해설할게요!"

어이없어하는 분위기가 실내를 가득 채웠다.

모니카는 흥, 하고 콧김을 내뿜으며 단언했다.

"분명, 굉장히 즐거울 거예요!"

좀처럼 사람에게 퇴짜를 안 놓는 관대한 글렌이 지적했다.

"모니카. 그건 그냥 『샘 아저씨의 돼지』를 부르기만 하면 되지 않습까?"

"윽, 노래…… 노래는…… 별로 잘 못 불러서……. 저기,

수열 부분만이라면, 얼마든지 암송할 수 있는데요…… 음정 같은 건, 좀…….”

엘리엇은 글렀다고 중얼거리며 고개를 가로저었다.

주변의 곤혹감이 전해졌는지, 소녀의 얼굴은 다시 울음을 터뜨리기 일보 직전처럼 어두워졌다.

엘리엇은 인상을 찌푸리고는 구원을 바라듯이 브리짓을 바라봤다.

“브리짓 양에게는 여동생이 있었지?”

엘리엇이 누구라도 좋으니 어떻게든 해 달라는 듯이 묻자, 브리짓은 서류 작업을 하면서 대답했다.

“네. 1년에 몇 번밖에 이야기하지 않는 여동생이지만요.”

아무래도 별로 사이가 안 좋은 모양이다.

엘리엇은 이마에 손을 짚고는 천장을 올려다봤다.

“젠장. 왜 이럴 때만 메이우드 서무가 없는 거야.”

시릴도 깍지 낀 손을 이마에 대고는 고통스러워하는 표정으로 신음했다.

“큭, 메이우드 서무만 있었다면…….”

모니카도 마음속으로 생각했다.

(메이우드 님이 계셨다면, 분명 어떻게든 했을 텐데……!)

서무인 닐 크레이 메이우드는 애를 잘 본다고 소문난 일화가 있는 건 아니지만, 한눈에 봐도 온화하다는 걸 알 만한 인품을 가졌다.

‘조정자의 가계’의 사람인 그라면 어린이와의 사이도 조정해 줄 거다. 분명 어떻게든 할 것이다. ——닐은 그런 신뢰를 받았다.

하지만 이런 상황에서 닐은 자리를 비웠다. 그는 지금 학원제 뒤처리 관련으로 각 부문장과 회의 중이라 한동안 돌아오지 않는다.

글렌이 모니카의 치맛자락을 붙잡은 소녀를 안아 들고 달랬지만, 소녀의 동그란 눈에는 이미 눈물이 고여 있었다. 울음을 터뜨리는 건 시간문제다.

모두가 폭발 직전의 화약을 보는 눈빛으로 소녀를 봤다.

그런 가운데 펠릭스가 일어나 손수건을 꺼냈다.

(손수건으로, 뭘 하려는 걸까?)

그 손수건으로 소녀의 눈물을 닦아 주려나 싶었지만, 펠릭스는 그 자리에서 손수건을 접으며 둥글게 말았다. 그리고 몇 가지 과정을 거쳐 끝을 잡아당기자 하얀 손수건이 토끼 인형이 되었다.

펠릭스는 글렌이 안아 든 소녀 앞에서 즉석 토끼 인형을 움직였다.

"안녕, 작은 레이디."

"에이아!"

소녀의 얼굴이 확 밝아졌다.

펠릭스는 부드럽게 미소 지으면서 숨기고 있던 쿠키를 소녀에게 내밀었다.

"작은 레이디, 쿠키를 받으렴."

소녀는 "어아어~."라고 감사하는 듯한 말을 하면서 쿠키를 받아먹었다.

소녀는 입안 가득 쿠키를 넣고 우물거리면서도 눈은 토끼 인형에 못 박혀 있었다. 펠릭스가 토끼를 깡충거리며 움직이자 소녀는 작은 손으로 토끼 인형을 쫓아갔다.

그 화려한 수완을 본 시릴이 감탄한 목소리로 말했다.

"역시 전하십니다……! 전하의 다정함이 소녀의 마음에 와닿았군요!"

"아니, 네 애 보는 법이 너무 글러먹은 거잖아."

엘리엇이 나지막하게 중얼거리자, 시릴은 냉기를 흩뿌리면서 노려봤다.

"아무것도 안 한 녀석이 잘난 척은……."

"나는 고용인을 부르자는 지당한 제안을 했잖아."

이를 가는 시릴과 어깨를 으쓱하는 엘리엇.

험악함을 숨기려고 하지 않는 두 사람을 펠릭스가 부드럽게 달랬다.

"주변의 험악한 분위기는 아이에게도 전해져. 두 사람도 친하게 지내라고?"

펠릭스의 말을 듣자 시릴은 즉시 자세를 고치더니 엘리엇을 바라보며 진지하게 말했다.

"전하의 명령이다. 지금만큼은 절친이라 부르는 걸 허락하마."

"너 말이야……."

글렌이 안고 펠릭스가 달랜 소녀는 쿠키를 세 개 먹자 꾸벅꾸벅 졸기 시작했다.

소파에 앉아서 소녀를 안던 글렌이 등을 쓸자, 소녀는 글렌의 어깨에 뺨을 대고는 오른손을 허우적거렸다.

"에이아……."

뭔가를 찾는 소녀의 손에 펠릭스가 손수건으로 만든 토끼 인형을 살며시 쥐여 줬다. 소녀는 토끼 인형의 귀를 물고는 안심한 듯 숨소리를 내며 잠들었다.

"자냐……? 잠들었지?"

"그래……. 아무래도 잠든 모양이야."

엘리엇과 시릴—— 즉석 절친 두 사람이 작은 목소리로 말을 나누고는 책상에 푹 엎어졌다.

그런데 이 두 사람, 피곤하다는 얼굴을 했지만 거의 아무것도 하지 않았다. 소녀가 잠들 때까지 달래던 건 글렌과 펠릭스다.

엘리엇과 시릴, 덤으로 모니카도 그저 숨을 죽이면서 군침을 삼키고 바라보기만 했을 뿐이다.

그리고 이 소동 속에서 자기는 관여하지 않겠다는 듯 서류를 계속 작성하던 브리짓이 다 쓴 서류를 들고 일어났다.

"슬슬 직원회의가 끝날 무렵이겠죠. 제출할 서류가 있으니 겸사겸사 교직원을 불러오겠어요."

"어라? 내가 가려고 했는데."

펠릭스가 말하자, 브리짓은 살짝 고개를 가로저었다.

"전하께서는 이 뒤로 다음 주 학원 내 자선 시장 건으로 회의가 있으실 텐데요."

"미안하네. 그럼 잘 부탁할게."

펠릭스가 부드럽게 미소 짓자, 브리짓은 호박색 눈을 가늘게 뜨고는 소녀가 움켜쥔 토끼 인형을 바라봤다.

손수건으로 만든 인형은 살짝 형태가 무너졌지만 아직까지 토끼 모양을 유지하고 있다.

"전하께서는 아이 달래는 게 능숙하시네요. 저는 전혀 몰랐어요."

"백성을 소중히 여기고 싶은 건 왕족으로서 당연하잖아?"

"네, 그렇겠죠……."

브리짓은 그렇게만 말하고는 학생회실을 나갔다.

펠릭스도 근처에 있던 서류를 정리하고 일어섰다.

"그럼 나도 회의가 있으니까 나가야겠어. 시릴, 뒷일은 맡겨도 될까?"

"네. 물론이죠!"

"고마워. 그 아이의 보호자를 찾으면 꼭 의무실로 가서 다리 상처를 봐 달라고 하라고?"

펠릭스는 부드러우면서도 거부를 용납하지 않는 말투로 신신당부하고 학생회실을 나갔다.

방에 남은 모니카, 글렌, 시릴, 엘리엇 네 사람은 왠지 모르게 침묵했다.

그리고 몇 분이 지났을 무렵, 모니카는 문득 작은 소음을 들었다.

(무슨 소리지? 뭔가 발밑 쪽에서 들리는…… 듯한데…….)

네로가 침대 위를 돌아다닐 때 나는 소리와 비슷하다. 이건 작은 생물이 천 위로 이동하는 소리다.

모니카 말고 다른 사람들도 소리를 알아챈 모양인지 다들 바닥으로 눈을 돌렸다.

맨 먼저 소리의 정체를 알아챈 건 시릴이었다.

"토끼?"

시릴의 시야 너머── 테이블 아래에 하얀 털을 가진 토끼가 있었다. 손수건 인형이 아니다. 진짜 토끼다.

"아니, 왜 토끼가 이런 곳에 있는 거야?"

엘리엇이 의아하다는 듯이 눈썹을 오므렸다.

모두의 주목이 쏠린 토끼는 테이블 밑에서 뛰쳐나와 의자에 앉은 시릴의 다리에 몸통박치기를 날렸다.

"끄……악."

삔 왼발에 몸통박치기를 맞은 시릴이 흐릿한 목소리로 신음했다.

그러다 소녀가 잠들었음을 깨닫고 곧장 한 손으로 입을 막은 채 아픈지 인상을 찌푸리며 토끼를 내려다봤다.

"이 감촉은……. 설마, 숲에서 나와 부딪힌 건 너냐?"

그러고 보니 언덕에서 굴러떨어질 때, 시릴은 다리에 뭔가 부딪혔다고 주장했었다.

숲속에 토끼가 있는 거야 자연스럽지만 여기 학생회실은 4층이다.

(대체 어디에서 들어온 걸까⋯⋯?)

토끼는 긴 귀를 쫑긋거리며 시릴을 올려다보는가 싶더니 발랄하게 뛰어서 시릴의 무릎 위로 올라왔다.

시릴이 어깨를 흠칫 떨었다. 기분 탓인지 언제나 단호하게 앙다물던 입가가 근질거렸다.

"어째서 이런 곳에 토끼가⋯⋯?"

시릴은 그렇게 말하면서 부리나케 장갑을 벗고 토끼의 등을 어루만졌다. 폭신폭신한 털을 매만지는 시릴의 표정은 눈에 띄게 기뻐 보였다.

글렌이 잠든 소녀를 다시 안고 웃으며 말했다.

"부회장님. 그대로 붙잡고 계시지 말임다. 제가 목을 비틀어서 해체하겠습다!"

시릴이 눈을 부릅뜨고 글렌을 바라봤다.

정육점집 아들은 활기차게 말하기 시작했다.

"토끼는 목을 비틀고 바로 차갑게 해야 하는데 부회장님이 그렇게 해 주시면 완벽하지 말임다!"

시릴은 무표정하게 토끼를 들어 올려서 살며시 지면에 내려놨다.

토끼는 재빨리 달려서 살짝 열린 문틈으로 나가 복도로

도망쳤다.

"어째서 놓아준 검까!"

"소, 손이 미끄러진 거다!"

글렌이 외치자, 시릴은 쓸쓸한 변명을 남겼다.

그런 두 사람에게 모니카가 허둥지둥 말을 걸었다.

"저기, 저기, 너무 큰 소리를 내면⋯⋯."

글렌과 시릴이 급히 소녀를 바라봤다. 다행히 소녀는 아직 숨소리를 내면서 잠들어 있었다.

일동이 안도의 한숨을 내쉬자 토끼가 도망쳤던 문에서 로브를 입은 작은 체구의 노인이 고개를 내밀었다.

새하얀 눈썹과 수염에 입과 코가 파묻힌 그 노인은 기초 마술학 교사인 맥레건이다.

"미안해. 그레이엄 군에게 들었는데, 내 손주가 왔다지?"

눈이 별로 좋지 않은 맥레건이 지팡이를 짚으며 소파로 다가가 글렌에게 안긴 소녀의 얼굴을 지근거리에서 들여다봤다.

"아아, 역시 루실이네. 나를 만나러 어제부터 이 학원 근처에 머물고 있었는데 분명 부모와 떨어진 거겠지. 자네들이 돌봐 줬나? 고맙구먼."

애 보기에는 전혀 관여하지 않았던 엘리엇이 제대로 일하고 있었다는 표정으로 맥레건에게 말했다.

"네, 맥레건 선생님. 루실 양의 부모님께서도 분명 걱정하시겠죠. 연락은 되십니까?"

"응. 내 아들이 말이지, 마술사인데 딸 루실에게는 언제나 중위 정령을 붙이거든. 그 정령에게 전언을 맡기면 바로 전할 거야."

정령은 상위, 중위, 하위의 세 종류로 구분되는데 이 중에서 가장 능력의 폭이 넓은 건 중위다.

중위 정령은 인간의 말을 알아듣는 자도 있고 그렇지 않은 자도 있다.

그러나 종합적으로 지능은 그리 높지 않고 인간형 모습도 될 수 없다. 대부분 동물의 형태로 변한다.

(어라? 잠깐만. 혹시…….)

모니카의 머리에 떠오른 예상 답안을 맥레건이 말했다.

"지령(地靈) 이스트레이아라고 하는데. 보통은 토끼 모습이야."

맥레건을 뺀 모두가 일제히 시릴을 봤다. 시릴은 새파란 표정으로 입을 뻐끔거렸다.

맥레건이 수염을 어루만지며 말을 이었다.

"다만 이스트레이아는 조금 성미가 거칠거든. 지능도 그리 높지 않으니까 눈을 떼면 바로 장난을 친단 말이지. 토끼 모습을 했어도 정령이라 그럭저럭 강하니까 손쓰기가 버거워서. 발견한다면 붙잡아 줬으면 좋겠는데."

정령을 호락호락 놓아준 시릴은 사지로 가는 듯한 비장함을 풍기면서 의자에서 일어났다.

"제가 책임을 지고 붙잡겠습니다……!"

시릴은 왼쪽 다리를 질질 끌면서 걸어갔다. 모니카는 황급히 시릴의 겉옷을 붙잡았다.

"시릴 님! 이, 일어나면 안 돼요!"

"막지 마라, 노튼 회계. 내가…… 내가 놔준 바람에……!"

시릴이 고통스러운 표정으로 다리를 질질 끌며 걸어가자, 글렌이 안고 있던 소녀를 소파에 눕히면서 말했다.

"그럼 제가 찾아오겠습니다!"

모니카도 곧장 한 손을 들고 주장했다.

"저도, 저도 갈게요! 그러니까, 시릴 님은 여기서 쉬고, 계세요!"

후배 두 사람이 주장하자 시릴은 말문이 막혔고 이내 가느다란 목소리로 부탁한다고 중얼거렸다.

＊ ＊ ＊

학생회실에서 복도로 나온 모니카와 글렌은 두 패로 갈라지기로 했다.

"나는 오른쪽으로 갈 테니까 모니카는 왼쪽을 부탁함! 발견하자마자 날 부르면 휘잉 날아가지 말임다!"

"네!"

고개를 끄덕인 모니카는 엉기적거리며 둔해빠진 발걸음으로 복도로 나왔다. 사실 복도에서 달리면 시릴이 꾸짖지만 지금은 비상사태라 어쩔 수 없다.

모니카가 복도 모퉁이를 돈 그때, 창문에서 검은 고양이가 휙 내려섰다.

"오우, 모니카. 오늘은 쓸데없이 소란스럽네?"

"네~로……."

모니카는 바닥에 쪼그려 앉아 가만히 네로를 노려봤다.

"뼈 붙은 고기는, 맛있었어?"

"그럼, 역시 뼈 붙은 게 최고라니까. 앗, 그래도 뼈는 부수지 않고 제대로 남겨놨다고. 이 몸 똑똑해!"

"에잇……."

모니카는 쪼그려 앉은 채 네로의 앞발을 잡고는 강제로 만세 포즈를 잡았다.

부드러운 고양이의 몸이 쭈욱~ 늘어났다.

"야! 뭐 하는 짓이야!"

"네로가 고기를 몰래 먹은 탓에, 글렌 씨하고 시릴 님이, 큰일이었거든!"

그야말로 큰일이 벌어지고 말았다.

주로 고기 도둑이라 의심받고 언덕길에서 굴러떨어져 발을 접질리는 등.

"게다가 뼈 붙은 고기만이 아니라 글렌 씨의 햄도 먹었지?"

네로는 만세 자세를 한 채로 고개를 살짝 갸웃했다.

"햄? 무슨 소리야?"

"훈제기에 매달아둔 햄도 네로가 먹은 거 아냐?"

"이 몸이 먹은 건 뼈 붙은 고기뿐인데?"

"엥……?"

모니카가 얼빠진 목소리를 낸 그때, 네로가 코를 쫑긋거리더니 모니카의 뒤를 노려봤다.

"저쪽에서 햄 냄새가 나."

뭔가를 질질 끄는 소리가 들렸다.

설마 해서 돌아보자, 그곳에는 햄의 잔해를 입에 물고 뜯는 토끼── 정령 이스트레이아가 있었다.

네로의 금색 눈이 동그래졌다.

"어? 저건 정령인가? 정령도 고기를 먹나 보네."

"지령은 대지의 산물을 공물로 바치면 좋아한다고 들은 적이 있는데……."

아무래도 곡물이나 채소만이 아니라 고기를 좋아하는 정령도 있는 모양이다.

네로가 하악 하고 목을 울리면서 위협했지만, 토끼는 아무렇지 않게 우물거리며 햄을 먹었다.

위협이 무시당한 네로는 코웃음 쳤다.

"그다지 머리가 안 좋은 정령이네. 마력도 대단치 않아. 메이드 누님 쪽이 훨씬 세다고."

메이드 누님, 아니 린은 상위 정령이다. 중위 정령과는 비교도 되지 않을 만큼 강하다.

하지만 중위 정령도 어느 정도 마력이 강하므로 방심해도 될 상대는 아니다.

"네로. 남들이 보면 곤란하니까, 바깥에 있어."

"무슨 일이 생기면 부르라고."

고개를 끄덕인 모니카는 네로를 창밖에 놓아줬다.

토끼는 모니카 따위는 적이 아니라는 듯이 여유로운 표정으로 햄을 먹고 있다.

그 동그란 눈은 야생 토끼에게는 있을 수 없는 오렌지색이었다. 정령은 사람이나 동물로 변신하더라도 눈 색만큼은 못 바꾸니까.

(붙잡으려면, 우선 봉인하는 게 제일이겠지…….)

모니카는 무영창으로 봉인 결계를 기동했다.

금색으로 빛나는 사슬이 토끼 주변에 떠올랐다. 사슬은 하나하나가 작은 마술식의 집합이다.

(봉인!)

사슬이 수축하며 토끼를 붙잡으려 했다. 그러나 그보다 한발 먼저 토끼가 뛰어올랐다.

정령은 토끼를 월등히 뛰어넘는 도약력으로 모니카의 머리로 뛰어올라 앞발과 앞니로 머리카락을 잡아당겼다.

"아파아파아파! 으아아아아앙, 그만해에에에!"

"모니카, 괜찮습까?!"

모니카가 비명을 지르자 타닥거리는 발소리가 들려왔다.

비명을 듣고 달려온 건 글렌이었다.

글렌은 모니카의 머리를 잡아당기는 토끼를 붙잡으려 했지만, 토끼는 모니카의 머리를 발판 삼아 뛰어올라 뒷다리로 글렌의 콧등을 걷어찬 뒤 지면에 착지했다.

"끄악!"

글렌이 비명을 지르면서 몸을 젖혔다.

토끼는 바닥에 떨어진 햄을 다시 물고는 모니카와 글렌을 돌아보면서 코웃음 쳤다.

인간의 말은 못 했지만 이쪽을 바보 취급한다는 건 분명하게 알 수 있는 태도였다. 우리를 완전히 얕잡아보고 있다.

토끼는 여유로운 태도로 햄을 물고 복도를 달렸다.

"저 녀석이 고기 도둑이었던 검까! 이제 화났어! 붙잡아서 토끼탕으로 만들어 주마!"

"그, 글렌 씨. 토끼가 아니라 정령……."

모니카의 말이 안 들리는지, 글렌은 걷어차인 코를 잡으면서 바르게 영창했다.

그 영창을 들은 모니카는 표정을 굳혔다. 글렌이 영창하는 건 화염구를 다루는 공격 마술이다.

불을 다루는 마술을 실내에서 쓸 때는 섬세한 마력 조작 기술이 필요하다.

글렌의 화염구는 위력은 강해도 마술식이 불안정해서 위태로운 면이 있었다. 바깥이라면 몰라도 실내에서 썼다간 대참사가 일어날 수도 있다.

"글렌 씨……!"

모니카는 무영창 마술을 써서 글렌의 마술에 간섭할까 아니면 주변에 방어 결계를 칠까 망설였다.

그러나 모니카가 행동하기보다 먼저 글렌이 영창을 멈췄

다. 그의 손에 떠오른 화염구가 확 사라졌다.

"안 되지."

그렇게 중얼거린 글렌은 양손으로 뺨을 찰싹 두드렸다.

모니카가 눈을 동그랗게 뜨자, 글렌은 부끄러운 듯 웃으며 말했다.

"'곤란에 직면했을 때야말로 착실하게.' ……이지 말임다."

"아……! 네!"

팔짱을 끼며 단언하던 시릴을 떠올리고 모니카와 글렌은 얼굴을 마주 보며 웃었다.

"학원을 부숴서 회장님이나 부회장님한테 폐를 끼치는 건 안 되지 말임다. 착실하게 쫓아가겠슴다."

"그것 말인데요. 저기……."

의욕이 넘치는 표정으로 팔을 걷어붙이던 글렌을 올려다본 모니카가 우물쭈물하며 제안했다.

"이스트레이아를 끌어낼, 작전이 있어요."

"햄임까? 그런 거라면 지금부터 고기 준비를……."

모니카는 쓴웃음을 지으며 고개를 가로저었다.

확실히 저 정령은 햄을 무척 좋아하는 모양이지만 정령에게는 그 이상으로 매력적인 먹이가 있다.

"저 정령이 시릴 님에게 접근한 건, 아마…… 시릴 님이 마도구 브로치를 가지고 있었기 때문이라고, 생각해요. 정령은 마력 덩어리를 좋아하니까……."

특히 시릴은 마력 과잉 흡수 체질이라 여분의 마력을 방출하는 게 일상이다. 정령에게는 그것이 매력적인 먹이로 보였으리라.

토끼를 무릎에 올리고 흐뭇해하던 시릴에게는 도저히 말하기 힘든 사실이다.

"그럼 부회장님한테 브로치를 빌리러 가는 겁까?"

"아뇨. 그러면 시릴 님이 곤란하니까…… 저걸 쓰죠."

그렇게 말한 모니카는 홍차를 준비할 때 쓰는 작은 방으로 눈을 돌렸다.

* * *

토끼로 변신한 정령 이스트레이아는 복도 구석에서 마음껏 햄을 먹고 있었다.

정령은 순도 높은 마력이 있는 곳이 아니면 장시간 활동할 수 없는 생물이다. 온 세상이 마력으로 넘쳐나던 구시대와는 달리, 현대에서 정령이 서식할 수 있는 지역은 한정된다.

그래서 정령은 인간 마술사와 계약을 맺어서 계약자에게 안정적으로 순도 높은 마력을 제공받아 활동 범위를 넓힌다. 이스트레이아도 그랬다.

그러나 상위 정령과 달리 중위 정령인 이스트레이아는 계약자에게서 떨어져 있는 시간이 한정되어 있다.

계약자에게서 장시간 떨어져 있던 이스트레이아는 이미 몸을 구성하는 마력을 절반 넘게 잃었다.

땅의 산물인 고기를 섭취하는 것으로 어느 정도 회복했지만 역시 직접 마력을 공급받는 편이 바람직하다.

숲에서 발견한 은발의 인간은 그런 점에서 좋았다. 항상 잉여 마력이 흘렀고 무엇보다 마력 덩어리이기도 한 마도구를 소지했으니까.

정령은 마력 덩어리인 마도구에 이끌리기 쉽다. 이스트레이아도 마찬가지였다.

이 햄을 다 먹으면 다시 그 인간에게 가 볼까 생각하던 이스트레이아는 귀를 쫑긋거렸다.

마력 덩어리가 다가오고 있었다. 이건 마도구다.

그 싸늘한 인간인가 했지만 마력의 질이 달랐다. 다가오고 있는 건 불의 마력이다.

이스트레이아가 작은 머리를 들자 인간의 발소리가 들렸다. 슬금슬금 이리로 다가오는 건, 연갈색 머리를 땋은 작은 소녀였다.

그 소녀는 양손으로 작은 은색 판을 쥐고 방패처럼 앞에 내밀었다. 판에는 붉은 마석이 박혔는데 거기서 마력이 느껴졌다. 저 은색 판은 마도구인 거다.

"이, 이쪽이에, 요!"

소녀가 연약해 보이는 얼굴을 굳히고는 마도구 판을 내밀었다.

이스트레이아는 계약한 인간은 어느 정도 존중하지만 빼앗을 수 있는 건 빼앗는다는 동물적인 사고방식을 가졌다.

그 동물적 본능이 이렇게 말하고 있었다. 눈앞에 있는 이 인간은 격이 낮다고.

아까 봉인 마술을 쓴 걸 보면 분명 마술사이리라. 그러나 신체 능력이 매우 낮았다. 단적으로 말해 둔해빠졌다.

이스트레이아는 하악 하는 소리를 내면서 마도구 판에 뛰어들었다. 마도구를 빼앗으려고 한 거다.

생각대로 나약해 보이는 소녀는 "히익!" 하고 비명을 질렀지만 그래도 마도구를 놓지 않았다.

"모니카, 그대로 만세!"

"네헷!"

소녀가 은색 판에 매달린 이스트레이아까지 함께 양손으로 들어 올렸다.

그때, 숨어있던 금갈색 머리 청년이 뛰어들었다. 아무래도 마도구를 가진 소녀는 미끼였던 모양이다.

청년은 벗은 겉옷을 펼쳐서 이스트레이아를 감쌌다.

"잡았다! 모니카는 머리가 좋지 말임다. 가열용 마도구를 미끼로 삼다니."

"에헷…….. 아까, 쓰는 법을 배운, 참이어서요."

이스트레이아는 겉옷 속에서 버둥거리며 마지막 저항을 하려고 했다.

이스트레이아는 땅의 정령이다. 그렇기에 흙이나 모래를 어느 정도 자유롭게 조종할 수 있다.

이 힘은 실내에 있을 때는 상당히 제한되지만 다행히 지금은 근처에 창문이 열려있다. 이스트레이아는 모래를 안으로 불러들여 눈을 가리려고 생각했다.

그러나 이스트레이아가 조종한 모래는 강한 바람에 휩쓸려 버렸다.

이 바람은 그냥 바람이 아니라 마술이다. ——그것도 매우 정교하고 치밀하고 강력하다.

겉옷 틈새에서 고개를 내민 이스트레이아는 연갈색 머리 소녀가 무표정하게 자신을 바라보는 걸 깨달았다.

소녀는 검지를 손에 대고 작은 목소리로 말했다.

"안, 돼, 요."

이스트레이아는 동물적인 본능으로 이해했다.

이 자리에서 가장 강한 건 정령인 자신이 아니다. 영창도 없이 고도의 마술을 구사하는 이 인간인 것이다.

* * *

시릴 애슐리는 새파란 얼굴로 책상에 엎드려 양손으로 머리를 감싸 쥐었다.

"다쳐서 후배에게 업힌 것도 모자라 내가 한 실수의 뒤처리까지 시키다니……."

시릴은 토끼를 정령이라고 눈치채지 못하고 놓아준 것을 진심으로 후회했다. 아아, 폭신폭신한 털에 마음을 놓은 나머지……!

지금 당장에라도 달려서 쫓아가고 싶지만 접질린 왼발은 조금만 체중을 실어도 심하게 아팠다. 일단 응급처치는 했기에 천천히 걸을 수는 있지만 달리는 건 힘들다.

시릴이 자신의 무력함에 침울해하자, 엘리엇이 심술궂게 히죽거리며 웃었다.

"뒤처리를 해 주는 후배가 있어서 다행이잖아. 역시 평민 출신은 평민에게 사랑받는다니까."

엘리엇은 척 봐도 평민 같은 글렌이나 모니카 그리고 옛 평민인 시릴에 빗대서 빈정대고 있었다.

시릴은 자신에 대한 비아냥도 화났지만 그 이상으로 후배를 바보 취급하는 듯한 말투를 듣고 험악한 얼굴로 반론했다.

"내 후배를 모욕하는 건 그만둬라."

"모욕? 사실을 말했을 뿐이잖냐."

두 사람이 서로 노려보는 사이, 소파 쪽에서 음냐음냐 하는 소리가 났다. 맥레건의 손주 루실 양이 눈을 뜬 것이다.

시릴과 엘리엇은 서로 고개를 돌리면서 험악한 분위기를 가라앉혔다.

루실은 소파에 누워 꾸벅거렸지만 옆에 할아버지인 맥레건이 앉은 걸 알아채자 밝은 표정을 지었다.

"하라버지!"

"응. 할아버지란다. 루실은 혼자 왔니?"

맥레건이 말을 걸자, 루실은 움켜쥔 토끼 손수건 인형을 들었다.

"에이아! 에이아도!"

"그래. 이스트레이아도 함께 왔구나."

시릴은 새삼스레 깨달았다. 소녀가 수시로 반복하던 "에이아."라는 건 그 토끼—— 이스트레이아를 말하는 것이었다. 유아의 언어란 난해하다.

루실을 달래던 맥레건이 시릴에게 말했다.

"그러고 보니 이스트레이아를 찾으러 간 그 두 명은 괜찮을까?"

"두 사람 모두 제 후배입니다. 분명 책임지고 직무를 완수할 겁니다."

모니카와 글렌—— 일을 부탁하기에는 여러모로 불안한 점이 많은 두 사람이지만 선배인 자신이 안 믿으면 어떡한단 말인가. 시릴은 자신을 타일렀다.

맥레건은 하얀 눈썹 아래에 있는 눈을 내리깔면서 나지막하게 중얼거렸다.

"더들리……. 그 아이를 내버려 둬도 괜찮을까?"

그다지 온화하지 않은 돌려 말하기였기에 시릴은 눈썹을 찌푸렸다.

마치 글렌을 내버려 두면 문제가 생긴다고 말하려는 듯한 말투 아닌가.

"그건 무슨 뜻입니까? 글렌 더들리의 소행에 문제가 있는 건 사실입니다만……."

복도를 달리거나, 교복을 자기 맘대로 입거나, 수업을 땡땡이치고 훈제 고기를 만들거나…… 시릴이 글렌의 소행을 돌이켜보는데, 맥레건이 수염 아래로 입을 옹얼거렸다.

"자네는 더들리를 믿는 건가?"

"제 후배니까요."

시릴이 즉답하자, 맥레건은 뭔가 고민하는 듯이 침묵했다. 그리고 수염을 손으로 쓸어내리면서 나지막하게 말했다.

"그 아이는 미네르바에서……."

"다녀왔습니다!"

맥레건의 목소리를 날려 버리는 큰 소리와 함께 학생회실 문이 힘차게 열렸다.

문을 연 것은 글렌이었다. 그 옆에는 모니카도 있다.

글렌은 손에 든 겉옷을 기운차게 들었다. 크게 부푼 상의에서 토끼 귀가 튀어나와 있다.

"부회장님. 고기 도둑을 잡았습니다! 제가 해체할 테니 차갑게 해 주시지 말입다!"

"정령을 해체하지 마라! ……아니, 잠깐. 고기 도둑?"

"이 녀석이 범인이었습니다! 복도에 먹어 치운 햄의 잔해가 떨어져 있었습니다!"

"뭐라고?"

시릴이 눈을 동그랗게 뜨자, 맥레건이 고개를 끄덕였다.

"이스트레이아는 먹보니까 말이지. 혹시 몰래 먹었나? 그렇다면 미안해."

설마 이 폭신폭신하고 귀여운 토끼가 고기 도둑이었다니.

시릴은 내심 충격을 받았다.

그러나 뭐가 어찌 됐든 이걸로 오늘 일어난 사건은 모두 해결되었다.

미아 소녀의 보호자도 판명되었고 도망친 정령도 붙잡았다. 고기 도둑의 정체도 판명됐다.

그렇다면 선배로서 글렌과 모니카를 칭찬해야겠지.

시릴이 입을 열려던 그때…….

"우와악?!"

글렌이 비명을 질렀다.

토끼가 겉옷 틈새에서 고개를 내밀어 글렌의 손목을 깨문 것이다.

겉옷이 땅에 툭 떨어졌고 거기서 토끼가 도망쳤다.

토끼는 주변을 돌아보고는 힘차게 바닥을 박차서 어찌 된 영문인지 모니카에게 뛰어들었다.

손을 물린 모니카가 "으갸악!" 하고 슬픈 비명을 질렀다.

"아, 아파아파아파. 그만해에에에. 왜, 왜, 나한테……. 날 머, 먹지 마아아아……!"

이건 궁지에 몰린 정령이 가장 강대한 적에게 한 방 먹여 주려던 결사의 특공이었다.

그러나 다른 사람들의 눈에는 가장 약한 모니카가 토끼에게 습격받은 것으로만 보였다.

이 자리에 있는 모두가 생각하던 걸 엘리엇이 나지막하게 말했다.

"아기 다람쥐가 토끼에게 먹히고 있네……."

10분 뒤, 토끼는 다시 포획되었고 이빨 자국이 남은 모니카와 글렌은 시릴과 함께 의무실로 가게 되었다.

이빨 자국투성이가 되어 힝힝 우는 모니카와 다리를 질질 끄는 시릴을 부축한 글렌.

맥레건은 만신창이가 된 젊은이들을 뒤로 배웅하고 나지막하게 중얼거렸다.

"좋은 친구와 선배가 생겨서 다행이네."

"하라버지?"

손주 루실이 이스트레이아를 품에 안고 맥레건을 올려다봤다.

맥레건은 아무것도 아니라며 미소 짓고는 손주의 손을 잡고 걸었다.

"젊은이가 건강하게 자라고 있다면 좋은 일이지, 좋은 일이야."

* * *

고기 도둑 사건 및 미아 확보, 정령 포획 소동이 있던 다음 날 점심시간. 학생회 부회장 시릴 애슐리는 세렌디아 학원 뒤뜰을 산책하고 있었다.

(정말이지. 어제는 끔찍한 하루였어.)

후배 앞에서 크나큰 실수를 저지르고 결국 뒤처리까지 맡겼으며 염좌 탓에 한동안 달릴 수 없게 됐다. 정말이지 좋은 일이라고는 하나도 없었다.

실전 마술 수업도 당분간 견학하라는 말을 들었다.

결투, 결투 하며 소란을 부리던 마법전 클럽장 바이런 갈레트는 그야말로 실망했다.

(갈레트 클럽장은 그렇게나 마법전을 좋아하는 건가.)

시릴은 미안하게 됐다고 생각하고 왼발을 보호하면서 뒤뜰을 걸었다.

학원 뒤뜰에는 가끔 고양이 같은 작은 동물을 볼 때가 있다.

우연히도—— 그렇다. 우연히도 그는 주머니에 말린 작은 생선을 넣어 두었기에 고양이를 발견하면 나눠주려고 했다.

어제 고기 도둑 소동이 있었을 때는 솔직히 오싹했다.

굶주려서 흉포한 육식동물이 뒤뜰의 고양이를 습격한다면……. 그렇게 생각하니 시릴은 무척이나 조마조마했었다.

그러나 흉포한 육식동물, 아니 지령 이스트레이아는 보호되었으니 이제 걱정할 필요는 없으리라.

시릴은 발을 멈추고 뒤뜰의 양지바른 곳을 돌아봤다.

여느 때는 이 주변에서 검은 고양이가 어슬렁거리지만 오늘은 보이지 않았다. 생선을 내놓으면 냄새에 이끌려서 찾아오지 않을까?

시릴이 작은 생선을 주머니에서 꺼내려던 그때, 머리 위에서 무식하게 커다란 목소리가 들렸다.

"부회장니임~!"

올려다보자 비행 마술로 공중에 뜬 글렌이 시릴의 머리 위에서 손을 흔들고 있었다. 그 손에는 커다란 접시를 들었다.

글렌은 시릴 앞에 착지하더니 손에 든 접시를 시릴에게 내밀었다. 접시 위에 올라간 건, 적갈색으로 빛나는 훈제 닭고기였다.

"어제의 답례로 훈제 고기를 만들었으니까 드시지 말임다! 아, 이건 단시간 훈연해서 만든 건데……."

"사양하마. 점심이라면 이미 먹었어."

"부회장님은 말랐으니까 더 많이 먹는 게 좋습다."

내심 신경 쓰던 걸 지적당하자, 시릴은 입술을 비틀면서 글렌을 노려봤다.

글렌은 시릴이 손에 든 작은 생선을 보더니 놀라면서 뭔가 눈치챈 듯한 얼굴을 했다.

"부회장님. 그 생선……."

"이, 이건 아니다. 그, 우연……. 그래, 우연히 주머니에 들어 있어서 말이지."

"부회장님. 숨기지 않아도 됩다."

시릴이 우물쭈물하자, 글렌은 다 안다는 표정으로 고개를 끄덕였다.

"부회장님은 생선을 좋아했군요!"

"……"

"몰래 숨어서 먹을 만큼 좋아했던 검까?"

"그, 그래. 그렇, 지."

작은 생선을 한 손에 들고 어색하게 수긍하자, 글렌은 하얀 이를 드러내며 씨익 웃었다.

"다음에는 훈제 생선을 만들어 올 테니까, 기대하시지 말입다!"

"공부를 해라!"

맑고 푸른 하늘에서 얼음의 귀공자가 내지른 노성이 울려퍼졌다.

막간 불합리에 저항하는 힘

　글렌의 앞에서 흙먼지가 일어났다. 흙먼지 속에서 보이는
건 적갈색 비늘이 전신에 덮인 화룡이다. 크기는 황소보다
조금 큰 정도일까.

　화룡은 용 중에서는 하위종이지만 그렇다고 방심할 상대
는 아니다.

　화룡의 발톱 일격은 인간에게 살상력이 있고 무엇보다 그
이름대로 불을 뿜는다.

　"글렌. 뭘 멍하니 있는 겁니까."

　글렌이 식은땀을 흘리자 스승인 '결계의 마술사' 루이스
밀러가 그의 등을 지팡이로 꾹꾹 찔렀다.

　오늘 글렌은 실전 훈련을 위해 루이스의 화룡 토벌 임무
에 동행했다.

　루이스는 칠현인이 되기 전에는 마법병단 단장이었고 토
벌한 용의 수로 따지면 이 나라에서 다섯 손가락 안에 들어
가는 실력자다.

　그러나 아직 15세의 견습 마술사인 글렌에게 화룡은 버거
운 상대다. 최소한 혼자서 도전할 상대는 아니다.

그런데도 현실과 스승은 냉정했다.

"당장 영창을 시작하세요. 맨몸으로 무작정 달려들 생각입니까? 그렇다면 내가 너를 화룡에게 던져주도록 하죠."

농담 같은 말투지만 이 스승은 웃으면서 그걸 실행할 인물이다.

글렌은 황급히 영창을 시작했다. 그러나 긴장한 나머지 혀가 잘 안 움직여서 영창을 제대로 할 수 없었다.

적과의 거리는? 용의 약점인 미간을 노릴 수 있는 최적의 각도는? 목표가 움직이는 이상, 최적의 해답은 항상 변동한다.

서둘러 최적의 해답이 계속 변하는 계산을 진행하면서 마력을 짜내는 것은 상상 이상으로 곤란했다.

그러다 화룡이 이쪽을 깨닫고는 접근해 왔다.

"우……와아아악!"

글렌이 공포에 질린 목소리를 내자, 다시 지팡이가 등을 꾹꾹 찔렀다.

"영창을 멈추지 마."

"하, 하지만 화룡이 이쪽을 눈치챘는데……!"

루이스는 어이없다는 듯이 한숨을 내쉬고 짧게 뭔가를 영창했다.

끼잉, 하는 딱딱한 소리가 나면서 눈에 보이지 않는 벽에 막힌 화룡이 발을 멈췄다. 루이스의 방어 결계다.

루이스는 '결계의 마술사'라는 이명대로 결계술이 특기다.

이렇게 결계로 적의 발을 묶고 결계 안쪽에서 공격 마법을 있는 대로 퍼붓는 것이 루이스의 특기인 전투 수단이다.

"자, 발을 묶었으니 영창해."

"그, 그래도 이대로 공격한다면······."

방어 결계 너머로 공격할 때는 공격 마술에 원격 술식을 짜 넣어 결계 너머에서 발동하게 해야 한다. 그러지 않으면 공격 마술이 방어 결계에 막힌다.

그러나 글렌은 원격 술식 같은 고도의 기술은 못 쓴다.

이대로 공격 마술을 쓴다면 화룡이 아니라 방어 결계에 맞고 만다.

루이스는 글렌이 그런 갈등을 하는 걸 뻔히 안다는 듯 코웃음 쳤다.

"너의 공격에 맞춰서 결계를 해제할 겁니다."

글렌은 황급히 영창을 재개했다. 글렌의 눈앞에 한 아름은 되어 보이는 거대한 화염구가 생성되었다.

신중하게 조준을 맞춘 글렌이 화염구를 쐈다.

"가라아아아!"

화염구는 똑바로 화룡의 미간을 향해 날아갔다.

화염구의 발을 묶던 방어 결계는 절묘한 타이밍에 해제되었고 화염구는 훌륭하게 화룡의 미간에 직격했다.

글렌의 마술은 명중률이 아직 어설프지만 위력만큼은 그런대로 있다. 그러니 미간에 제대로 맞기만 하면 충분히 치명상이다.

화룡은 크게 몸을 떨면서 지면에 쓰러졌다.

그동안 다음 영창을 마친 루이스가 지팡이를 휘둘렀다. 쓰러진 화룡에 얼음창이 쏟아져서 미간을 꿰뚫었다.

"토벌 완료."

루이스의 말을 듣자, 글렌은 손발을 아무렇게나 뻗고 지면에 주저앉았다.

"지이이이쳤어어……."

"고작 공격 마술 한 번 쓴 정도로 무슨 소리입니까."

"그치만 용 토벌이지 말임다. 무척 힘들고 무섭잖슴까."

글렌이 입술을 삐죽이자, 루이스는 못난 제자를 바라보는 눈으로 못 말리겠다는 듯 고개를 내저었다.

"알겠습니까? 글렌. 젊은 너는 앞으로 여러 곤란한 상황에 직면할 겁니다. 그럴 때는 스승의 말을 떠올리세요."

루이스는 자기 가슴에 손을 대고는 성구를 읊는 성인 같은 표정으로 말했다.

"어지간한 곤란은 돈과 폭력으로 해결할 수 있습니다."

입 다물면 기품 있어 보이지만 염치도 없이 이런 말을 하는 게 루이스 밀러라는 남자였다.

글렌은 지면에 주저앉은 채 자신의 스승을 게슴츠레 올려다봤다.

"칠현인은 돈과 폭력의 화신임까……?"

루이스는 웃으면서 글렌의 머리에 주먹을 휘둘렀다.

이 외모는 기품 있는 스승은 곱상한 남자 같으면서도 격투에 무척 강하다. 글렌은 늘 루이스의 주먹이 어지간한 공격 마술보다 아프다고 생각한다.

루이스는 머리를 문지르는 글렌을 내려다보고 말했다.

"불합리에 말려들기 싫다면 힘을 기르세요. 갑자기 닥치는 불합리는 교섭의 여지 같은 걸 주지 않으니까요."

그것은 수많은 불합리를 겪고 뿌리쳐 온 강한 인간이 한 말이었다.

불합리라면 글렌도 알고 있다. 휘둘리고 휩쓸리다가 정신을 차리자 루이스의 제자가 되어있었다.

말하자면 이 상황도 글렌에게는 불합리 그 자체다.

"즉, 불합리한 스승에게 지고 싶지 않다면 돈으로 회유하거나 스승을 웃도는 폭력으로 해결하라는 겁까!"

불합리의 화신은 씨익 웃으면서 지팡이를 휘둘렀고, 글렌은 황급히 그 자리에서 도망쳤다.

사건 Ⅲ

냉소가의 우울

~사랑 많은 음악가와 구 학생 기숙사의 소문~

The cynic's melancholy

"오오, 아름다운 이여. 당신께 이 음악을 바치겠습니다."

벤저민 몰딩은 그리 말하며 손에 든 바이올린을 연주했다.

사랑하는 남녀를 축복하려고 만든 이 곡은 원래 피아노곡이라 바이올린으로 연주하려면 고도의 연주 기술이 필요하다.

그래서 개방현을 사용하는 등 곡조를 바꿔서 연주하기도 하지만 벤저민은 일부러 본래 곡조로 연주했다.

우아하고 부드러우며 사랑하는 두 사람을 축복하는 사랑의 선율이 고등과 2학년 교실에 울려 퍼졌다.

그 자리에 있는 모두가 대화나 움직이던 손을 멈추고 연주를 들었다.

근사한 연주가 끝나자 벤저민이 음악을 바친, 고등과 2학년 하이온 후작 영애 클로디아 애슐리는 읽던 책을 덮었다.

그리고 그녀는 머리를 드는 것조차 무겁다는 듯이 나른하게 고개를 기울이며 나지막이 중얼거렸다.

"아무리 뛰어난 음악이라도 들을 생각이 없는 사람에게는 그저 소음일 뿐이야……. 알, 아, 들, 었, 어?"

* * *

거센 비가 내리는 아침, 엘리엇 하워드는 침대 안에서 인상을 찌푸리며 낮게 신음했다.

비 오는 날은 싫다. 옷은 젖고 머리카락은 꼬불거리고 바이올린 소리는 흐릿해지고 좋은 일은 아무것도 없다.

"엘리엇 님. 아침입니다."

고용인의 목소리가 들리며 이불이 걷혔다. 그 손짓은 인정사정없었다.

인정사정을 두면 아무리 시간이 지나도 엘리엇이 일어나지 않는다는 걸 하워드가(家) 고용인은 다들 알기 때문이다.

여전히 반 각성 상태인 엘리엇은 상반신을 일으키고는 입을 꾸물거리며 어물대는 목소리로 중얼거렸다.

"할멈. 오늘 홍차는 리그넘에서 가을에 수확한 잎을 쓴 밀크티로……."

"할멈이 아닙니다. 그 아들입니다."

"우유는 먼저 넣고……."

"네네. 정말이지…… 곤란한 도련님이군요."

'정말이지 곤란한 도련님이군요.'──그건 본가에서 엘리엇을 돌보던 할멈의 입버릇이다.

최근에는 그 아들에게도 입버릇이 옮아간 모양이다. 역시 모자답다. '정말이지'라는 말 다음에 뜸을 들이는 것까지 아주 닮았다.

"자, 정신 똑바로 차리세요. 수업에 늦겠습니다."

수업. 그렇다. 오늘은 수업이 있다.

이곳은 본가의 침대가 아니라 세렌디아 학원 남자 기숙사다. 엘리엇의 절반 정도 각성한 머리는 그걸 이해했지만 유감스럽게도 남은 절반은 꿈속이었고 몸은 따스한 이불을 원했다.

그 욕망에 따라 엘리엇이 이불로 손을 뻗자, 고용인이 재빨리 빼앗았다.

"자자, 갈아입으세요. 아침 식사 시간이 늦어집니다."

"그래……."

"오늘은 방과 후에 자선 시장이 열릴 텐데요? 엘리엇 님은 안 가시나요?"

"안 가……."

고용인의 도움을 받아 갈아입는데, 복도 쪽에서 시릴의 쩌렁쩌렁한 목소리가 들렸다.

"글렌 더들리! 기숙사 공용 공간에서 생선을 말리지 마라!"

"그치만 오늘은 비가 내리니까 밖에서는 못 말리는 데다가 거기가 제일 통풍이 잘되지 말임다!"

평민들은 아침부터 기운차군. 엘리엇은 하품하면서 멍하니 생각했다.

* * *

엘리엇은 옛날부터 아침이 거북했다. 아무래도 아침에는 정신이 또렷하지 않고 몸도 무겁다.

그래도 몸단장을 마치고 기숙사 식당에 얼굴을 비칠 무렵이면 슬슬 의식이 각성한다. ……본인은 그렇게 생각한다.

실제로는 아직도 처진 눈은 멍하고 동작은 굼뜨다.

엘리엇이 하품하면서 무의미하게 작은 빵을 뜯는데, 누군가가 엘리엇 앞에 앉았다.

오랜 친구이자 음악가인 벤저민 몰딩이다.

벤저민은 덧없고 섬세한 얼굴에 수심 어린 표정을 짓고 양손을 펼쳐 하늘로 뻗고는 외쳤다.

"슬럼프야!"

"그래……."

"슬럼프라고!"

"그래……."

슬럼프라고 외치는 벤저민과 잠에 취한 눈동자로 대충 맞장구치는 엘리엇.

그 대화를 10회 이상 반복하자, 엘리엇의 의식도 본격적으로 각성하기 시작했다.

엘리엇은 작게 줄어든 빵을 홍차로 마셔서 삼키고 맞은편 자리에서 한탄하는 벤저민을 노려봤다.

"아침부터 소란스러운 녀석이네. 그래서 뭐라고? 슬럼프? 안심하라고. 너는 천재고 네가 연주하는 음악은 언제나 극상이야."

"오오, 엘리엇. 나의 친구여. 기나긴 겨울이 지나고 눈이 녹아 물이 흐르는 소리를 들으며 봄의 햇살을 받은 채 눈을 뜨는 순간의 그 기쁨을! 온기를! 감동을! 나는 도저히 음악으로 표현할 수가 없었어……. 나의 연주는 겨울의 눈을 녹이는 태양이 되지 못했다고!"

"구체적으로 무슨 짓을 저지른 거냐……?"

저질렀다는 단어 선택은 오랜 시간 동안 알고 지내서 생긴 영향이었다.

벤저민이 슬럼프에 빠지는 건 대부분 여성 문제를 일으켰을 때다.

사교계의 부유한 마담들 사이를 돌아다니는 이 남자는 사랑이 넘친 나머지 사교계에서 세 명의 마담을 상대했을 정도다.

분명 학원제 때 트리플 부킹이 들킨 거겠지. ──엘리엇이 내심 그렇게 생각하는데 벤저민은 황갈색 머리를 흔들면서 슬픈 듯 하늘을 올려다봤다.

"클로디아 애슐리 양 앞에서 연주했더니 혹평을 들었어."

"……."

엘리엇은 곧장 주변을 돌아봤다. 다행히 눈에 띄는 범위 내에 시릴과 닐은 없었다.

"너, 너 말이야아아아! 클로디아 양은 약혼자가 있다고! 그보다 학생회에 의붓오빠와 약혼자가 있는데 용케도 그런 말을 나한테 하는구나!"

"어쩔 수 없잖아, 엘리엇……. 사랑에 빠진 아름다운 여성을 보면 음악을 바치고 싶어지는 게 음악가의 본능이라고."

벤저민의 악질적인 점은 그가 좋아하는 여성의 타입이다.

그는 사랑에 빠진 아름다운 여성을 좋아한다. 그 여성이 사랑하는 상대는 딱히 자신이 아니라도 상관없다.

그 결과 대부분 벤저민의 짝사랑이 되고 그는 혼자 소란을 피우다가 실연해서 사랑이 끝난다.

그렇게 실연한 그는 다음 사랑을 찾지만 새롭게 빠질 만한 무언가를 찾지 않으면 슬럼프를 이겨낼 수 없다.

"그렇게 되었으니 슬럼프 탈출을 도와줘. 나의 친구여! 너에게는 내게 협력할 의무가 있어."

"그런 의무가 어디 있냐."

엘리엇이 인상을 찌푸리자, 벤저민은 황갈색 머리를 확 들어 올리고는 의미심장한 미소를 지었다.

"후후후. 뭘 모르는군, 엘리엇. 다음 주에 겨울 연주회가 있지. 세렌디아 학원의 명예가 걸린 연주회 말이야. 그리고 나는 솔로 바이올리니스트지."

"너……너어어……."

연주회는 외부 손님을 초빙하는 행사다. 힘을 빼고 연주를 했다가는 주최하는 학생회 임원 역시 모두 창피를 당한다.

엘리엇이 얼굴을 굳히자, 벤저민은 엘리엇의 그릇에 있는 포도를 멋대로 집어 들고는 윙크했다.

"학생회 임원이라면 연주회를 성공시킬 의무가 있다고 생각하는데."

어찌 이런 일이……. 엘리엇은 양손으로 얼굴을 가리며 수그렸다.

* * *

"있잖아. 모니카는 생일이 언제야?"

수업 사이의 쉬는 시간, 라나가 책 한 권을 펼치면서 모니카에게 물었다.

"그게, 동초월(冬招月)의 첫 주 첫날……."
^{셀그리아}

모니카가 대답하자, 라나는 흠, 하고 고개를 끄덕이고는 책 페이지를 넘겼다.

아무래도 점성술 책인 모양이었다. 그렇지만 구체적으로 별을 읽는 방법을 기록한 전문서는 아니다.

생일로 운세를 점치는 대중을 위한 오락서다. ——모니카는 그렇게 생각했다.

" '그날에 태어난 당신은 마음씨 착한 사람. 하지만 주변에 조금 휩쓸리기 쉽고 힘든 일을 떠맡아서 사건에 말려들기 쉬울지도?'."

동기에게 힘든 일을 떠맡아서 잠입 임무 중이던 모니카는 말문이 막혔다.

이 점성술 책은 무서울 만큼 잘 맞았다.

" '행운을 부르는 부적은 커피, 하얀 소품, 제비꽃'……이라네."

멍하니 입을 벌린 모니카에게 라나가 장난스럽게 웃었다.

"최근에 도서관에 기증된 책이야. 잘 맞는다는 평가더라."

"그 책의 저자는…… 설마…….."

"'별을 읽는 마녀' 메리 하비 님이야. 그 칠현인 말이야."

설마 했던 동료의 이름이 나왔다.

게다가 이 나라에서 제일가는 예언자가 쓴 책이다. 어쩐지 잘 맞는다 싶더라니.

(최근에 기증됐다는 건, 헤임즈 나리아 도서관에 있던 책인 걸까……. 내 논문도 기증됐으니…….)

실패로 끝난 서서 읽기 대작전을 떠올리며 쓴웃음을 짓자, 라나가 책을 닫고 모니카를 바라봤다.

"있잖아, 모니카. 오늘하고 내일 이틀 동안 방과 후에 자선 시장이 열리지 않나?"

"으, 응."

세렌디아 학원에서는 1년에 몇 번 상인을 불러 학원 내에서 자선 시장을 연다.

편입생인 모니카는 아직 참가한 적 없지만 라나의 말로는 옷이나 소품, 잡화, 책, 과자, 찻잎 등등 다양한 상품을 파는 모양이었다.

그중에는 재봉사가 가게를 열어서 그 자리에서 치수를 재고 옷 주문을 받기도 한다나 어쩐다나.

"난 오늘은 시간이 안 되니까……. 내일 같이 갈래?"

라나의 권유를 들은 모니카는 눈을 반짝였다.

딱히 사고 싶은 게 있는 건 아니지만 라나와 함께 쇼핑한다는 말이었기에 마음이 들떴다.

"갈게……. 가, 가고 싶어!"

"그럼 정해졌네."

라나는 기분 좋게 웃으면서 점성술 책을 닫았다.

"이 책에 따르면 내 행운의 부적은 진주래. 진주 액세서리는 몇 개 있지만 자선 시장에 근사한 물건이 있으면 사고 싶어."

모니카는 라나의 말에 맞장구치면서도 머리 한구석에서는 펠릭스의 호위 일을 생각했다.

예전에 상회를 가장한 침입자가 있었기에 자선 시장에 드나드는 상인은 면밀하게 체크할 테고 경비원도 늘렸을 거다.

체스 대회와 학원제에서 연속으로 상대했던 육체 조작 마술을 쓰는 유안이라는 남자는 '심연의 주술사' 레이 올브라이트의 저주를 받았다.

레이의 말에 따르면 그 저주는 한 달은 지속된다고 하니까 당분간 유안이 습격하지는 않으리라. ──물론 그렇다고 해서 방심해도 된다는 건 아니고 경비를 게을리하지도 않을 거지만.

(전하가 자선 시장에 가는 일정은 없을 터…….)

그렇다면 만약을 위해 네로와 린에게 펠릭스 주변을 경계해 달라고 하면 문제없으리라.

"앗, 이러고 있으면 안 되지! 다음은 이동 수업이니까 슬슬 가야 해. 그럼 모니카, 나중에 보자!"

"응."

모니카는 라나에게 고개를 끄덕이고는 자신의 교본을 들고 일어섰다.

모니카의 선택 수업은 체스. 수학 다음으로 좋아하는 수업이다.

게다가 내일 방과 후를 생각하니 자연스레 복도를 걷는 발걸음이 활기찼다.

(자선 시장, 기대되네……. 종이나 잉크 같은 거, 볼까.)

내일 방과 후를 생각하면서 모니카는 선택 수업 교실의 문을 열었다.

"……."

모니카는 교실 입구에서 멈춰 섰다.

교실 중앙에는 음악가 벤저민 몰딩이 오른손을 미간에, 왼손을 허리에 대고는 몸을 뒤튼 채 다리를 교차시키면서 천장을 올려다보는 자세로 서 있었다.

그 근처 자리에서는 엘리엇이 싫다는 표정으로 체스판에 말을 진열하고 있다.

이런데 과연 말을 걸어도 되는 걸까? 솔직히 말 걸기가 좀 힘들다.

모니카가 당혹스러워하는 사이, 벤저민이 고개를 기울였고 눈이 마주쳤다.

"여어, 평안하니? 노튼 양. 내가 어째서 이런 포즈를 하고 있는지 묻고 싶은 것 같네. 이건 나의 비애를 전신으로 표현하는 거야. 그래. 음악가인 내가 이 비애를 음악이 아니라 몸을 써서 표현하는 사실이 의미하는 것, 그건 즉 음악의 고갈——!"

"아기 다람쥐, 앉아. 슬슬 수업이 시작될 거야."

앞쪽 문에서 교사 보이드가 느릿느릿 들어오자 모니카는 황급히 근처 자리에 앉았다.

보이드가 눈을 번뜩이며 노려보자, 벤저민도 얌전히 엘리엇 옆에 앉았다.

"슬럼프……라고요?"

모니카는 체스 말을 다시 늘어놓으면서 고개를 갸웃했다.

체스 수업은 실력 별로 등급을 나눠 대국을 진행하기에 모니카는 체스 대회에 함께 참가한 엘리엇이나 벤저민과 둘 때가 많다.

오늘은 처음으로 벤저민과 대국했는데, 벤저민의 체스는 눈에 띄게 색채를 잃어버린 상태였다.

벤저민 말로 본인의 체스는 '다채로운 음악성을 체스로 재현한 것'인데 사실 그는 특정 스타일을 고집하지 않는다. 때로는 견고한 포진을 깔고 때로는 대담하게 공격하는 등 다채로운 전술을 쓰는 선수다.

그런 그가 오늘은 수비에 전념할 때도 공격으로 전환할 때도 왠지 어중간한 느낌이 들었다.

모니카가 대국이 끝나고 공부 모임에서 그걸 지적하자, 견학하던 엘리엇이 "슬럼프라더라고."라며 한숨 섞어 말했다.

벤저민은 황갈색 머리를 마구 휘젓고 호들갑스럽게 몸짓 손짓을 섞어가며 자신의 고뇌를 이야기했다.

"내 안에 있는 음악이 흐릿해진 게 오늘 체스에서 그대로 표현된 거겠지. 아아, 지금부터 이 슬픔을 바이올린으로 표현하고 싶지만 내 연주는 그 소리조차도 흐릿해졌어…….이대로 가면 다음 연주회에서 나는 경쾌하고 화사하게 연주해야 하는 음을 라멘타빌레로 연주하고 말 거야!"

"그게에…….."

모니카는 벤저민이 유창하게 떠들어 대는 말을 전부 이해하지는 못했다. 그러나 벤저민에게 고민이 있다는 것만큼은 알 수 있었기에 모니카는 어색하게 맞장구쳤다.

"큰일이네, 요."

"그러니까 네가 꼭 힘을 빌려줬으면 좋겠어. 노른 양."

"엥?"

모니카가 입을 반쯤 벌리고 얼빠진 소리를 내자, 엘리엇이 피곤한 얼굴로 웃었다.

"학생회 임원은 연주회를 성공시킬 의무가 있다더라고. 그만 포기하고 말려들어, 아기 다람쥐."

"저기, 그런데, 저, 음악은 전혀 몰라서……. 구체적으로 뭘 해야…….."

"안심해. 음악에 조예가 있는 나도 뭘 하면 되는지 모르니."

그건 즉, 손쓸 방도가 없다는 뜻 아닐까?

모니카가 "아우아우." 하며 입술을 떨자, 벤저민이 자기 가슴에 손을 대며 말했다.

"슬럼프를 벗어날 방법—— 그건 사랑이야! 사랑! 가슴의 고동! 가슴의 두근거림! 그것이야말로 슬럼프를 타개할 열쇠가 되지!"

사랑. 그건 모니카에게는 너무나 이해하기 어려운 분야 중 하나다.

애초에 모니카의 경우 사랑이란 무엇인지 그걸 정의하는 것부터 시작해야만 한다.

모니카가 팔짱을 끼고 고개를 갸웃하자, 엘리엇이 목소리 톤을 낮추며 말했다.

"목소리가 커, 벤저민. 보이드 선생님이 노려보잖아."

"이크, 실례."

벤저민은 입에 손을 대고는 안타까운 한숨 소리를 내면서 허공을 올려다봤다.

그곳에서 연모하는 사람을 떠올리는 걸까.

"아아, 클로디아 애슐리 양. 그녀를 생각하면 나는 이렇게 마음이 떨려서 견딜 수가 없어."

"으헥?!"

모니카는 저도 모르게 괴성을 내질렀다가 곧장 양손으로 자기 입을 가렸다.

험상궂은 얼굴을 한 보이드가 이쪽을 게슴츠레 노려보고 있었다.

모니카는 작은 목소리로 벤저민에게 물었다.

"저기, 몰딩 님이 사랑하는 분이라는 게…… 크, 클로디아 님인가요?"

"제정신인가 싶지? 나도 그렇게 생각했어."

오래 알고 지낸 사이라 그런지, 엘리엇의 말투는 평소보다 더 인정사정없었다.

하이온 후작 영애 클로디아 애슐리는 학원 3대 미인 중 한 명으로 꼽히는 미모의 소유자다.

그녀에게는 닐이라는 약혼자가 있지만 그럼에도 그녀에게 구애하는 남성은 끊이지 않는다고 한다. 벤저민도 그중 한 명이라는 뜻이다.

"애초에 왜 이 타이밍에 클로디아 양을 좋아하게 된 거야? 전부터 아는 사이였고 마침 작년에 같이 체스 수업을 듣기도 했잖아."

"아아, 물론 예전부터 그녀가 매력적이라고 생각했고말고. 뭐니 뭐니 해도 그녀 역시 '사랑에 빠진 아름다운 사람'이니까."

벤저민의 말에 모니카가 고개를 갸웃하자, 엘리엇이 작은 목소리로 보충했다.

"벤저민이 좋아하는 타입은 말이지, '사랑에 빠진 아름다운 사람'이야. 참고로 벤저민은 죽을 만큼 외모를 따지는 녀석이니까 노튼 양은 안심해도 돼."

엘리엇은 수수하고 시원찮은 용모인 모니카를 비아냥거리

려고 했지만 모니카는 그것에 딱히 아무런 생각이 없었기에 "네에."라고 애매하게 수긍했다.

그런 두 사람이 대화를 나누는 가운데, 벤저민은 점점 도취된 얼굴을 하고 말을 이었다.

"원래부터 클로디아 양은 매력적이었지만 학원제 날을 계기로 그녀가 가진 사랑의 꽃이 활짝 개화한 거야. 나는 알 수 있어. 사랑에 빠지면 여성은 아름다워지니까. 나는 그 아름다움에 눈앞이 캄캄해지고 만 거야."

갑작스럽게 눈앞이 캄캄해지는 건 눈병일 수도 있으니 의사에게 진찰해 달라고 해야 하지 않을까.

모니카가 진지하게 그런 생각을 하는데, 엘리엇이 질색한 표정으로 이야기를 정리했다.

"이렇게 벤저민은 클로디아 양을 연모하여 무모하게 음악을 바쳤다가 혹평을 당하는 바람에 침울해져 슬럼프에 빠진 거야."

"그, 그렇군요……?"

"이럴 경우, 고려해 볼 수 있는 해결책은 세 가지야."

엘리엇은 체스 전략을 고민하는 듯한 표정으로 손가락을 세 개 세우고는 모니카의 눈앞에 들이밀었다.

"1, 클로디아 양을 향한 사랑을 성취한다. 2, 다른 여성을 사랑한다. 3, 연애 이외의 무언가에 빠진다. ──솔직히 1은 너무나도 가망이 없고 무모하니까 나머지 두 개로 해결할 수밖에 없어."

엘리엇은 거기서 말을 끊고 몸을 살짝 앞으로 내밀면서 작은 목소리로 말했다.

"그리고 이 일은 시릴과 메이우드 서무에게는 말하지 마라. 벤저민이 클로디아 양을 연모한다는 게 들키면…… 반드시 시릴이 폭주할 거야."

모니카는 온화한 닐의 반응은 잘 상상이 안 갔지만 시릴의 반응은 쉽게 상상할 수 있었다.

분명 성실한 그는 "여동생에게는 약혼자가 있으니 다가가는 건 그만뒀으면 한다."라고 말할 거다.

그리고 그럼에도 물러나지 않는 벤저민에게 격양해서 냉기를 흩뿌리며 고함칠 거다. 자칫하면 교실에 서리가 내릴지도 모른다.

"그렇게 되면 이 바보 같은 소동을 해결하기 위해 전하를 불러올 수밖에 없잖아."

"네……."

즉, 시릴과 닐에게는 사정을 덮어둔 채 벤저민의 슬럼프 해소에 힘써야 한다는 뜻이다.

그걸 위해서는 클로디아 이외의 '사랑에 빠진 아름다운 사람'에게 사랑에 빠지거나, 뭔가에 푹 빠지게 해야만 한다.

모니카는 '사랑에 빠진 아름다운 사람'이란 개념을 모르기에 벤저민이 푹 빠질 만한 것을 생각해 보기로 했다.

"저기, 그럼, 미해결 수학 문제에 도전하는 건 어떨까요. 저라면 푹 빠져서 사흘 밤도 샐 수 있어요! 권장하는 건 쌍

둥이 소수의 증명 문제인데…….”

“이봐, 노튼 양…….”

엘리엇이 눈을 반쯤 뜨면서 신음했고, 벤저민은 뽐내는 듯한 동작으로 앞머리를 쓸어 올리며 말했다.

“후후후. 자랑은 아니지만 나의 성적은 음악과 체스를 제외하면 밑바닥이지!”

“정말로 자랑할 게 아니니까 자랑하듯 말하지 마. 친구로서 부끄러우니까.”

아무래도 수학에 푹 빠지기는 어려운 모양이다.

수학과 마술이 안 된다면 모니카에게는 이제 제안할 게 아무것도 없다……. 평소였다면 여기서 포기했겠지만 오늘의 모니카에게는 하나 또 떠오르는 게 있었다.

“앗, 맞다……. 오늘과 내일 이틀 동안 방과 후에 자선 시장이 열리, 죠?”

“아, 그러고 보니 그게 있었지.”

모니카는 조금 전 라나가 자선 시장에 가자고 권했을 때 마음이 들뜨던 걸 떠올리면서 제안했다.

“그 자선 시장에서, 푹 빠질 만한 근사한 걸 찾는다면, 저기…… 슬럼프를 탈출할 계기가 되지 않을지…….”

모니카가 우물쭈물하며 제안하자, 엘리엇은 얼굴을 찌푸렸다.

“쇼핑 같은 건 고용인을 보내면 되잖아.”

“묘안이야, 노튼 양! 그럼 오늘 방과 후에 엘리엇과 노튼 양은 홀 입구에 집합하도록!"

벤저민의 일방적인 제안을 들은 엘리엇이 황급히 일어났다.

"이봐, 기다려. 벤저민. 멋대로 정하지 마."

"저, 저도 가는 건가, 요?"

엘리엇과 모니카가 목소리를 높이자, 벤저민은 연극을 하는 듯한 동작으로 호들갑스럽게 양팔을 펼쳤다.

"오오, 친애하는 친구여. 후배여. 매정한 말은 하지 말아 줘. 혼자 쇼핑이라니 쓸쓸하잖아. 음악가는 쓸쓸하면 죽어 버리는 섬세한 생물이라고."

그렇게 말한 자칭 섬세한 생물은 룰루랄라 하며 체스 말을 진열했다.

엘리엇은 이마에 손을 짚고 한숨을 내쉬었다.

"젠장. 이렇게 되면 벤저민은 말을 안 듣는단 말이지……발안자가 도망치지 말라고? 아기 다람쥐?"

"아우……."

엘리엇의 처진 눈은 절대로 모니카를 놓치지 않겠다는 강한 의지로 가득했다.

＊ ＊ ＊

자선 시장은 방과 후 이틀에 걸쳐 열린다. 맑은 날씨였다면 정원에서 개최했겠지만 오늘은 아침부터 비가 와서 식전이나 무도회 때 쓰는 홀에서 열렸다.

약속 시간보다 조금 일찍 도착한 모니카는 홀 입구에서 안을 들여다보고는 그 떠들썩한 광경에 눈을 동그랗게 떴다.

(생각보다, 사람이 많네…….)

쇼핑객으로는 학생뿐만 아니라 그 학생을 모시는 고용인도 많았다.

엘리엇도 그랬지만 상위 귀족 가문 사람일수록 직접 가게로 발걸음해서 쇼핑하려고 하지 않는다. 기본적으로는 고용인을 보내거나 상인을 자기 저택에 부른다.

그러나 세렌디아 학원의 자선 시장은 저잣거리의 자선 시장과 달리 학원 관계자만 드나들 수 있기에 소매치기나 유괴 같은 범죄에 말려들 걱정이 없다.

입점 가게는 엄선된 일류뿐이라 안심하고 쇼핑할 수 있다.

그래서인지 상위 귀족 가문 출신 학생의 모습도 드문드문 보였다.

"어라……?"

문득 모니카는 바로 근처에 흰 손수건이 떨어져 있는 걸 눈치챘다. 주변을 돌아봤지만 손수건을 찾는 듯한 사람은 안 보였다.

모니카는 누군가가 밟아서 더러워지면 큰일이겠다 싶어 손수건을 주워들었다.

손수건은 고급스러운 리넨 소재였다. 펼쳐 봤지만 이름이나 이니셜 같은 자수는 없었다. 그 대신 구석에 제비꽃 자수가 놓였다.

모니카는 자수는 잘 모르지만, 한 땀 한 땀 선으로 메운 듯한 그 자수는 무척이나 공들인 것이었다.

빈틈없이 깔끔하게 재현된 제비꽃 꽃잎은 바느질을 세심하게 했다는 증거다.

모니카는 별생각 없이 손수건을 뒤집었다가 뒷면을 보고 위화감이 들었다.

자수는 반대편에서도 기량이 드러난다. 실력 있는 자수 직공은 뒷면에서도 어느 정도 앞쪽 도면과 비슷해 보이도록 실을 처리한다.

모니카가 케이시에게 받은 손수건이 그랬다. 노란 꽃 자수는 뒷면에서 봤을 때 완전히 똑같지는 않더라도 앞쪽과 비슷하도록 깔끔하게 실을 처리했었다.

그러나 모니카가 주운 손수건의 자수는 뒷면의 실 처리가 상당히 조잡했다.

녹색 잎 부분에 하얀색이나 파란색 실이 숨어있는 게 보인다.

(앞쪽에서 보면 이렇게나 아름다운데…….)

앞면의 완성도가 높기에 더더욱 뒷면의 조잡한 실 처리가 신경 쓰인다.

분명 직공이 만든 게 아니라 누군가가 취미로 만든 것이리라.

어쩌면 어딘가의 영애가 연습으로 만든 것일지도 모른다. 자수는 귀족 영애의 소양 중 하나로 세렌디아 학원에도 자수 클럽이 있다.

(나중에, 직원실에 맡기자…….)

모니카가 주운 손수건을 주머니에 넣자, 뒤에서 엘리엇과 벤저민의 목소리가 들렸다.

엘리엇의 목소리는 척 듣기에도 불쾌한 듯했는데, 반면에 벤저민의 목소리는 맑고 푸른 하늘처럼 쾌활했다.

"아아, 정말이지. 왜 비 오는 날에 외출해야 하냐고……. 게다가 쇼핑이라니……."

"외출이라고 해도 홀은 실내잖아? 무엇보다 빗소리도 하나의 음악이야. 이 대자연이 연주하는 선율을 마음껏 감상하자고!"

"왜 슬럼프에 빠진 네가 더 기운찬 건지……."

투덜대는 엘리엇의 목소리는 불쾌한 것뿐만 아니라 질색하는 것처럼 들렸다.

모니카가 인사하며 살짝 고개를 숙이자, 벤저민이 기분 좋게 양팔을 펼치며 말했다.

"이봐, 노튼 양! 잘 왔어! 그럼 바로 자선 시장을 즐겨볼까! 그러고 보니 노튼 양은 세렌디아 학원 자선 시장은 처음이지?"

"네, 넷!"

"그럼 내가 직접 안내할게! 우선은 뭐니 뭐니 해도 옷가게지. 내가 추천하는 곳은 전통 있는 가게인 매그노어 의류점. 음악회에서 입을 옷은 언제나 여기에 의뢰해. 독창적인 옷이나 소품을 만들 때는 로트하임 공방이지. 이곳은 특히 모자가 좋아. 모자 제작에 관해 아주 잘 아는 장인의 숙련된 기술과 재치 있는 발상의 밸런스가 절묘하거든!"

벤저민은 춤추는 듯한 경쾌한 발걸음으로 이 가게 저 가게로 발걸음을 옮겼다.

벨벳 모자를 보고 눈을 반짝이다가도 다음 순간에는 이국의 도자기에 푹 빠졌고 이번에는 책을 파는 가게로 가서 신간을 보고 눈을 반짝였다.

너무나도 정신 사나워서 모니카는 눈이 핑핑 돌 것 같았다.

"코트리의 시집은 꼭 입수해. 어라? '명탐정 캘빈 올콕'의 신간도 있잖아. 대단해!"

벤저민이 손에 든 책은 네로와 린이 푹 빠져있던 추리소설이다.

(으~음, 그러니까……. 마술이나 마도구를 쓰는 편이 간단한데 굳이 수고를 들여서 사건을 복잡하게 만드는 이야기였던가…….)

모니카가 네로가 들었다간 화낼 법한 감상을 떠올리는 사이, 벤저민은 다른 것에 푹 빠져 있었다.

빛을 향해 장식품을 들어 보면서 몽롱한 표정을 짓는 벤저민을 보고 엘리엇은 보란 듯이 한숨을 내쉬었다.

"정말이지, 옛날부터 기분파란 말이야……."

"후후후. 아름답게 빛나는 보물에 마음을 빼앗긴 나는 꽃밭을 날며 수많은 꽃을 사랑하는 한 마리 나비……."

"빛나는 물건에 이끌리는 건 오히려 나방 쪽이잖냐."

"아름답지 않아!"

엘리엇의 반박을 듣고 벤저민은 날카롭게 소리지르며 몸을 젖혔다.

그러더니 그 다음에 곧장 몸을 일으켜서 계절 카드를 다루는 가게로 발을 들였다.

"맞아맞아. 셸그리아 카드를 사야겠어!"

"아, 벌써 그런 시기인가."

'셸그리아'는 지금이야 달력에 쓰이는 말이 됐지만 원래는 전승에 등장하는 얼음 정령의 이름이었다.

어떤 곳에 셸그리아라는 정령이 있었다.

셸그리아는 얼음의 정령왕에게 "올해는 예년보다 일찍 겨울을 부르겠습니다."라는 말을 듣고 고민에 빠졌다.

평소보다 겨울이 일찍 온다면 인간들이 곤란하지 않을까?

아직 작물 수확이 끝나지 않았을지도 모른다. 월동 준비가 끝나지 않았을지도 모른다.

그래서 셸그리아는 인간들에게 겨울이 오는 걸 알리는 편지를 보내기로 했다.

셸그리아는 가을 나뭇잎을 잔뜩 모아 그 하나하나에 메시지를 적었다.

『이제 곧 겨울이 옵니다. 월동 준비를 서두르세요.』

그 메시지를 본 인간은 월동 준비를 빠르게 끝내서 예년보다 일찍 찾아온 겨울을 견딜 수 있었다고 한다.

그 전승에 따라 가을의 막바지부터 초겨울에 걸쳐 메시지 카드를 보내는 문화가 생겨났다.

멀리 떨어진 가족이나 친척, 연인 등에게 1년간 신세를 진 감사를 전하거나, 겨울 휴가 예정을 전하는 것이 일반적이다.

(셸그리아 카드……. 난, 지금까지 쓴 적이 없었지…….)

모니카는 가게 앞에 진열된 예쁜 카드를 슬쩍 바라봤다.

셸그리아 카드는 하얀 바탕의 심플한 카드에 계절 꽃이나 새, 작은 동물 등을 그린 것이 많았다.

그중에는 금박이 있거나 종이 공예가 들어가는 등 다양한 시도를 한 것도 있었다.

벤저민은 수선화 그림이 그려진 카드와 투명한 꽃문양이 들어간 편지지를 골라서 점주를 찾아갔다.

"맞다. 파란 잉크를 팔고 있나?"

"네. 있습니다. 시험 삼아 써 보시겠습니까?"

노령의 점주가 잉크병과 깃펜을 내밀었다.

벤저민은 점주가 준비한 이면지에 깃펜을 대고 파란 잉크로 음표를 그렸다.

파란색이라고 해도 사파이어 같은 선명한 파란색은 아니다. 그보다도 훨씬 어두운 색조에 빛의 가감으로 약간 보라색이 들어간 것처럼 보이는 군청색이다.

파란색은 도료 중에서도 가장 고급이라서 검은 잉크보다 10배 가까이 비싼 가격을 매긴다.

문득 엘리엇이 잉크병을 보고 의아하다는 듯이 물었다.

"왜 파란 잉크야?"

"어라? 모르는 거야? 엘리엇. 파란 잉크로 연애편지를 보내면 사랑이 성취된다는 유명한 행운의 주술이 있거든."

엘리엇은 그 행운의 주술을 모르는지 그게 뭐냐고 중얼거렸지만, 모니카는 어딘가에서 들어본 적이 있었다.

그러나 최근 이야기는 아니다. 한참 예전에 들은 이야기 같았다.

(파란 잉크로 연애편지라……. 어디서 들었더라…….)

어렴풋하다는 건, 당시의 모니카는 그다지 흥미가 없었던 것이리라. 오히려 어렴풋하게나마 기억하는 것만으로도 다행이었다.

"이봐, 벤저민. 설마 너…… 그 잉크로…….."

"물론! 나의 마음을 담아서 클로디아 양에게 보내려고 하거든."

통렬하게 음악을 혹평받았는데도 아직 클로디아를 포기하지 않은 모양이었다.

엘리엇이 찌푸린 얼굴로 신음했다.

"읽지도 않고 버리겠지. 내기해도 좋아."

모니카도 같은 의견이었다.

봉투를 뜯기라도 했으면 그나마 다행이다. 자칫 봉투를 뜯지도 않고 버렸을 수도 있다.

"이봐, 벤저민. 널 위해서 하는 말이니까 클로디아 양은 포기해. 너도 무모하다는 걸 알잖아."

"알아도 멈출 수 없어. 그게 사랑인 거야, 엘리엇."

벤저민이 연극 같은 동작으로 앞머리를 쓸어 올리자, 엘리엇은 진심으로 귀찮다는 표정을 지었다.

그 순간, 세 사람의 등 뒤에서 누군가의 목소리가 들렸다.

"별난 얼굴들이군."

그 소리를 듣자마자 엘리엇은 목이 막혔고, 모니카는 숨을 삼켰다.

돌아본 곳에 서 있는 건 학생회 부회장 시릴 애슐리.

벤저민이 사모하는 클로디아 애슐리의 오빠다.

"부탁이니까 쓸데없는 말은 하지 말라고, 벤저민……!"

엘리엇이 작은 목소리로 기도하듯 중얼거렸다.

하지만 그 기도는 통하지 않았다.

"안녕하십니까, 형님!"

"뭐……?"

벤저민이 명랑하게 한 손을 들고 인사하자, 시릴은 미간을 찌푸렸다.

엘리엇이 모니카에게 귓속말했다.

"이봐, 아기 다람쥐. 어떻게든 시릴을 이 자리에서 떼어놔. 벤저민은 내가 맡을 테니까."

"아, 알겠습니닷!"

벤저민이 클로디아를 사모한다는 게 시릴에게 알려지면 분명 소동이 벌어지리라.

모니카는 파닥거리며 시릴에게 다가가서 어딘지 수상쩍은 말투로 물었다.

"시릴 님! 수, 순찰 도시는 건가요!"

"그래. 문제가 생겼을 때 바로 대응하게……."

"저기! 순찰하는 방법, 공부해도, 괜찮을까요!"

모니카의 말을 듣고 시릴은 조금 놀랐는지 눈을 크게 뜨고는 살짝 미소 지으며 끄덕였다.

"좋은 마음가짐이다. 따라와라."

"넷!"

모니카가 시릴에게 말을 걸 때, 엘리엇은 벤저민의 목덜미를 잡고 그 자리에서 벗어났다.

엘리엇과 모니카 사이에서 기적의 연계가 성립한 순간이었다.

＊ ＊ ＊

이번 자선 시장은 딱히 학생회 쪽에서 순찰을 돌아야 하는 것은 아니었다.

즉, 시릴이 자발적으로 하는 것이다.

"뭔가 문제가 생겼을 때 전하께 수고를 끼칠 순 없으니까."

시릴은 의연한 얼굴로 말했지만, 자신이 엘리엇에게 문제의 불씨 취급을 받고 있다는 걸 알면 과연 어떤 표정을 지을까.

시릴에게 잘못이 있는 건 아니지만, 지금의 벤저민과 마

주치면 틀림없이 충돌할 거다.

그것만큼은 피해야 한다. 모니카는 남몰래 손에 땀을 쥐었다.

"그러고 보니 시릴 님. 발의 부상은…… 괜찮으신가, 요?"

"걷는 데는 문제없지만 달리는 건 금지됐다. 마법전 훈련도 한동안 삼가라는 말을 들었지."

약 일주일 전, 지령 이스트레이아와 미아 소녀 관련 소동에서 시릴은 왼발이 삐는 부상을 입었다.

하지만 그 소동이 있던 다음 날부터는 등을 쭉 펴고 빠릿빠릿하게 움직이는 '평소의 시릴 님'으로 돌아갔다. 그러나 펠릭스가 무리는 금물이라고 신신당부했기에 시릴은 달리거나 마법전을 하는 건 삼가고 있었다.

전하가 신신당부 안 했다면 평소처럼 돌아다녔을 거라는게 엘리엇의 의견이다. 솔직히 모니카도 그렇게 생각했다.

"노튼 회계는……."

그렇게 말한 시릴은 모니카의 장갑 낀 손을 힐끔거렸다.

"그 정령에게 물린 상처는 이제 괜찮은 건가?"

"저기, 대단한 상처는 아니어서…… 괜찮, 아요."

그 토끼로 변신한 정령은 끝까지 크게 날뛰었고 어찌 된 영문인지 모니카를 집요하게 쫓아다녔다.

그때 팔과 손을 실컷 깨물렸지만 지금은 흉터도 거의 사라졌다.

"그런가……."

시릴은 안심한 듯 중얼거리다가 문득 발을 멈추고 전방으로 눈을 돌렸다.

그의 시선 너머에 있는 건, 노란색이 감도는 금발에 오렌지색 눈을 가진 덩치 큰 남학생이다.

(분명히 마법전 클럽장인…… 바이런 갈레트 님.)

예전에 시릴과 결투를 벌였던, 언뜻 봐도 혈기왕성해 보이는 그 남자는 커다란 몸을 숙이고 지면을 주시하며 우왕좌왕 걷고 있었다.

"갈레트 클럽장. 뭔가 곤란한 일이라도 있나?"

시릴이 말을 걸자, 바이런은 깜짝 놀랐는지 숙였던 몸을 일으켜서 눈을 이리저리 굴렸다.

"애슐리인가. 아니, 그게, 떨어뜨린 물건이 있어서……."

"그럼 찾는 걸 도와주마. 구체적으로 뭘 떨어뜨린 거냐?"

'곤란한 학생을 돕는 건 학생회 임원의 당연한 책무다.' 바이런은 그렇게 말하려는 듯한 시릴을 보고 어째서인지 거북한 듯 말을 흐렸다.

"손수건인데……. 아, 그게, 하얀 리넨 소재로 된……."

하얀 리넨 손수건. 그건 모니카가 행사장 입구에서 주운 게 아닐까?

(아, 혹시…….)

모니카는 바이런이 말을 흐린 이유를 알아채고는 주운 손수건을 주머니에서 꺼냈다.

그리고 제비꽃 자수를 밑으로 향하게 감추며 바이런에게

내밀었다.

"저기! 저, 이걸 입구에서 주웠는데……. 갈레트 님의 손수건인지 확인해 주실, 래요?"

바이런은 손수건을 받고는 몸을 돌렸다. 아마 손수건의 자수를 시릴에게 보이고 싶지 않은 것이리라.

바이런은 손수건을 확인하고는 표정이 확 밝아졌다.

"내 손수건이군. 고맙다! 아, 으음, 애슐리의 후배인……."

"모니카 노튼, 이에요!"

긴장해서 다소 딱딱한 목소리가 나오긴 했지만 또박또박 말했다.

모니카가 그걸로 자그마한 기쁨을 곱씹는데, 바이런이 날카로운 눈에서 힘을 조금 빼고 모니카에게 고개를 숙였다.

"노튼 양, 고맙다. 소중한 손수건이라……. 정말 고마워."

바이런 갈레트는 언뜻 봐도 군인 가문 사람처럼 근육질에 덩치 큰 남자다.

그는 분명 제비꽃 자수가 들어간 귀여운 손수건을 갖고 있다는 걸 들키기 싫었겠지.

바이런은 자수를 가리고 손수건을 건넨 모니카에게 정중한 감사를 표했다.

험상궂은 얼굴이라 다가가기 힘든 분위기가 있는 남자지만 근본은 성실하고 시릴과 비슷한 타입이리라.

"도움이 되어서, 다행, 이에요."

모니카가 그렇게 대답하자, 바이런은 우락부락한 턱에 손을 대고는 거북하다는 듯이 말했다.

"신세를 져 놓고 곧장 이런 말을 해서 미안한데 뭐 하나 물어봐도 될까? 이 자선 시장에서 셀그리아 카드를 파는 가게를 모르나? 평소에는 자선 시장에 오지 않는지라, 나는 도무지 위치를 모르겠거든."

셀그리아 카드를 파는 가게라면 조금 전에 본 참이다.

모니카는 바로 목소리를 높였다.

"저, 안내할 수 있어요!"

모니카가 힘차게 말하자, 바이런이 눈을 동그랗게 떴다.

시릴은 의욕이 넘치는 모니카를 보고 살짝 웃었지만 바로 표정을 다잡고 위엄 있는 선배다운 얼굴로 말했다.

"그런가. 그럼 노튼 회계에게 안내를 맡기지."

"네! 갈레트 님, 이쪽, 이에요!"

모니카는 콧김을 내뿜고 선두에서 걸으며 학생회 임원으로서 도움이 되었다는 것에 내심 들떠 있었다.

그렇다고 벤저민과 시릴을 만나게 하면 안 된다는 것을 잊지는 않았다.

(하워드 님은, 그 자리에서 떠났을 테니까, 괜찮겠지⋯⋯.)

모니카는 만약을 위해 주변을 신경 쓰면서 갈레트를 계절 카드를 파는 가게까지 안내했다.

가게 앞에 주르륵 진열된 카드를 본 바이런은 압도당한 듯 침을 삼켰다.

"이, 이렇게 많은 건가⋯⋯."

아무래도 바이런은 이런 쇼핑에는 익숙하지 않은 모양이다. 그는 동요를 얼버무리듯이 시릴에게 이야기를 돌렸다.

"그러고 보니 애슐리는 셸그리아 카드를 샀나?"

"이미 보냈지."

"변함없이 일 처리가 빠르군……."

바이런은 미간에 주름을 잡고는 노려보는 눈빛으로 카드를 살폈다.

카드의 그림은 대략 동식물별로 나눠져 있다. 바이런이 눈여겨본 건 꽃 그림 코너에서 가장 많은 장미 그림 카드였다.

바이런은 빨강, 하양, 핑크 장미 카드를 바라보면서 "끄응……." 하고 까다롭다는 듯이 신음하고는 최종적으로 바탕 없는 하얀 카드를 구입했다.

"내 쇼핑에 어울려 줘서 고맙다. 그런데 애슐리, 결투는 언제 가능하지?"

"의사가 다음 주부터는 마법전을 해도 상관없다고 하더군. 전하의 허락도 받았다."

"그런가. 그럼 그때 다시 결투를 신청하지!"

바이런이 그렇게 말하자, 시릴은 의아하다는 듯이 물었다.

"결투에 응하는 게 싫진 않지만…… 굳이 결투라는 형식으로 할 필요가 있나?"

매주 수업에서 마법전을 하니까 거기서 승리하면 되는 이야기다. 그런데도 바이런은 굳이 결투라는 형식에 집착했다.

말을 고르려는 듯 입을 다물던 바이런은 미간을 깊게 찌푸리고는 곱씹듯이 말했다.

"남자답게! 정식 결투에서 승리하는 것이야말로 의미가 있다."

모니카는 남몰래 시릴을 올려다봤다.

시릴의 옆얼굴은 조금 곤혹스러운 것처럼 보였다. 분명 바이런이 결투에 집착하는 이유를 모르는 거겠지.

그러나 누군가가 강하게 원한다면 성의를 가지고 응하는 것이 시릴 애슐리라는 남자다.

"그런가. 그럼 그 결투에 온 힘을 다해 응하마."

"그래, 두고 봐라. 지금의 나는 이제까지와는 좀 다를 테니까!"

예전에 시릴과 바이런의 마법전을 견학했을 때, 바이런은 단축 영창에 도전했다가 실패했다.

어쩌면 바이런은 단축 영창의 정밀도를 올렸는지도 모른다.

(그건 그렇고 왜 이 사람은 이렇게 결투에 집착하는 걸까?)

모니카는 결투에서 얻을 수 있는 명예도 영광에도 별로 흥미가 없다.

시릴은 성실하게 응할 작정인 듯하지만 모니카는 결투에 집착하는 바이런의 마음을 이해할 수 없었다.

* * *

세렌디아 학원 자선 시장은 저잣거리의 자선 시장과 비교하면 무척 고급스럽지만, 그래도 무도회 밤과는 달리 활기가 넘쳤다.

엘리엇은 이런 떠들썩한 분위기에서 도저히 진정할 수 없었다.

이곳은 자신이 있을 곳이 아니다. 아무래도 그런 마음이 들고 만다.

벤저민은 엘리엇과는 정반대다. 고급스러운 무도회든 저잣거리의 시장이든 분명 어디를 가든 그 분위기를 즐기겠지.

"오오, 친구여. 표정이 왜 그래. 그래서는 마치 네 쪽이 슬럼프 같잖아!"

지금 한창 슬럼프에 빠진 음악가가 격려하듯이 어깨를 두드렸다.

엘리엇은 피곤함이 배어나는 표정으로 앞머리를 난폭하게 쓸어 올렸다.

"오늘은 상태가 좀 별로야. 비가 내려서 그런가."

"그러고 보니 너는 옛날부터 비 오는 날을 싫어했지."

오래 알고 지낸 사이인 벤저민이 그 사실이 떠올랐는지 중얼거렸다.

엘리엇은 호들갑스럽게 어깨를 으쓱했다.

"옛날에 내 바이올린 연주를 들은 아버님이 말씀하셨지. '너의 연주는 소리가 흐릿하군.'이라고. 그래서 나는 '그건 오늘 비가 와서 그렇습니다.'라고 말했어. 그랬더니 '변명하지 마라.'라며 가차 없이 따귀를 얻어맞았지."

엘리엇의 아버지는 엄격한 사람으로 아들에게는 더더욱 엄했다.

변명하면서 도망치려고 하면 바로 아들의 뺨을 후려친다.

"너네 아버님은 무서우니까. 엄격한 부분은 애슐리 부회장하고 비슷할지도 모르겠군?"

"바보 같은 소리를. 아버님이 100배는 더 무서워."

엘리엇은 아버지와 비교하면 시릴 같은 건 "전하! 전하!"라며 우는 강아지 수준이라고 생각했다.

엘리엇이 입술을 비틀면서 퉁명스러워하자, 벤저민이 지휘봉을 휘두르듯이 오른손을 움직였다.

"엘리엇. 네가 싫어하는 빗소리도 비 오는 날에 흐릿해지는 바이올린 소리도 하나의 음악이라고 생각하지 않아?"

"이, 귀족이 발걸음을 옮기기에는 어울리지 않는 자선 시장의 소음도 말이냐?"

"물론!"

그렇게 말한 벤저민이 콧노래를 흥얼거렸다.

엘리엇도 아는 유명한 그 고전곡은 이국의 시장을 테마로 한 것이다.

엘리엇은 그 선율을 알고 있었다. 어린 시절, 몇 번이고 바이올린으로 연습했다.

이 자선 시장에도 음악이 있다――. 벤저민은 고전곡을 통해 그렇게 전하려 했지만, 엘리엇은 얼굴을 찌푸렸다.

"나는 지금도 이런 곳에 있다는 게 기분 나빠서 견딜 수가 없어. 자선 시장이라니, 귀족이 발을 들일 곳이 아니야."

"그런데도 너는 나를 위해 이렇게 발걸음 했잖아."

엘리엇이 입을 꾹 다물자, 벤저민은 그를 똑바로 바라봤다.

(그만둬. 늘 황홀하게 하늘을 올려다보는 주제에…… 이럴 때만 이쪽을 똑바로 보지 말란 말이야.)

"너는 나를 친구라고 불러 주잖아."

"너희 가문은 아버지도 조부도 작위를 받아서……."

"그렇지만 네가 싫어하는 벼락출세지. 음악가 같은 건 원래 귀족이 기르는 존재야."

엘리엇의 머리에 몇몇 변명이 떠올랐다.

철이 들었을 무렵부터 알고 지냈으니까. 아버지끼리 교류가 있었으니까.

그런데도 머릿속에 떠오르는 변명은 어느 것 하나도 입밖으로 나오지 못한 채 엘리엇의 마음속에 가라앉았다.

(평민은 평민, 귀족은 귀족. 사람은 태어나면서 주어진 지위에 어울리게 행동해야 한다. 신분의 틀을 벗어난 자는 자기 자신이나 다른 누군가를 불행하게 만든다.)

엘리엇은 그 생각을 고칠 마음이 없다.

신분을 따지지 않고 폭넓게 사람을 받아들였던 엘리엇의 삼촌은 서민 출신 아내에게 배신당해 자살했다.

(그래, 맞아. 그날도 비가 내렸지.)

쏴아 하는 소리와 함께 가늘게 내린 비는 마치 사람에게 엉겨 붙는 듯했다.

비로 축축해진 공기 속에 고여 있던 죽음의 냄새는 지금도 몸이 기억했다.

벤저민은 배려하듯이 엘리엇을 바라봤다.

"생각해 보면 너의 신분 계급 지상주의가 확고해진 계기가 두 번 있었지. 너의 삼촌이 돌아가셨을 때와 세렌디아 학원에 입학하기 전……. 열 살이 되기 조금 전이었나. 그때 네게 대체 무슨 일이……."

"파고들지 마, 벤저민. 그건, 그것만큼은 파고들지 마."

'너를 위해서야.' 엘리엇은 마음속으로 중얼거렸다.

엘리엇이 가슴에 품은 또 하나의 사정만큼은 친구인 벤저민에게 짊어지게 할 수 없으니까.

엘리엇은 한 번 눈을 감았다 뜨고는 축 처진 분위기를 날려버리는 듯 무척이나 밝은 목소리를 냈다.

"나에 관한 건 됐어. 그보다도 네 슬럼프가 중요해. 음악회에 맞춰서 빨리 어떻게든 해야지."

억지로 이야기를 끝맺은 엘리엇을 보고 벤저민은 조금 쓸쓸한 듯 웃었다.

그러고는 가슴에 손을 대면서 소리 높여 말했다.

"네가 곤란할 때는 말해 줘, 친구여. 아마 돈도 힘도 빌려줄 수 없겠지만 전력으로 음악을 연주해 너를 응원하겠어."

"그거 아냐? 지금 나는 네 슬럼프 때문에 곤란해."

엘리엇이 빤히 노려보자, 벤저민은 장난스럽게 한쪽 눈을 감았다. 불길한 예감이 들었다.

"그것 말인데 엘리엇. 실은 좀 전에 의류점에서 쇼핑할 때 다른 학생들이 흥미로운 소문을 말하는 걸 들었어!"

"일단 말해 봐……."

벤저민은 몸짓, 손짓과 음악 용어를 섞어서 이야기를 꺼냈다.

엘리엇은 자신의 불길한 예감이 맞았음을 확신했다.

* * *

저녁, 자선 시장이 끝나는 시간이 되자 모니카는 시릴과 헤어져서 엘리엇과 벤저민을 찾았다.

(몰딩 님, 자선 시장을 만끽하셨을까? 슬럼프에서 탈출, 하셨을까?)

비는 어느새 그쳤고 검은 구름 틈 사이로 저녁놀이 보인다.

붉은색에 가까운 오렌지색이 홀을 선명하게 비추며 진한 그림자를 드리웠다.

상인들의 철수 작업에는 아직 시간이 걸리기에 고용인들이 홀의 촛대에 불을 붙이며 돌아다니고 있다.

모니카가 그걸 곁눈질하며 걸어가는데 전방에서 이리로 걸어오는 2인조가 보였다.

엘리엇과 벤저민이다.

"노튼 양! 이봐, 좀 들어보라고. 실로 흥미로운 이야기가 있었어!"

눈을 반짝이며 손을 휘젓는 벤저민과는 대조적으로, 엘리엇은 질색했다.

모니카는 자세를 다잡고 벤저민을 올려다봤다.

"흥미로운 이야기, 라니요?"

"구 학생 기숙사를 알아? 숲속에 있는 버려진 폐관……그곳을 헤매는 아름다운 메이드 유령 이야기를……!"

"메이드 유령?"

모니카가 복창하자, 벤저민은 뺨을 붉게 물들이면서 열변을 토했다.

"일찍이 세렌디아 학원에 다니던 남학생이 고용인인 메이드와 사랑에 빠지고 말았어. 그야말로 신분이 다른 금단의 사랑……!"

"내게는 죽을 만큼 싫은 소재로군."

엘리엇이 진심으로 불쾌하다는 듯 중얼거렸지만, 벤저민은 신경 쓰지 않고 말을 이었다.

"남학생은 그 메이드와 이어지기 위해서라면 가문을 버릴 각오도 했어. 하지만 사랑하는 사람의 미래를 생각한 메이드는 자신이 있으면 상대가 행복해지지 못한다면서 스스로 목숨을 끊었지……. 그리고 사랑하는 사람의 죽음에 절망한 남학생도 메이드의 뒤를 따라 독을 삼키고 목숨을 끊은 거야."

벤저민이 황갈색 머리를 나부끼며 하늘을 올려다봤다.

"그러나 비극은 여기서 끝나지 않았어! 먼저 목숨을 끊은 메이드는 사랑하는 사람이 행복해졌는지 걱정되어서 사후에도 여신의 낙원에 가지 않고 유령이 되어 이 땅을 헤매는 거야. 두 사람은 사후 세계에서도 재회하지 못한 채 지금도 엇갈리지. 아아, 이 비극을 연주할 바이올린이 필요해!"

"상태가 괜찮아지고 있잖아. 슬럼프 탈출까지 앞으로 얼마 안 남았겠군. 이제는 그 비극이라는 것을 소재로 음악을 만들고 슬럼프에서 탈출. 만사 해결이야."

신분 계급 지상주의인 엘리엇에게 있어서 신분이 다른 남녀의 비극 같은 건 들을 가치도 없는 이야기이리라. 중요한 건 벤저민이 슬럼프에서 벗어나느냐 마느냐다.

사실 모니카도 동감이었다. 모니카는 신분이 다른 남녀의 사랑 같은 건 이해가 안 돼서 전혀 흥미가 없었다.

그런데도 벤저민은 열기를 띤 눈으로 모니카에게 물었다.

"노튼 양. 너는 이 비극을 어떻게 생각하지?"

비합리적이라고 생각했어요. ——모니카는 그렇게 말하지 못하고 말을 골랐다.

"그게에, 그 메이드가 자살한 이유를 모르겠, 는데요. 집을 나가는 걸로 충분했던 게……."

"후후후, 사랑하는 사람과 이어지지 못한다면 살아갈 의미가 없다는 정열…… 그리고 정애(情愛)야."

"정열…… 정애……."

모니카는 공허한 눈으로 반복해서 말하고 고개를 갸웃했다.

숫자와 마술 말고는 열정을 쏟지 못하는 모니카는 아마

평생 이해 못 할 감정이다.

모니카가 난해한 수식을 앞에 둔 듯한 표정으로 신음하자, 벤저민은 모니카와 엘리엇의 손을 잡았다.

"그런고로 비도 그쳤으니 바로 가 볼까!"

"너, 설마……."

벤저민은 굳은 얼굴의 엘리엇에게 웃으며 말했다.

"오오, 엘리엇. 지금 이야기 흐름에서 구 학생 기숙사 말고 어디로 간다는 거야? 마침 해도 저물고 있어. 유령이 모습을 드러낼 절호의 시추에이션이라고 생각하는데 말이지!"

＊ ＊ ＊

"잠깐 구 학생 기숙사 주변을 둘러보고 바로 돌아갈 거야. 그러지 않으면 기숙사 통금에 못 맞춰."

비가 그쳐서 어두운 숲속, 엘리엇이 랜턴을 움켜쥐고 선두에서 걸으며 험악한 말투로 신신당부했다.

통금까지는 시간이 있지만 지금 계절에는 일몰이 빨라서 하늘은 이미 어두워졌고 검은 구름의 틈새로 별이 보인다.

약간 남은 오랜지색 저녁놀을 까마귀 떼가 가로지르는 게 보였다.

왜 어두운 숲을 걸을 때면 까마귀 소리가 이상할 만큼 크게 들릴까? 모니카는 등골을 떨면서 랜턴을 고쳐 쥐었다.

축축한 지면은 미끄러지기 쉽다. 아주 조금이라도 발을

헛디디면 하얀 교복이 더러워져 대참사가 일어난다.

"오오, 비가 그친 뒤의 숲을 걸을 때는 맑은 날에 비해 이렇게나 걸음 소리가 다른가. 젖은 낙엽을 밟는 소리. 가지에서 토독토독 떨어지는 물방울 소리. 젖은 나뭇잎이 바람에 흔들리는 소리——. 이 비가 그친 뒤의 숲을 걷는 여행자는 이윽고 그 너머에서 하나의 폐가를 발견하지. 그곳에는 죽어서도 여전히 방황하는 아름다운 메이드가……. 앗, 좋아. 좋다고~. 좋은 곡을 만들 수 있겠어……!"

점점 음악의 세계에 빠져드는 벤저민을 보면서, 엘리엇이 랜턴을 휘두르지 말라고 못을 박았다.

그대로 한동안 나아가자 나무 틈새로 건물 그림자가 보였다. 현재 학생 기숙사보다 조금 작은 3층짜리 저택이다.

엘리엇은 험악한 표정으로 신신당부했다.

"일단 말해 두겠는데 절대로 안으로 들어가지 마. 그리고 서쪽 정원에도. 출입 금지 팻말이 붙어있는 곳은 마력 농도가 높아서 위험해."

이곳 구 학생 기숙사는 지어진 뒤로 토지의 마력 농도가 진해져 버렸다.

마력 농도가 높은 토지는 정령이나 용 같은 마력을 양식으로 삼는 생물은 좋아하지만 인간에게는 유해하다.

마력 내성이 낮은 인간이 장시간 머물면 마력 중독을 일으켜서 몸이 변질되거나, 최악의 경우 죽음에 이르기도 한다.

엘리엇은 몇 번이고 주의를 주면서 구 학생 기숙사 정면의 입구로 향했다.

구 학생 기숙사는 건물 자체는 그렇게까지 낡지 않았지만 사람의 손이 안 닿은 건물 특유의 쇠퇴한 분위기 때문에 그야말로 유령이 나올 법했다.

벤저민이 랜턴을 들고 1층 창문 주변을 비췄다.

"소문에 따르면 복도 창문에 메이드의 모습이 비치거나 안에 불덩이가 떠오르기도 하는 모양이야. 그 불덩이는 분명 메이드의 주인이었던 남자의 영혼의 등불인 게 틀림없어. 남자의 영혼의 등불은 지금도 구 학생 기숙사를 헤매면서 옛 연인을 찾는 거야……. 오오, 이 무슨 비련인가!"

벤저민의 말을 들은 엘리엇이 바보 취급하듯 코웃음 쳤다.

"알겠냐? 벤저민. 잘 들어. 구 학생 기숙사에는 1층 동쪽 복도 벽에 거울이 걸려 있어. 봐봐, 저기야."

엘리엇은 구 학생 기숙사의 동쪽 복도 주변으로 걸어가 랜턴을 들었다.

커다란 벽에 걸린 거울에 어렴풋이 엘리엇이 비쳤다.

"분명 어딘가의 호기심 많은 학생이 고용인을 데리고 이 구 학생 기숙사를 보러 온 거겠지. 지금처럼 어둡고 시야가 안 좋은 시간대였을 거야. 그 녀석은 이렇게 랜턴을 들어서 구 학생 기숙사를 비췄고…… 거울에 비친 자신의 고용인을 유령으로 착각한 거지. 불덩이라는 건 랜턴의 불빛이었……."

자신만만하게 말하던 엘리엇이었지만 마지막 말만 부자연스럽게 끊어졌다.

그는 처진 눈을 크게 뜨고는 눈동자만 휙 움직여서 동동
(東棟)의 더욱 안쪽을 바라봤다.

"지금, 저기…… 뭔가 빛나지 않았냐? 빛났, 지?"

"불덩이…… 영혼 등불이야!"

벤저민이 환희의 목소리를 내지르고는 동동으로 달렸다.

"바보. 멋대로 움직이지 마, 벤저민! 아아…… 젠장!"

엘리엇은 혀를 차고는 모니카를 돌아보며 고함쳤다.

"노튼 양, 거기서 기다려! 절대로 움직이지 마!"

"네, 넷!"

모니카가 수긍하자, 엘리엇은 벤저민을 쫓아 달렸다.

그걸 배웅한 모니카는 무영창 마술로 일으킨 화염구를 해제
했다.

"린 씨, 네로……."

모니카가 중얼거리자, 구 학생 기숙사의 지붕에서 메이드
가 스르륵 내려섰다. 머리에는 검은 고양이 모습의 네로도
올라가 있다.

네로가 린의 머리 위에서 말했다.

"왜 네가 여기 있는 거야? 게다가 다른 녀석들까지 우르르
데리고……. 헉, 설마 너희들. 우리에게서 이 비밀기지를 빼
앗으려고……!"

모니카는 두통을 참으려는 듯이 이마에 손을 짚었다.

구 학생 기숙사에 메이드 유령이 나온다──. 그 이야기
를 들었을 때부터 모니카는 내심 설마 싶었다.

그 설마가 맞았다.

"소년의 마음을 간질이는 비밀기지——. 그것은 때때로 치열한 쟁탈전이 벌어진다고 들은 적이 있습니다. 여기서는 소년처럼 진흙 덩어리와 애벌레를 던져서 응전해야 하는 걸까요."

미모의 메이드가 덤덤히 별 볼 일 없는 제안을 던졌다.

마침내 모니카는 무릎부터 무너져 내리려는 걸 견디면서 네로와 린을 빤히 노려봤다.

"구 학생 기숙사에서, 메이드 유령이 나온다는, 소문이 돌고 있어요…….."

"이 몸, 그런 건 본 적이 없는데."

"네. 저도 여기에 드나든 지 어느 정도 지났지만, 아직 한 번도 본 적이 없습니다."

모니카는 자포자기해서 기숙사로 돌아가고 싶은 마음을 참고 곱씹듯이 말했다.

"아마, 린 씨를 말하는 걸 거예요…….."

린은 무표정을 유지하며 연두색 눈을 조금 크게 떴다.

"놀랍군요."

정령은 마력 농도가 높은 토지를 좋아한다.

루이스와 계약한 린은 계약자인 루이스에게 순도 높은 마력 공급을 받기에 소멸할 위기에 빠질 일은 없다. 하지만 마력 농도가 높은 토지가 있으면 자연스레 이끌리는 것이리라.

잠긴 구 학생 기숙사에 인간이 침입하기는 어렵지만, 정령인 린이라면 작은 새로 변신해서 자그마한 빈틈을 통해 들어올 수 있다.

그렇게 이 구 학생 기숙사에 들어간 모습을 누군가가 목격해서 메이드 유령 소문이 퍼지고 만 것이다.

"아무튼 이제부터 두 사람은 여길 비밀기지로 쓰면 안 돼요……. 어?"

말을 다 끝내기에 앞서 모니카는 눈을 동그랗게 떴다.

모니카의 시야 너머, 서동(西棟) 복도 주변에서 무언가가 빛났다. 작은 불덩이처럼 보인 그것은 확 떠올랐다가 덧없이 사라졌다.

모니카가 마술로 만든 게 아니다. 린도 바람의 정령이니 불꽃을 일으키는 마법은 못 쓸 것이다.

(그럼, 지금 건……?)

다시 서동 복도에서 무언가가 빛나더니, 사라졌다.

네로와 린도 그걸 눈치챈 모양이었다. 네로가 린의 머리 위에서 목소리를 높였다.

"뭐야 저거? 이봐, 모니카. 네가 한 일이냐?"

"아니야."

짧게 대답한 모니카는 고민에 잠겼다.

(저건 불완전한 마술이야. 아마 원격 술식을 넣어서 떨어진 위치에 화염구를 일으키려고 했겠지만 유지하지 못해서 흩어지는 패턴. 원격 술식은 그런대로 난이도가 높으니까 세렌

디아 학원 사람 중에서 쓸 수 있는 사람은 한정적일 거야.)

다시 복도 안쪽에서 무언가가 빛났다 사라졌다. 이걸로 세 번째다.

그리고 모니카는 이 세 번의 간격을 마음속으로 가늠해서 기억했다.

(원격 술식치고는 발동 간격이 짧아. 아마 일반 영창이 아니라 단축 영창이겠지. 술식이 불완전한 건 단축 영창과 원격 술식이 미숙하니까…….)

하나의 해답에 도달한 모니카는 랜턴을 들고 서동 안쪽을 향해 달렸다.

네로를 머리에 올린 린이 발소리를 거의 내지 않고 모니카를 쫓았다.

네로가 린의 머리 위에서 아우성쳤다.

"이봐, 모니카. 어디 가는 거야!"

"서쪽 정원. 예상일 뿐이지만…… 막지 않으면, 큰일이 벌어질 거야."

＊ ＊ ＊

(거리 30, 위력 극소, 좋아. 잘되고 있어……. 얼마 전 도서관에서 빌린 책 덕분에 단축 영창에 조금 요령이 잡혔어. 이제는 원격 술식이야. 이걸 능숙하게 쓴다면 그 녀석이 얼음으로 벽을 만들어도 그 안쪽에서 공격할 수 있겠지…….)

의식을 집중하여 신중하게 마술식을 짜냈지만 마술은 또 흩어지고 말았다.

마술식은 수식과 닮았다. 원격이나 다중 강화 등의 특수한 술식을 집어넣으면 그만큼 복잡해지고 단축하려고 하면 더더욱 난해해진다.

최근에 빌린 책의 저자── 칠현인 중 한 명인 '침묵의 마녀'는 단축 수준이 아니라 무영창으로 고도의 술법을 발동한다고 한다.

솔직히 어떻게 그런 기적을 일으키는지 상상도 가지 않는다. 그건 진정한 천재의 영역이다.

(천재가 될 수 없다면 범재인 내가 해야 할 일은 착실한 노력. 나를 꺾은 애슐리도 사실은 안 보이는 곳에서 노력하고 있어.)

그렇게 자신을 타이르면서 단축 영창을 입에 담았다.

그러나 불완전한 술식이라 마력이 새어 나가는 게 느껴졌다. 몸속 마력이 마구 깎여 나갔다.

그 감각은 비유하자면 몸 안의 피가 대량으로 빠져 나갔을 때와 비슷할지도 모른다.

온몸이 차가워지고 감각과 의식이 서서히 둔해진다. 생명 유지에 필요한 것을 잃어 가는 느낌이다.

(괜찮아. 이곳은 마력 농도가 높으니까 평소보다 빨리 마력이 회복될 거다……. 아직 할 수 있어. 아직, 아직…….)

다시 의식을 집중해서 마력을 쌓아 올렸다.

그러나 초조함이 그대로 술법에 반영되었는지 쌓아 올린 마술이 부자연스럽게 일그러지며 무너졌다.

주먹 크기의 화염구가 단숨에 한 아름 정도의 크기로 부풀어 올랐다.

(위험해……!)

폭발의 전조를 눈치챘을 때는 이미 늦었다. 부풀어 오른 화염구가 파열——했어야 했다.

"어……?"

크게 부풀어 오른 화염구가 급속도로 쪼그라들었다. 마치 보이지 않는 벽에 갇혀서 뭉개지는 것처럼.

물론 누군가가 딱 알맞게 봉인 결계를 쳐줄 리가 없다. 우연히 마술 그 자체가 불발로 끝난 것이리라.

안도의 한숨을 내쉬면서 이마에 묻은 땀을 손수건으로 닦자, 뒤에서 축축한 흙을 밟는 소리가 들렸다.

돌아본 곳에 서 있던 건 연갈색 머리의 조그만 소녀.

(이 아이는 애슐리의 후배인…….)

화염구가 없어진 방향을 무표정하게 바라보던 학생회 회계 모니카 노튼은 조용한 목소리로 말했다.

"이곳은 출입 금지, 예요——. 마법전 클럽장 바이런 갈레트 님."

출입 금지인 구 학생 기숙사 서쪽 정원에서 마술 연습을 하던 건 노란색 기운이 감도는 금발에 오렌지색 눈을 가진 덩치 큰 남학생—— 마법전 클럽장 바이런 갈레트. 조금 전에 자선 시장에서 만났던 청년이다.

모니카가 말을 걸자, 바이런은 험상궂은 얼굴을 굳히며 우두커니 서 있었다.

분명 이곳에는 아무도 오지 않겠다고 생각했으리라.

마력 농도가 높은 토지는 마력 중독을 일으키기도 하지만 그만큼 마력 회복 속도도 빨라져서 마술 연습을 하기에 적합하다.

그렇기에 바이런은 여기서 몰래 마술 연습을 하던 것이다.

바이런이 특기로 삼는 것은 불을 다루는 마술. 그가 다루는 화염구를 멀리서 본 사람이 메이드 유령의 소문과 연결지어서 '연인을 찾는 유령의 영혼의 등불'이라며 벤저민처럼 착각한 것이리라.

린이 이 건물에 드나들던 것과 바이런이 마술 연습을 하던 것이 겹쳐서 메이드 유령의 소문이 점점 신빙성을 띤 것이다.

"마력 농도가 높은 토지에서 하는 마술 연습은, 그만두는 편이 좋아요. 마력 중독에 걸린 사례가 많이 나와, 서요."

모니카는 미네르바에 다니던 시절에 바이런과 같은 짓을 했다가 의무실에 갔던 사람을 몇 번 본 적이 있다.

바이런은 초조해서 일그러진 표정으로 간절히 부탁했다.

"노튼 양. 아무쪼록 눈감아 줄 수 있을까? 나는…… 다음 결투에서 꼭 애슐리를 이기고 싶어."

"어째서 결투에 집착하시나요?"

모니카는 누구에게도 지고 싶지 않아 하는 마음이 거의 없다.

예를 들어 체스를 둘 때, 모니카는 패하더라도 분하게 생각하지 않는다. 진 이유를 고찰하고 납득하는 것으로 만족한다.

그건 마법전에서도 똑같다. 모니카는 승리해서 얻는 명예에도 명성에도 흥미가 없다.

그래서 바이런이 결투에 집착하는 이유를 몰랐다.

바이런은 자신이 부끄럽다는 듯이 고개를 숙이고는 두꺼운 입술을 우물거렸다.

"여자는 강한 남자를 좋아하잖아?"

"엥……?"

모니카의 표정이 곤혹에서 혼란으로 바뀌었다.

(여자는 강한 남자를 좋아한다니——. 이 경우에 나는 여자에 포함된다고 생각하는 게 맞겠, 지? 그럼 나는, 강한 남자를 좋아할까 아닐까……. 어라? 근데 강함의 정의가 뭐지?)

강한 남자의 정의를 생각하다가는 지혜열이 날 것 같아서 모니카는 살짝 한 손을 들고 발언했다.

"저기, 그건 통계학 문제인가요?"

"통계학? 그건 잘 모르지만 여자가 자주 그렇게 말하잖아."

모니카는 겨우 깨달았다.

이건 통계학 문제가 아니라 생물학 문제인 거다.

"앗, 그렇군요……. 확실히 종의 존속이라는 관점에서 보면 강한 수컷과 관계를 맺는 편이 합리적이네요."

"……."

모니카가 납득했다는 얼굴을 하자, 바이런은 어째서인지 거북한 듯 헛기침했다.

"나의 약혼자가 좋아하는 사람이 애슐리 같은 타입이라고 말했거든. 이 학원에서 가장 마법진이 강한 건 애슐리니까."

"그, 그렇군요……."

즉, 바이런은 시릴에게 승리해서 그 약혼자를 돌아보게 만들고 싶은 거다.

"그래도, 무리한 훈련은 안 돼요. 저, 저는 학생회 임원이니까……. 저기, 간과할 수 없어요."

"그렇겠지……. 미안하다."

바이런은 그렇게 말하고 이마에 맺힌 땀을 손수건으로 닦았다.

아까 모니카가 주워 준 제비꽃 자수가 들어간 손수건이다. 앞면을 보면 정교하고 치밀하지만 뒷면을 보면 실 처리가 조잡한 자수——. 그걸 보던 모니카의 머리에 문득 어느 생각이 스쳤다.

"저기, 갈레트 님……. 그 손수건은, 누군가가 선물한 것, 인가요?"

"나의 약혼자가 보낸 거야. 그 사람은 자수 클럽에 소속이고 자수가 특기거든."

약혼자 이야기를 하는 목소리가 조금 자랑스러운 듯이 들떠 있었다.

그러나 바이런은 바로 표정을 흐리면서 자조하듯 웃었다.

"뭐, 그 사람이 좋아하는 건 애슐리니까……. 약혼자라는 의무감으로 보낸 선물이겠지만……."

"저, 저기……!"

모니카는 입을 열려다 닫았다.

모니카는 저 제비꽃 자수를 보고 하나 눈치챈 게 있었다.

손수건을 뒤집었을 때 제비꽃 자수의 잎 가장자리 쪽에서 하얀색이나 파란색 실이 드문드문 보였다.

그러나 앞에서 봤을 때, 파란색 실이 사용된 부분은 안 보였다.

제비꽃을 구성하는 건 꽃의 하얀색, 화심의 노란색, 잎의 녹색까지 총 세 가지 색이다.

──그렇다면 그 파란색 실은?

(그 파란색 실은, 약혼자의 메시지인 게 아닐까…….)

음악가 벤저민 몰딩은 이렇게 말했다.

파란 잉크로 연애편지를 쓰면 서로 좋아하는 사이가 된다는 행운의 주술이 있다고.

어쩌면 제비꽃 잎 안쪽에는 파란색 실로 엮인 메시지가 있는 게 아닐까?

(하지만, 확신이 없고…… 게다가…….)

여기서 그걸 바이런에게 가르쳐 주면 남의 마음을 억지로 폭로하는 행위가 된다는 생각에서 벗어날 수 없었다.

그래서 모니카는 입을 다물었다.

"노튼 양?"

모니카가 부자연스럽게 침묵하자, 바이런이 의아하다는 듯이 바라봤다.

그때, 엘리엇과 벤저민의 목소리가 들렸다.

"이런 곳에 있었냐, 노튼 양! 멋대로 움직이지 말라고 말했잖아!"

"오오, 네가 유령에게 납치당했나 싶어서 걱정했어. 무사해서 다행이네."

달려온 엘리엇과 벤저민은 모니카의 옆에 있는 바이런을 보고 의아한 표정을 지었다.

"왜 갈레트 클럽장이 있지? 여기는 출입 금지야."

엘리엇이 의문 섞인 목소리를 내자, 모니카는 초조해졌다.

만약 바이런이 여기서 마술 연습을 했었다고 말하면 그가 몇 번이고 출입 금지 장소에 들어왔다는 게 들킨다.

그래서 모니카는 곧바로 거짓말을 했다.

"저기! 갈레트 님도, 메이드 유령을 보러 오셨다고 해요! 그래서, 저기, 여기에 그럴싸한 모습이 보인 듯도 하고…… 아닌 듯도 하고……."

거짓말이 서툰 모니카는 동요하면 얼굴이나 행동에 드러난다.

지금도 모니카는 두리번거리고 조마조마해하며 시선을 돌

린 채 손가락을 꼬았다. 엘리엇은 그 모습을 불신감 가득한 눈으로 바라보았……지만.

"끄악──!"

갑자기 엘리엇이 비명을 질렀다.

크게 벌어진 처진 눈이 바라보는 것은 모니카의 뒤쪽 창문이었다.

"지금! 저기 창문에 메이드가……!"

엘리엇의 비명을 듣고 모두가 창문을 봤다. 그러나 그곳에는 메이드의 흔적조차 없었다.

엘리엇은 웬일로 손을 호들갑스럽게 흔들면서 주장했다.

"정말이야! 봤다고! 금발의 메이드가 한순간 나타났다가 확 사라졌어!"

(금발의 메이드…….)

그 정체는 굳이 말할 것도 없다.

그러나 다른 일행이 진실을 깨달았을 리가 없다.

벤저민이 감격한 듯 가슴에 손을 대면서 밤하늘을 올려다봤다.

"역시 소문은 사실이었나……. 아아, 나는 지금 맹렬하게 감동하고 있어! 비련의 연인 유령, 그리고 그걸 목격하고 비명을 지르는 여행자…… 완벽해. 완벽한 음악이야!"

"아니, 잠깐. 그 여행자라는 건 나냐? 왜 내 비명을 음악에 포함시키는 거야."

엘리엇이 따졌지만 벤저민은 아랑곳하지 않았다. 그리고

오른 손가락을 지휘봉처럼 휘두르면서 드높이 외쳤다.

"공포에 일그러진 비명 또한 음악인 거야, 엘리엇! 고맙다, 친구여. 너의 비명으로 음악이 완성되었어! 자, 바로 기숙사로 돌아가서 작곡에 들어가야지!"

아무래도 벤저민은 슬럼프에서 무사히 탈출한 모양이다.

활기 넘치는 벤저민의 뒤에서 엘리엇이 납득 못 하겠다는 표정으로 퉁명스러워했고, 모니카가 감싼 바이런은 쓴웃음을 지었다.

모니카가 힐끔 바이런을 올려다보자, 그는 작은 목소리로 "미안하고 고맙다."라고 속삭였다.

모니카는 어색하게 웃으며 고개를 끄덕이고는 메이드 유령 소문이 이 이상 퍼지지 않기를 기원했다.

구 학생 기숙사의 지붕 위에서 린과 네로는 모니카 일행의 대화를 듣고 있었다.

유령 소동의 원인 중 하나가 되었던 정령은 무표정하면서도 어딘가 자랑스럽게 중얼거렸다.

"제가 생각해도 멋진 일을 했네요."

* * *

구 학생 기숙사에서 메이드 유령을 목격한 다음 날, 북풍이 한층 강해지고 추위도 몸속에 한층 스며들었다. 아무래도 어제 내린 비가 겨울을 데려온 모양이다.

엘리엇은 교복 틈새로 들어오는 냉기에 몸을 움츠리면서 학원까지 가는 길을 혼자 걷고 있었다.

벤저민과 함께 등교할 때가 많지만, 그는 어제 기숙사로 돌아오고 나서 줄곧 방에 틀어박혀 작곡에 빠져 있었다. 어쩌면 오늘 수업은 땡땡이칠지도 모른다.

(아아, 정말이지. 어제는 끔찍한 하루였어.)

아침부터 벤저민에게 휘둘린 끝에 유령을 보고 "끄악!" 하고 비명을 지르고 말았다. 그것도 하필이면 후배 앞에서.

유일하게 좋았던 점이라면 벤저민이 슬럼프에서 벗어난 정도일까.

일단 겨울 연주회는 문제없겠다고 생각하는데 뒤에서 황급한 발소리가 들려왔다. 그리고 "엘리엇! 오오, 나의 친구여!"라는 목소리도…….

왠지 불길한 느낌이 들어서 돌아보자, 벤저민이 황갈색 머리를 휘날리면서 이리로 달려오고 있었다.

"엘리엇! 들어줘! 어제 일을 이미지한 곡의 제1악장이 완성되었어! 뭐니 뭐니 해도 제일 큰 포인트는 너의 절규를 바이올린으로……."

친구의 수치를 음악으로 만들지 마──. 엘리엇이 그렇게 불평하기보다 먼저, 벤저민이 전방을 향해 눈을 반짝였다.

그의 시선 너머에는 곧은 흑발의 영애, 클로디아가 있었다.

엘리엇의 불길한 예감은 계속 커져만 갔고 멈출 줄을 몰랐다. 멈춰라. 불길한 예감.

엘리엇은 가슴속으로 그렇게 기원하면서 물었다.

"벤저민……. 너 슬럼프에서 벗어난 거 맞지?"

"슬럼프에서 벗어난 지금이야말로 새로이 태어난 나의 음악을 사랑하는 사람에게 바쳐야 하지 않을까?"

"그만둬! 그랬다가 또 혹평받으면 슬럼프에 빠지잖아!"

엘리엇이 비명과도 같은 목소리를 내지른 그때, 바로 옆에서 "저기이……."라는 조심스러운 목소리가 들렸다.

눈을 돌린 엘리엇은 표정을 굳혔다.

그곳에 서 있는 건, 곱슬한 갈색 머리를 한 작은 체구의 소년──. 클로디아의 약혼자 닐이었다.

미모를 자랑하는 영애의 약혼자와 그 영애를 짝사랑하는 음악가. 아무리 생각해도 환영할 만한 조합은 아니다.

"그게 말이죠. 저는 클로디아 양의 약혼자니까……."

닐은 평소다운 나약한 분위기를 거두고 표정을 다잡으며 날카로운 눈빛으로 벤저민을 올려다봤다.

"결투 신청은 언제든 받아들일게요. 이건 조정할 수 없는 사안이라서요."

무슨 일이든 평화적 해결로 이끄는 조정자가 단호하게 선언했다.

어안이 벙벙해진 엘리엇과 벤저민을 놔두고 닐은 빠르게 클로디아에게 달려갔다.

"클로디아 양, 좋은 아침이네요. 저기…… 같이 가죠."

클로디아에게 말을 거는 닐은 평소처럼 나약해 보였다.

벤저민은 닐의 뒷모습을 바라보면서 중얼거렸다.

"내가 클로디아 양에게 음악을 바친 걸 소문으로 들은 거 겠지. 한 명의 여성을 걸고 싸우는 남자들…… 멋져. 이건 정열적인 음악을 만들 수 있겠어."

엘리엇은 벤저민이 이 이상 클로디아에게 구애하지 않을 거라고 확신했다.

벤저민은 짝사랑하거나 음악을 만드는 열정은 있어도 결투에 응할 열정은 없으니까.

기분파인 음악가는 빠르게도 새로운 음악 구성에 빠져 버렸다. 오른손을 지휘봉처럼 휘두르면서 허공을 바라보며 콧노래를 흥얼거리고 있다.

그 몽롱하게 녹아내린 듯한 눈이 확 뜨였다.

벤저민의 시선 너머에 있는 건, 클로디아와 비견되는 미모의 영애. 학생회 서기 브리짓 그레이엄.

(멈춰라, 불길한 예감.)

"엘리엇. 나의 음악은 그녀에게 바치기 위해 있는 거라고 생각하지 않아?"

엘리엇은 가타부타 따지지 않고 벤저민의 옷깃을 붙잡은 채 걸었다.

"왜 이렇게 지조가 없어! 애초에 네가 좋아하는 건 '사랑에 빠진 아름다운 사람' 이잖아!"

"그녀는 사랑에 빠진 사람이야, 엘리엇. 나는 알아. 그도 그럴 게 나는 중등과 시절부터 열 번 정도 그녀에게 고백했다가 차였으니까!"

"처음 듣는데. ……열한 번째 고백은 연주회가 끝난 뒤에 해 줘."

엘리엇은 낮은 목소리로 그렇게 내뱉고는 생각했다.

완벽한 미모의 영애, 브리짓 그레이엄. 그 사람이 사랑에 빠졌다면…….

(역시 나는 올발랐어. 신분의 벽을 넘어서는 녀석은 언제나 누군가를 불행하게 해.)

비극이야──.

엘리엇은 마음속으로 중얼거리고 어두운 눈빛으로 학원을 올려다봤다.

막간 맑은 날에 바이올린을

엘리엇 하워드는 올해 일곱 살인 소년이지만 또래보다 키가 컸고 공부든 운동이든 요령이 좋아서 익히는 게 빨랐다.

그래서 제2왕자 펠릭스 아크 리디르의 놀이 상대로 선정된 엘리엇은 정기적으로 크록포드 공작 저택으로 찾아가 조부 곁에서 요양 중이던 펠릭스와 놀거나 바이올린이나 체스를 가르치거나 했다.

그날은 몸에 엉겨 붙는 듯한 비가 내리고 있었다.

엘리엇은 비가 싫었다. 옷은 젖고 머리카락은 꼬이고 바이올린 소리는 흐릿해지고 좋은 일은 아무것도 없다.

그래서 비 오는 날은 외출하기 싫고 바이올린도 켜기 싫건만, 아버지는 펠릭스 앞에서 엘리엇에게 이렇게 명했다.

"엘리엇. 오늘은 전하와 함께 바이올린 연습을 하거라."

최악이라고 생각했다.

비 오는 날에 이렇게 외출한 것만으로도 우울한데 바이올린 연습까지 해야 하다니.

만약 엘리엇의 바이올린 소리가 흐릿해지면 아버지는 분명 꾸짖을 거다.

그렇지만 엄격한 아버지에게 "싫습니다. 비 오는 날은 바이올린을 켜고 싶지 않아요."라고 말할 수 있을 리 없었다.

싫은데. 돌아가고 싶은데. 내심 그렇게 생각하는데 펠릭스가 조심스럽게 말했다.

"저, 저기⋯⋯!"

또래 아이와 비교하면 체구가 작은 펠릭스는 목소리도 작고 기도 약하다.

엘리엇의 아버지, 더즈비 백작이 "왜 그러십니까? 전하."라고 말을 걸자, 펠릭스는 우물쭈물 손가락을 꼬면서 가느다란 목소리로 말했다.

"더즈비 백작. 난⋯⋯ 오늘, 엘리엇과 체스 하고 싶어요."

* * *

"자, 체크."

엘리엇이 백의 나이트로 흑의 폰을 잡자, 펠릭스는 알기 쉽게 허둥댔다.

신음하며 눈썹을 찌푸린 펠릭스는 흑의 퀸을 움직였다.

"으음, 이럴 때는⋯⋯ 이렇게, 하면 되나?"

"체크메이트."

"앗."

엘리엇은 퀸이 없는 포진임에도 순식간에 승부를 냈다.

"아직 멀었네, 전하."

엘리엇이 심술궂게 웃자 펠릭스는 시무룩하게 어깨를 떨궜고 뒤에서 대기하던 종자 소년이 펠릭스 앞에 홍차를 놨다.

체스가 끝났을 때 맞춰 홍차를 낼 수 있게 준비했나 보다.

유능한 종자 소년은 펠릭스가 좋아하는 과자를 테이블에 놓으며 말했다.

"펠릭스 님. 바이올린은 어떠십니까? 하워드 님과 협주곡을 켜고 싶다고 열심히 연습하셨잖아요?"

그 말을 듣자, 펠릭스는 눈썹을 내리며 연약하게 웃었다.

"바이올린은, 맑은 날에 연주하는 게 좋으니까."

펠릭스는 알고 있었다. 엘리엇이 비 오는 날에 바이올린 켜기를 싫어한다는 걸.

펠릭스 아크 리디르는 공부도 운동도 서툴고 겁 많고 낯가림이 심한 미덥지 못한 왕자님이다.

하지만 누구보다도 다정한 왕자님임을 엘리엇은 잘 알았다.

다정한 왕자님은 꿀꺽꿀꺽 홍차를 마시며 말했다.

"엘리엇. 다음에 날이 맑으면 같이 바이올린을 켜자."

"좋아. 맑으면 바이올린 연주하자. 제대로 연습해, 전하."

엘리엇은 종자가 테이블에서 멀어지는 타이밍을 계산해서 펠릭스에게 귓속말했다.

"그리고 나무 타기 연습도 말이지."

"응."

눈치 빠른 종자 소년은 장난스럽게 서로 웃는 두 소년의 작은 비밀을 듣지 못한 척했다.

사건 IV

악역 영애의 암약

~행운의 주술이 보여주는 꿈~

The secret maneuver of

the villainess

세렌디아 학원 학원제가 끝난 지 2주일이 지났다.

이 2주일 동안 모니카는 펠릭스와 도서관에서 서서 읽기에 도전하거나, 미아나 정령에게 휘둘리거나, 모 음악가의 슬럼프 탈출을 돕는 등 그런대로 바쁜 나날을 보냈다.

하지만 학원제 뒤처리가 일단락되고 학생회실에도 차분함이 돌아왔다.

어제까지는…….

"에에잇. 학원제가 끝났건만 대체 이 상황은 뭐란 말이냐!"

펠릭스와 함께 학생회실로 발을 들인 시릴이 낮은 목소리로 내뱉었다.

이미 착석한 다른 학생회 임원들은 일제히 펠릭스와 시릴을 봤다.

펠릭스는 평소와 같은 부드러운 미소를 지었지만, 시릴쪽은 대놓고 짜증을 내며 냉기를 발산했다.

"어째서 이렇게나 어수선한 거냐! 전하를 번거롭게 만들다니 언어도단!"

엘리엇이 깃펜을 움직이던 손을 멈추고 처진 눈을 시릴에게로 돌렸다.

"제일 어수선한 건 너잖냐. 시릴."

엘리엇이 빈정대자, 시릴이 눈꼬리를 치켜올렸다.

그러나 시릴이 뭐라고 반박하기보다 먼저 펠릭스가 부드럽게 말했다.

"시릴은 오늘 하루 종일 내 주변을 신경 썼으니까. 짜증이 나는 것도 당연하지."

펠릭스의 말을 듣자 엘리엇은 어깨를 으쓱했고 시릴은 입술을 앙다물면서 불만스럽게 침묵했다.

서류 정리를 하던 닐이 시릴을 배려하듯 조심스럽게 말을 걸었다.

"저는 홍차를 타 올게요."

"저, 저도, 도울게요!"

닐이 일어나자 모니카도 뒤따랐다.

닐은 복도로 이어지는 문을 열고…… 그 자세 그대로 얼어붙었다.

"와아……."

"허억."

닐이 작게 중얼거렸고, 조금 늦게 복도의 상황을 목격한 모니카도 목소리를 흘렸다.

복도 좌우로 사람들이 벽처럼 늘어서 있었다. 절반은 여학생, 다른 절반은 그 고용인이다.

학생회실 앞에 몰려온 사람들은 일제히 혈안이 되어 바닥을 쳐다보고 있었다.

그 사람들은 귀족 자녀와 그 고용인인 만큼 바닥을 기지는 않았다.

그러나 30명에 가까운 사람들이 올바른 자세와 기품 있는 모습으로 샅샅이 바닥을 쳐다보는 것도 무척이나 꺼림칙한 광경이었다.

만약 몇 명 정도였다면 떨어뜨린 물건을 찾는 거라고 생각했겠지만, 이 정도 인원이 모인 건 역시 이상하다.

(무서워무서워무서워무서워.)

덜덜 떠는 모니카 옆에서 닐이 살며시 문을 닫았다.

못 본 걸로 하고 싶어지는 광경이니 그러는 것도 당연했다.

그런 가운데, 지금까지 입을 다물고 있던 학생회 서기 브리짓 그레이엄이 일어섰다.

"비키세요."

그렇게 말한 브리짓은 닐과 모니카를 물리고는 복도로 이어지는 문을 열었다.

복도에 모인 사람들은 브리짓을 목격하자 부끄러운지 벽 쪽에 붙었다.

미모의 영애는 호박색 눈을 좌우로 움직이더니 차갑게 사람들을 쳐다봤다.

"업무에 방해됩니다. 용건이 없다면 떠나세요."

큰 소리는 아니었지만, 잘 울리는 아름다운 목소리는 상대가 거부할 수 없게 만드는 박력이 있었다.

복도 앞에 모인 사람들은 파도가 밀려 나가듯이 그 자리를 떠났다.

엘리엇이 살짝 박수를 보냈다.

"훌륭해. 고함치기만 할 뿐인 시릴과는 너무 다른데."

시릴은 엘리엇을 날카롭게 노려보고는 낮게 목소리를 죽이고 말했다.

"대체, 어째서, 이렇게 된 거냐."

"시시한 행운의 주술이 유행하는 거예요."

브리짓이 문을 닫고는 자기 자리로 돌아오면서 말했다.

"마음에 둔 상대의 머리카락을 종이로 감싸서 베개 안에 넣어 잠들면 꿈에서 그 상대와 만난다더군요."

"아~. 다시 말해 좋아하는 사람과 꿈에서 만나는 행운의 주술이라는 건가."

엘리엇이 납득했다는 듯이 중얼거리며 펠릭스를 봤다.

펠릭스는 선명한 금발을 흔들면서 조금 곤란한 듯 웃었다.

제2왕자이자 가장 유력한 차기 국왕 후보로 불리는 그는 여학생들에게 동경의 대상이다.

정치적인 꿍꿍이속을 빼고 보더라도 성적이 우수하고 용모가 빼어난 그에게 푹 빠진 영애는 많다.

펠릭스를 짝사랑하는 영애 중에는 행운의 주술에 의지해서라도 펠릭스의 꿈을 꾸고 싶다고 바라는 사람이 있으리라.

(얼마 전에는 파란 잉크로 연애편지를 쓰는 행운의 주술이 유행했다고 들은 적이 있는데…….)

아무튼 연심을 이해할 수 없는 모니카에게는 와닿지 않는 이야기였다.

여러 행운의 주술이 있구나. 모니카가 곰곰이 생각하며

감탄하는 와중에, 시릴이 테이블에 주먹을 내리쳤다.

북풍보다도 차가운 냉기가 그를 중심으로 퍼졌다.

"그런 걸 위해 전하의 머리카락을 수집한다는 거냐?! 사욕을 채우기 위해 전하의 옥체 일부를 이용하다니 불경한데도 정도가 있지!"

펠릭스를 경애하는 시릴은 그의 머리카락 하나라도 사적으로 이용하는 걸 용납 못 하는 것이리라.

시릴은 날카로운 안광으로 복도를 노려보고는 자기 가슴에 손을 대고 펠릭스에게 선언했다.

"전하! 전하의 머리카락은 제가 지키겠습니다!"

너무 진지해서 미묘하게 말이 어긋난 시릴의 선언을 듣고 펠릭스는 살짝 쓴웃음을 지은 채 손 위로 턱을 괴었다.

"이런 놀이는 금방 시들해지는 법이야. 너무 소란을 피울 것도 없지."

"전하의 관대함에 감복했습니다."

온화한 펠릭스의 말을 듣자, 시릴은 바로 냉기를 거뒀다.

펠릭스는 방긋 미소 지으면서 실내를 돌아봤다.

"자, 그럼. 이번 일은 여기까지야."

펠릭스는 눈빛으로 착석을 권했다. 아마 중요한 전달 사항이 있는 것이리라.

모두가 착석한 걸 확인하고 펠릭스는 입을 열었다. 평소의 온화한 모습과는 다르게 약간 험악한 얼굴이었다.

"조금 전 도서위원회가 제2도서실에 보관되어 있던 마도서의 페이지가 찢어졌다는 보고를 올렸어."

모니카는 저도 모르게 숨을 삼켰다.

모니카는 마도서를 찢는다는 것의 무서움을 이 자리의 누구보다도 잘 안다.

마도서는 마술서와 달리 단독으로 마술을 발동할 수 있는, 책의 형태를 한 마도구다.

종이도 잉크도 특수해서 페이지가 손상되면 그곳에 기록된 마술이 폭주할 수도 있다.

"다행히 맥레건 선생님이 곧장 봉인해 주셔서 큰일이 벌어지진 않았지만 악질적인 장난이야. 당장 내일에라도 전교생에게 전달해서 범인을 찾는 대로 엄중하게 주의를 줄 거야. 너희도 도서실을 이용할 때 주의하면서 살펴보도록 해."

펠릭스의 목소리에는 조용한 분노가 배어 나오고 있었다.

모니카는 그 이유를 어렴풋이 알 수 있었다.

이 사람은 사실 마술을 무척 좋아한다. 그것도 숨어서 전문서를 탐독할 정도로.

그런 그에게 마술사의 기술이 담긴 결정체인 마도서를 파손한다는 행위는 용서하기 힘들겠지.

모니카는 펠릭스의 이야기를 들으며 속으로 고민했다.

(마도서는 기본적으로 마도구와 똑같이 취급하니까 엄중히 관리되어서 열람에도 허가가 필요할 거야……. 어째서 그런 책을 찢은 걸까?)

마도서 폭주 사고로 펠릭스를 암살한다는 뒤숭숭한 가능

성도 머리를 스쳤지만 그렇더라도 확실성이 떨어진다.

실제로 마도서는 폭주하지 않았고 곧장 봉인되었다.

(굳이 열람 기록이 남는 책을 찢은 이유가 뭘까……?)

아무튼 열람 기록이 남았다면 범인을 찾는 건 시간문제다.

그런 결론을 내린 모니카는 다음 의제 내용에 의식을 집중했다.

* * *

"정말이지 당신은 못 써먹겠네. 부르면 바로 오라고 말했잖아! 대체 언제까지 나를 기다리게 할 거야!"

모니카의 호위 임무 협력자이자 악역 영애를 연기하는 이자벨 노튼은 모니카를 자기 방에 부를 때 반드시 연극을 한 번 하는 게 습관처럼 되어 있다.

그러나 이날, 이자벨은 연기를 빠르게 그만두고는 바로 문을 닫았다.

"저기, 이자벨 님?"

"언니. 안색이 안 좋아요. 의자보다는 소파에서 더 편히 쉬셔야겠네요. 아무쪼록 편히 앉으세요. 애거서, 애거서. 오늘은 홍차가 아니라 따뜻한 우유를 준비해 줘. 벌꿀을 가득 넣어서!"

권유받은 대로 소파에 앉자, 이자벨 전속 시녀 애거서가 빠르게 무릎담요를 덮었다.

이자벨은 그 옆에 앉아서 모니카의 얼굴을 빤히 바라봤다.

"언니, 피곤하신가 보네요. 안타까워라……"

모니카는 평소에도 그리 건강하다고 말하기 힘들지만 지금은 눈에 띄게 야위어 있었다. 분명 마음고생이 그대로 얼굴에 드러난 것이리라.

모니카는 야윈 얼굴을 조금이라도 혈색 좋게 만들기 위해 손바닥으로 뺨을 문질렀다.

"실은 요즘, 학생회실 주변에 사람이 많다 보니…… 진정이 안 되어서……"

학생회실에서 좋아하는 사람의 꿈을 꾼다는 행운의 주술이 거론된 지 사흘이 지났다.

브리짓이 다그쳐서 어느 정도 나아졌지만 예전과 비교하면 분명하게 학생회실 주변을 어슬렁거리는 사람이 늘어났다.

예전부터 펠릭스는 제2왕자이자 차기 국왕 후보로 이름 높은 인기인이었지만 그런 그의 주변에 머리카락을 노리는 영애들이 어슬렁거리는 지금 상황은 상당히 이상하다.

무엇보다 이대로 가면 비밀 호위 임무에 지장을 초래할 수도 있다.

모니카의 이야기를 들은 이자벨은 고민하듯이 입가에 부채를 댔다.

"그 행운의 주술이라면 고등과 1학년 사이에서도 유행 중이에요. 자수 클럽이 정기적으로 개최하는 공부 모임에서 그런 이야기를 들었다고 하던가……"

"자수 클럽이라뇨……?"

"자수 클럽에서는 클럽원이 아닌 사람도 자유롭게 참가하는 공부 모임을 개최해요. 저도 가끔 얼굴을 비치죠."

이자벨 말로는 자수 클럽의 공부 모임도 다과회처럼 정보 수집의 자리이기도 한 모양이었다.

다과회는 대부분 가문이나 교우관계에 따라 멤버가 정해지지만 자수 공부 모임은 그런 조건이 낮아진다.

물론 어느 정도 그룹이 생기지만 테이블이 가깝다면 다른 그룹의 대화도 들을 수 있다고 한다.

그렇게 행운의 주술 이야기를 들은 사람이 이자벨의 반에도 그걸 퍼뜨린 것이리라.

이자벨은 부채를 펼치고 자랑스럽게 가슴을 펴며 말했다.

"뭐, 저 정도의 팬이라면 행운의 주술에 의지하지 않아도 자력으로 언니의 꿈을 꾸지만요."

모니카는 행운의 주술보다 그쪽이 더 굉장하지 않나 싶었다.

말문이 막힌 모니카를 놔둔 채 이자벨은 말을 이었다.

"그리고…… 비밀 기호. 행운의 주술이 가진 신빙성을 높이는 원인일지도 모르겠어요."

"비밀 기호……?"

모니카가 들은 바로는 그 행운의 주술은 '좋아하는 사람의 머리카락을 종이로 감싸서 베개 안에 넣고 잠들면 꿈에서 그 사람을 만난다' 라는 것이었다.

비밀 기호라는 건 처음 듣는다.

"제가 들은 이야기에 따르면 종이에 행운의 주술 기호를 그려서 그걸로 좋아하는 사람의 머리카락을 감싼다던데요."

(어……?)

모니카의 마음속에 불길한 예감이 스쳤다.

"그건, 진짜 주술인 게……."

"진짜 주술이라면…… 학원제 때 언니가 회수하신 목걸이 같은 것 말인가요?"

이자벨이 의아한 얼굴을 했다. 당연하다. 대부분의 인간은 주술 같은 건 평생 접할 일이 없다.

이렇게 말하는 모니카도 주술을 잘 아는 건 아니다.

주술이란 마술과는 비슷하지만 다른 기술이며 리디르 왕국에서는 '심연의 주술사' 올브라이트가(家)에서 그 기술을 독점한다.

"저기, 이자벨 님. 그 행운의 주술 기호, 어떤 형태인지 아시나요?"

"잠시 기다리세요……. 애거서!"

이자벨의 전속 메이드 애거서가 곧장 깃펜과 종이를 내밀었다.

이자벨은 살짝 눈을 감고는 기억을 더듬는 듯한 얼굴로 깃펜을 움직여 그 기호를 그렸다.

그것은 모니카에게 익숙한 마술식이나 마법진과는 달랐다.

하지만 일정한 규칙성이 있는 이런 문양을 본 적이 있었다.

('심연의 주술사' 님의 저주 인장과 비슷한…… 것 같아.)

모니카는 같은 칠현인인 3대 '심연의 주술사' 레이 올브라이트가 주술을 다루는 모습을 몇 번 봤다.

그중에서 저주 인장이 적힌 종이로 머리카락을 감싸서 간이 주술구로 만드는 주술이 있었다.

(만일을 위해 조사하는 게 좋을지도 몰라.)

만약 이게 행운의 주술이 아니라 진짜 '주술'이라면 큰일이 벌어질 거다.

모니카가 고민하는 와중에, 이자벨이 소파에서 힘차게 일어섰다.

"악역 영애가 나설 차례인 모양이네요."

"그, 그게에……."

"사교계의 정보 수집은 저의 특기 분야예요. 이 악역 영애가 화려하게 소문의 출처를 확인해 보이겠어요!"

이자벨은 부채를 펼쳐서 크게 웃으려다가 모니카의 몸 상태를 배려했는지 입을 확 다물었다.

그리고 품위 있게 다시 소파에 앉고는 시녀 애거서가 준비한 따뜻한 우유를 모니카와 함께 사이좋게 마셨다.

* * *

자수 클럽 공부 모임은 살롱처럼 널찍한 방에서 진행된다.

레인부르그 공작 영애 엘리안느 하이엇은 실내에 늘어선

소파 하나에 앉아 종다리 자수를 놓으면서 주변의 소문 이
야기에 귀를 기울이고 있었다.

들려오는 건 최근 유행하는 행운의 주술. 좋아하는 사람
의 머리카락을 종이로 감싸서 베개 안에 넣고 잠들면 꿈에
서 그 사람을 만난다고 한다.

(어머어머, 참. 행운의 주술을 위해 펠릭스 님의 주변에 달
라붙어서 머리카락을 원하다니…… 어쩜 이리도 천박할까.
꿈에서 펠릭스 님이 웃어주지 않는 사람이라니 딱하네.)

엘리안느는 펠릭스의 육촌이자 약혼자 후보 필두다.

엘리안느가 원하면 펠릭스는 다과회에 응하고 무도회에서
는 몇 번이고 춤을 췄다.

그러니 귀여운 행운의 주술에 의지해 꿈꿀 필요는 없다.

엘리안느가 평소에 좀처럼 얼굴을 비치지 않는 자수 클럽
공부 모임에 나온 건 한 명의 영애로서 유행을 파악해 두고
싶기 때문이다.

자수 클럽 공부 모임은 얼마 전까지만 해도 사람이 적었
지만 이 행운의 주술이 화제가 되고 나서는 대성황이다.

(유행을 파악해 두는 건 귀족의 소양이고 게다가…… 뭔
가 도움이 될지도 모르니까 들어 두는 정도라면 괜찮겠지.)

옆자리의 영애들은 자수를 놓던 손을 멈추고 종이에 뭔가
를 그리고 있다. 자수 도면이 아니다. 행운의 주술에서 쓰
는 기호다. 그걸 종이에 그려서 마음에 둔 사람의 머리카락
을 감싼다고 한다.

엘리안느는 자수를 놓다가 실을 바꾸는 척하면서 그 기호를 곁눈질했다.

생각보다 복잡한 기호다.

엘리안느는 초급 정도지만 마술 지식이 있어서 그 기호가 마술식과 비슷한 것처럼 느껴졌다. 그러나 틀림없이 다르다. 이건 마술이 아니다.

(분명 이 행운의 주술을 생각한 사람이 마술식과 닮게 그럴싸한 기호를 만든 거겠지.)

엘리안느가 한 번에 외우는 건 무리라고 알면서도 그 기호를 필사적으로 기억하려는데, 실내가 약간 웅성거렸다.

"평안하신가요."

부드럽게 웃으면서 실내로 발을 들인 것은 엘리안느와 같은 반인 케르벡 백작 영애 이자벨 노튼이었다.

엘리안느는 남몰래 눈살을 찌푸렸다.

백작 영애이면서도 자기보다 눈에 띄는 이자벨이 마음에 안 들지만, 케르벡 백작의 영향력은 거대하기에 함부로 대할 수도 없다. 그래서 엘리안느에게 몹시 까다로운 존재다.

거물 귀족 영애가 등장하자 밀크티색 머리의 영애—— 자수 클럽의 클럽장 세실리 스탠리가 재빨리 일어났다.

"평안하신가요, 이자벨 님. 와 주셔서 기뻐요. 오늘은 시종도 함께 오셨네요."

이자벨 뒤로 연갈색 머리의 조그만 소녀가 따라왔다. 바로 학생회 회계 모니카 노튼이다.

이자벨은 부채로 입가를 가리고는 심술궂게 키득거리며 웃었다.

"네. 이 아이는 고용인인 주제에 재봉도 제대로 못 하거든요. 누군가에게 지도를 좀 부탁드려도 될까요?"

이자벨의 가시 돋친 말을 듣자 모니카는 고개를 숙이며 굳었다.

엘리안느는 속으로 생각했다. 여기서 '어머, 불쌍해' 라고 말을 걸어서 모니카를 자기 테이블로 불러야 할까?

(아냐. 저런 고용인이 우리 테이블에 온다면 더더욱 비참함이 부각되니까 불쌍해져!)

모두가 엘리안느와 똑같은 생각을 했으리라.

거물 귀족의 딸인 이자벨과는 친하게 지내고 싶지만 고용인이 자기 테이블에 오는 건 바라지 않는다고 말하려는 듯한 표정들이다.

그런 모니카에게 구원의 손길을 보낸 건 떨어진 테이블에서 작업하던 자수 클럽의 부클럽장 실라 애시버튼이었다.

안경을 쓰고 차분한 분위기를 풍기는 흑발의 영애 실라가 슬쩍 한 손을 들었다.

"그렇다면 이리로 오세요. 그거예요. 이쪽 테이블은 초심자 강좌니까요."

모니카가 안심한 표정을 짓자, 이자벨은 비아냥을 가득 담아 말했다.

"뭐, 다행이네. 아무쪼록 걸레 정도는 바느질할 수 있게 되라고? 오~호호호!"

즐겁게 웃은 이자벨은 상급 귀족 영애들이 앉는 테이블에 착석했다.

모니카 노튼은 흠칫거리고 몸을 오므리며 구석에 있는 실라 쪽 테이블로 향했다.

최근 유행하는 행운의 주술이 진짜 주술일지도 모른다———.
그렇게 생각한 모니카는 '심연의 주술사' 레이 올브라이트에게 편지를 썼다. 유행하는 행운의 주술이 진짜 주술에 해당하는지 확인하기 위해서다.

편지는 바람의 상위 정령인 린에게 맡겼기에 일반 우편보다 빨리 도착하겠지만 즉각 대답이 돌아온다고 단정할 수는 없다.

그래서 레이의 대답을 기다리는 동안 모니카는 이자벨과 함께 자수 클럽 공부 모임에 참석해서 조사하기로 한 것이다.

이자벨은 자수 클럽에 조사하러 갈 때 이렇게 제안했다.

『여기서는 두 패로 갈라지죠.』

자수 클럽 공부 모임은 상급, 하급 귀족으로 그룹이 어느 정도 갈린다.

그리고 상급 귀족 그룹은 자수 클럽장 세실리 스탠리 양이 주관하는 모양이었다.

이 경우 세실리의 위치는 다과회 주최자와 똑같다. 그녀는 자수를 가르치면서 담소에 응하며 상급 귀족 영애를 대접하는 거다.

때로는 자수나 옷의 유행을, 때로는 사교계에서 유행하는 화제를 직접 제공하는 중요한 역할이다.

그리고 그 이외의 그룹을 돌보는 것이 부클럽장 실라 애시버튼.

이자벨은 그녀를 이렇게 설명했다.

『실라 애시버튼 님은 조용한 분이지만 굉장히 친절해요. 언니가 멸시당하면 분명 자기 테이블로 초대할 거예요.』

이자벨의 말대로, 모니카가 괴롭힘을 당하자 바로 실라가 자기 테이블로 모니카를 불렀다.

(괴, 굉장해……. 정말로, 이자벨 님의 말대로 됐어……!)

이자벨은 자수 클럽에 드나드는 영애의 가문, 인간관계, 성격을 전부 파악하고 있었다. 정말이지 믿음직한 협력자다.

모니카의 역할은 실라에게서 행운의 주술이 나온 출처를 캐묻는 것이다.

실라는 하급 귀족 그룹의 자수 지도를 담당하는 영애다. 테이블 사이를 이동해서 지도하기도 하기에 클럽장 세실리 이상으로 소문을 자세히 알 수도 있다……는 것이 이자벨의 견해였다.

(여, 열심히 캐물어 보, 자!)

모니카는 의욕을 다지면서 실라의 테이블로 향하다가 실라 바로 옆 소파에서 낯익은 인물을 발견하고 눈을 동그랗게 떴다.

"어, 아, 라나?"

"모니카?!"

라나는 자기가 쓰던 자수틀을 품으로 끌어당겨서 모니카가 자수를 못 보게 숨겼다.

뭔가를 만드는 도중에 보이고 싶지 않은 성격이리라. 모니카도 만들던 도중의 어중간한 마술식을 남에게 보여 주는 건 꺼리기에 그 마음은 잘 알았다.

(그렇다면, 라나 옆에 앉으면 폐가 될지도…….)

모니카가 어디에 앉을까 고민하며 우왕좌왕하자, 부클럽장 실라가 한 손으로 자기 옆자리를 두드렸다.

"이 자리에 앉으세요."

실라가 앉은 소파는 라나가 앉은 소파와는 직각이 되는 위치에 있어서 목소리는 닿아도 손에 든 자수는 보이지 않을 만큼 떨어져 있다.

모니카는 감사하며 실라 옆에 앉기로 했다.

"시, 실례합니다앗……."

모니카가 옆에 앉자, 실라는 모니카의 재봉 상자를 보고 미간을 찌푸렸다.

모니카의 재봉 상자는 손바닥에 올라갈 만큼 작았고 바늘과 실만 들어있었다. 심지어 실을 끊는 가위도 안 가져와서 이로 물어뜯어야 할 판이었다.

나머지는 연습용 헤진 천 조각 몇 개로 모니카가 가져온 물건은 그것뿐이었다.

실라가 자신의 재봉 상자를 모니카에게 내밀었다.

"부족한 도구는 제 것을 쓰세요. 그래요. 골무도 빌려드릴게요."

"가, 감사합니다……. 저기, 이건, 어느 손가락에 끼우는 건가요?"

너무나도 무지한 모니카의 말을 듣고 실라는 안경 안쪽 눈을 동그랗게 뜨면서도 골무 쓰는 법을 세세하게 가르쳤다. 이자벨이 말한 대로 친절했다.

모니카는 손재주가 없지는 않지만 재봉에는 흥미가 없어서 최소한의 수준밖에 몰랐다.

이 경우에 최소한이란 마무리는 신경 쓰지 않고 아무튼 천이 붙게끔 꿰매는 걸 가리킨다.

산속 오두막에서 살던 모니카는 차림새에 신경을 쓰지 않아서 찢어진 옷 같은 건 헤진 부분만 이어 붙이면 그걸로 충분하다고 인식했다.

"골무는 이렇게 자주 쓰는 손의 중지에 끼우고 바늘 머리를 누르듯이 사용해요. 이게 있으면 두꺼운 천을 꿰매기 쉬워져요."

"그, 그렇군요……."

지금까지 두꺼운 천을 꿰매면서 바늘이 잘 들어가지 않을 때는 바늘 머리를 테이블에 꾹꾹 눌러서 억지로 통과시켰던 모니카는 솔직하게 감탄했다.

"우선은 이 천을 똑바로 꿰매는 연습부터 시작하죠. 바늘은 움직이는 게 아니라…… 그래요. 바늘을 나아가게 한다는 느낌으로 바늘이 수직으로 들어가게 천을 움직이면 돼요."

"아, 알겠습니다……!"

모니카는 곧장 배운 대로 천을 꿰매기 시작했다. 처음에는 오른손 중지에 있는 골무가 신경 쓰여서 손을 잘 못 움직였지만 애초에 오른손은 그리 크게 움직일 필요가 없었다.

(바늘은 움직이는 게 아니라, 나아가게 한다는 느낌으로…… 천에 수직으로…….)

올바른 방식이라는 건 대부분 합리적이다. 그리고 모니카는 합리적인 걸 좋아한다.

(아, 왠지 평소보다 효율이 좋게 바느질하고 있네. 솔기도 깔끔한 것 같아…….)

모니카가 솔기를 보고 속으로 감동하는 와중에, 라나가 작업하던 손을 멈추고 입술을 삐죽였다.

"모니카도 공부 모임에 올 거였으면 미리 말하지."

"저기, 라나는 공부 모임에, 자주 와?"

모니카가 묻자, 어째서인지 라나는 뜨끔한 표정을 지었다.

실라가 라나를 곁눈질하면서 나지막하게 중얼거렸다.

"콜레트 양이 공부 모임에 온 건 처음이에요. 그런데도 능숙하네요."

실라의 말을 듣자, 라나는 칭찬받아서 기쁜 걸 감추려는 표정으로 입을 근질거렸다.

하지만 손에 든 자수는 역시 보일 생각이 없는 모양이다.

라나가 보여 주기 싫어한다면 안 보는 게 좋다. 모니카는 라나의 손을 보지 않게끔 시선을 돌리면서 물었다.

"라나는 평소에도 자수를 놓아?"

"뭐, 취미 정도로 해. 본가의 상회에서 의류점도 하니까 어느 정도 방식을 알아두는 편이 좋잖아? 요즘에는 납작한 끈으로 진주나 비즈를 감싼 자수 장식이 유행해. 봐봐, 옷깃 장식이나 브로치에서 자주 보이잖아? 나머지는 레이스 뜨기도 가장자리에 자수를 놓기도 하고……."

라나는 빠르게 말했지만 공부 모임에 온 이유를 얼버무리려는 것처럼 보였다.

평소에 자수 클럽 공부 모임에 얼굴을 비치지 않는 라나가 이 타이밍에 여기에 온 이유가 뭘까? 모니카는 하나의 이유밖에 떠오르지 않았다.

(혹시…… 라나도, 행운의 주술에 흥미가……?!)

라나도 좋아하는 사람이 있고 그 사람과 꿈에서 만나고 싶다──. 그렇게 생각한 걸까?

(우선은, 유행하는 행운의 주술이 진짜 주술과 관련이 있는지, 조사해야……. 주술과는 상관없다면, 아무 문제 없고…….)

굳이 따지자면 펠릭스의 머리카락을 노린다는 게 문제지만 행운의 주술 유행이 시들해지면 학생회실 주변의 소란도 잠잠해지리라.

모니카는 바늘을 움직이던 손을 멈추고 넌지시 말하는 척하며 입을 열었다.

"저기! 요즘, 행운의 주술이 유행하지……!"

전혀 넌지시 말하는 척이 아닌 부자연스러운 화제를 듣자 라나가 의아한 표정을 지었다.

"모니카. 그 행운의 주술에 흥미가 있어?"

역시 라나도 행운의 주술을 알고 있었다.

여기서는 흥미가 있다고 말해야 할까? 모니카가 망설이자, 실라가 자수를 놓던 손을 그대로 둔 채 나지막하게 말했다.

"아, 그것 말인가요. 머리카락을 종이로 감싸서 어쩌니 한다는……. 학생회 여러분은 힘들겠어요. 전하의 머리카락을 노리는 분들이 학생회실에 들이닥친다죠."

"네, 네에……."

"그 소문이 퍼지고 나서 저희 자수 클럽 공부 모임도 대성황이라……. 솔직히 조용히 자수를 놓고 싶은 저로서는…… 그래요. 은근히 복잡한 심경이네요."

"그 행운의 주술이라는 거, 누가 시작했, 나요……?"

너무 직접적인 질문이었지만 실라는 학생회 임원인 모니카가 행운의 주술 때문에 민폐를 겪는다고 생각한 것이리라.

조금 동정하는 얼굴로 모니카를 바라보고는 나지막하게 말했다.

"누가 처음 시작했는지는 모르겠지만 그 행운의 주술은 최근 도서실에 기증된 책에 실려 있었다고 해요."

"기증된, 책에……?"

최근 기증된 책이라면 얼마 전에 폐관된 헤임즈 나리아 도서관의 책일 거다.

그리고 모니카는 2년 전, 마도서 봉인 작업 때문에 그 도서관에 간 적이 있다.

(헤임즈 나리아 도서관…… 행운의 주술…….)

뭔가 마음에 걸린 모니카가 바늘을 움직이던 손을 멈추고 신음했다.

계기가 하나만 더 있으면 그 무언가가 떠오를 것 같았다.

그리고 그 계기가 예상 밖의 형태로 찾아왔다.

"죄송함다~! 바늘과 실 좀 빌려주시겠슴까~? 양말에 구멍이 나서요!"

문을 열고 큰 소리로 말한 것은 언제나 기운찬 정육점집 아들, 글렌 더들리였다.

그 글렌의 한마디가 모니카의 기억 속 문을 힘차게 열어젖혔다.

2년 전에 헤임즈 나리아 도서관에서 있었던 마도서 봉인 작업.

'심연의 주술사' 레이 올브라이트가 제창했던 남의 양말에 구멍을 내서 자신감을 올리는 주술.

여자아이가 책을 집기 쉽게 다시 만든 귀여운 분홍색 표지.

그리고 본래 '주술 입문'이라는 제목을 작게 줄이고 큼지막하게 쓴 '처음 시작하는 행운의 주술'이라는 글자.

(와아아아아아아아아아아아아악~!)

모니카는 목에서 경련이 일어나 거칠게 호흡했다.

만약 행운의 주술을 퍼뜨린 사람이 참고한 것이 '처음 시작하는 행운의 주술', 아니 '주술 입문'이라면 그건 이미 누가 뭐라 말해도 틀림없는 진짜 주술이다.

(큰일이야아아아……!)

모니카는 떨리는 손으로 바늘을 넣고는 덜덜거리며 일어섰다.

"저기, 저, 급한 용건, 급한 용건이 생겨서…… 시, 실례하겠습니드앗!"

모니카는 놀라는 라나와 실라에게 고개를 숙이고 방을 뛰쳐나갔다.

우선 도서실로 가서 기증된 책의 리스트를 확인해야 한다.

글렌 더들리가 실내에 발을 들이고 무식하게 커다란 목소리를 낸 순간, 엘리안느는 놀란 나머지 바늘로 손가락을 찌르고 말았다.

(어쩜 이리도 짜증 나는 남자일까. 글렌 더들리!)

엘리안느가 남몰래 글렌을 노려봤다. 하지만 글렌은 엘리안느를 거들떠보지도 않고 교대하듯 방을 뛰쳐나간 소녀의 뒷모습을 의아한 듯 바라보고 있었다.

"모니카. 뭔가 급한 모양인데 무슨 일임까? 앗…… 실례함다~ 바늘과 실을 빌리고 싶은데요~!"

영애들은 큰 소리로 떠드는 글렌을 어이없어하면서도 재미있다는 눈빛으로 보고 있었다.

숙녀가 모이는 자수 클럽 공부 모임에 남자가 성큼 발을 들이다니, 원래는 질책을 받아야 하는 행동이다.

그러나 글렌은 학원제 무대에서 영웅 역할을 연기하여 대성공을 거둔 것으로 온 학원의 주목을 받고 있다. 그에게 접근하려고 생각하는 영애도 적지는 않았다.

두리번거리며 실내를 돌아보던 글렌은 아는 얼굴을 발견했는지 "아, 라나다."라고 말하더니 안쪽 테이블로 향했다.

(어째서 그쪽으로 가는 거야? 이 내가 있는데! 뭐…… 나는 저 사람과 가까워지려는 마음은 요만큼도 없긴 하지만. 연극에서 함께 공연한 사이이니까 말을 거는 게 자연스럽겠지.)

엘리안느는 자수틀을 무릎에 놓은 채 글렌의 등에 대고 말을 걸었다.

"평안하셨나요. 글렌 님."

"아, 요전에 같이 연극했던 아이."

엘리안느는 입꼬리가 경련하려는 것을 필사적으로 참고 미소 지었다.

이쪽이 이름을 기억해 줬건만 어째서 상대는 기억 못 한단 말인가.

"엘리안느 하이엇이랍니다."

요정처럼 가련하다는 평가를 받는 얼굴로 미소 지은 엘리 안느가 글렌을 올려다보며 고개를 살짝 기울였다.

"양말에 구멍이 나서 곤란하시나요? 제가 꿰매드릴까요?"

분명 글렌은 '어쩜 이리도 자비로 가득한 마음씨 착한 영 애일까!' 하며 감격하겠지.

그렇게 생각하는데 어째서인지 글렌의 반응이 굼떴다.

"어…… 그게에……."

글렌은 엘리안느가 자수를 놓다 만 종다리를 보고 놀랍게 도 쓴웃음을 지었다.

"직접 하는 편이 빠르니까 괜찮슴다. 아, 바늘과 실 빌려 감다!"

그렇게 말한 글렌은 엘리안느 옆에 앉아서 멋대로 재봉 상자에서 바늘과 실을 꺼냈다.

그리고 익숙한 듯 바늘에 실을 통과시키고 시작매듭을 지 었다.

엘리안느가 굴욕으로 몸을 떠는 사이, 글렌은 자수틀의 종다리를 보며 말했다.

"멧돼지 자수는 이 주변에 검은 줄무늬를 넣으면 더 그럴 싸해짐다."

"우후후. 어머, 글렌 님도 참. 농담을 잘하시네요."

엘리안느는 기품 있게 웃으면서 자수틀로 글렌의 얼굴을 후려치고 싶은 충동을 필사적으로 참았다.

* * *

모니카는 학생회실을 향해 엉기적거리며 달렸다. 대단히 굼떴지만 모니카가 낼 수 있는 최대 속력이었다.

수십 분 전, 자수 클럽 공부 모임 장소를 뛰쳐나간 모니카는 그 길로 도서관동에 가서 도서위원에게 부탁해 최근 기증된 책 리스트를 봤다.

그리고 예상대로 발견하고 말았다.

'처음 시작 하는 행운의 주술 저자: 레이 올브라이트'.

원래 제목은 '주술 입문'이지만 너무 글자가 작아서 아마 빠뜨렸으리라.

주술서는 본래 열람에 허가가 필요한 물건이다. 그러나 귀엽게 다시 만든 표지 때문에 일반서라고 착각하게 만든 결과, 세렌디아 학원 일반서 코너에 진열되고 말았다.

그 사실을 알아챈 모니카가 황급히 도서위원에게 부탁해 그 책을 빌리고 싶다고 신청했다. 그러나 이미 책은 대출 중이라고 한다.

비밀 엄수 의무가 있기에 누가 빌렸는지는 학생회 임원이라도 알려줄 수 없다며 거절당하고 말았다.

(다음에 빌리겠다고 예약은 했지만, 최대한 서둘러 회수해야…….)

주술서가 일반서에 섞여 들어갔다고 학원에 신고하면 즉

시 회수해 갈지도 모른다.

하지만 그랬다간 왜 모니카가 이 책이 주술서임을 아는지 의심스럽게 여길 거다. 주술서는 원래 일반인이 볼 기회조차 없으니까.

저자명이 3대 '심연의 주술사'니까 그렇다는 건 근거로 치기에는 조금 약하다.

(일단 지금은 전하가 저주받지 않았나 확인해야……!)

모니카의 임무는 펠릭스의 호위다. 펠릭스의 안전을 최우선으로 확인할 필요가 있다.

모니카는 펠릭스의 안전을 확인하고자 필사적으로 손발을 휘저으며 달렸다.

자수 클럽 살롱에서 도서관동, 학생회실로 향하는 코스는 만성 운동 부족인 모니카에게는 상당히 격한 운동이었다. 옆구리가 아플 정도다.

이윽고 그 발걸음이 엉기적, 엉기적거리다가 엉기적…… 엉기적……거릴 무렵, 학생회실에 도착했다.

"도, 도착했다아……! 콜록…… 으에엑."

기침하면서 문을 열자, 마침 펠릭스가 혼자 작업하고 있었다.

오늘은 학생회 임원 모임이 없지만 펠릭스라면 조용히 작업할 수 있는 학생회실에 있으리라 짐작했는데 정답이었다.

(다, 다행이다……. 혹시 여기에 전하가 없었다면, 3학년 교실까지 갔어야 했을 거야…….)

낯가림이 심한 사람이 다른 학년 교실까지 가는 건 가혹한 시련이다.

모니카가 안심하며 가슴을 쓸어내리자, 펠릭스가 깃펜을 움직이던 손을 멈추고 모니카를 바라봤다.

"안녕, 그렇게 안색을 바꾸고 어쩐 일이야?"

"저, 전하! 저기……!"

모니카는 말하려다가 곧장 입을 다물었다.

학원 도서실에 주술서가 섞였고 진짜 주술을 행운의 주술로 퍼뜨린 사람이 있다.

그러니 펠릭스에게 일어난 이변을 알고 싶었지만, 애초에 모니카는 책에 어떤 주술이 기재되어 있는지 모른다.

모니카가 떠올릴 수 있는 몇 안 되는 주술이…… 이것이었다.

"저, 전하의……."

"응."

"전하의 양말은 무사한가요!"

바로 최근에 머리카락 걱정을 받고, 오늘은 양말 걱정을 받은 왕자님은 웃는 얼굴로 침묵했다.

조용한 실내에서 모니카의 괴로운 호흡소리만이 허무하게 들렸다.

펠릭스는 웃으면서 입을 열었다.

"평소와 다름없는데."

(다행이다……. 일단 양말에 구멍을 내는 저주에는 안 걸

린 것, 같아.)

모니카는 남몰래 가슴을 쓸어내리면서 말을 이었다.

"그 밖에 그…… 몸에 멍이 생기거나 열이 나거나……."

"왜 갑자기 그런 걸 물어?"

지극히 당연한 의문이었다.

모니카는 무의미하게 양손을 버둥거리면서 필사적으로 변명을 쥐어짰다.

"그게, 그런 병이 유행한다고 들어서 전하는 괜찮으신지 걱정됐어요!"

"흐으응?"

펠릭스는 짧게 중얼거리고는 의자에서 일어났다. 그리고 거친 숨을 내쉬는 모니카에게 다가가서 방긋 웃었다.

"나를 걱정한 거야?"

"네! 굉장히 걱정돼서요……!"

구체적으로는 호위로서 저주에 걸리지 않았나 대단히 걱정된다.

모니카는 눈동자를 이리저리 굴려서 펠릭스의 얼굴이나 목 등등 노출된 피부를 관찰했다. 주술에 걸려서 저주받은 자는 대부분 피부에 저주 인장이라 불리는 문양이 떠오른다.

(눈에 보이는 범위에 저주 인장 같은 건 없지만 옷 속은 어떨까…….)

모니카가 펠릭스의 목덜미 근처를 바라보는데, 펠릭스는 극히 자연스러운 동작으로 모니카의 어깨를 밀어서 소파에 앉으라고 권했다.

소파에 푹 파묻힌 모니카 옆으로 펠릭스도 조용히 앉았다.

"그래서 그 병과 양말은 어떤 관계가 있지?"

"저기, 그게……. 바, 발의 피부가 짓무르기도 하는 병이라서……."

"그건 무섭네."

"네. 굉장히 무서워요!"

정말로 그런 병이 있다면 양말에 구멍을 내는 주술보다 무서운 게 아닐까──. 모니카는 머리 한구석에서 그렇게 생각하면서 고개를 끄덕였다.

펠릭스는 어딘가 재미있다는 듯 웃으면서 살짝 고개를 갸웃했다.

"그 병에는 또 어떤 증상이 있는데?"

"그게, 가슴이 뛰고, 숨을 헐떡이고, 현기증도 나고……."

모니카가 적당히 그럴싸한 증상을 나열하자, 펠릭스는 놀란 표정을 지었다.

"그건 큰일이네."

그 목소리가 심각해서 모니카는 온몸의 핏기가 가셨다.

"저, 전하! 설마, 그 증상에 짐작 가는 부분이……!"

"응. 당장에라도 쓰러질 듯한 안색을 하고 아까부터 계속 숨을 헐떡이는 사람이라면 짐작 가는 게 있어."

"누, 누구인가요……?!"

모니카는 초조해졌다. 저주의 대상이 꼭 펠릭스라고 단정

할 수는 없다. 펠릭스가 아니라 주변 사람이 저주에 걸렸을
수도 있다.

그때, 모니카는 깨달았다.

요 며칠 동안 행운의 주술 소동으로 많은 사람이 펠릭스
의 머리카락을 노렸기에 시릴은 줄곧 펠릭스를 지키고 있
었다.

그런데 지금, 이 학생회실에 시릴은 없었다.

"설마, 시릴 님이⋯⋯?!"

"너야."

"엥?"

모니카의 입에서 얼빠진 목소리가 새어 나왔다.

펠릭스는 장갑을 벗고 손끝으로 모니카의 이마를 매만졌다.

"응⋯⋯. 열은 없는 것 같네. 이 교실에 왔을 때부터 계속
숨을 헐떡이고 안색도 안 좋아서 걱정했다고?"

숨을 헐떡이는 건 여기까지 달려와서 그렇고 안색이 안
좋은 건 모니카에게는 만성적이다.

"저, 전 괜찮아요! 저기, 그럼 시릴 님이 안 계신 건⋯⋯?"

"시릴은 지금 다른 일이 있어."

펠릭스는 조금 고민에 잠긴 표정을 짓더니 목소리 톤을
낮췄다.

"얼마 전, 마도서 페이지가 찢어진 사건이 있었지? 그 범
인이 특정되어서 시릴이 사정 청취를 하러 간 거야."

모니카는 그런 이야기가 있었음을 떠올렸다.

마도서는 열람 제한이 있는 물건이다. 그 열람 기록을 따라가면 범인을 특정하는 건 어렵지 않다.

"그 범인은, 누구였나, 요?"

"고등과 3학년, 완다 월모트 양이야. 너와는 면식이 없었지……. 자수 클럽의 클럽장과 사촌이거든. 완다 양도 자수 클럽 소속이야."

완다 월모트라는 이름은 짐작 가는 바가 없다.

그러나 모니카는 마도서를 찢은 범인이 자수 클럽 사람이라는 사실이 신경 쓰였다.

(유행하는 행운의 주술은 아마도 주술서에 있을 주술. 그리고 그 행운의 주술 유행의 발원지는 자수 클럽…….)

섞여 들어간 주술서와 찢어진 마도서. 이 두 가지에 뭔가 관련이 있다는 느낌이 들었다.

('처음 시작하는 행운의 주술', 아니 '주술 입문'을 빌린 건 완다 월모트 양? 만약 그렇다면 그 사람은 왜 마도서를 찢었을까?)

고개를 숙인 채 고민에 잠긴 모니카의 입가에 무언가가 닿았다. 코를 간지럽히는 건 짙은 버터 냄새다.

모니카는 반사적으로 입술에 닿은 것을 우물거리며 씹었다.

그건 버터가 가득 든 부드러운 반죽에 라즈베리 잼을 바르고 소보로 가루를 뿌린 구운 과자였다. 촉촉한 반죽과 소보로 가루의 식감 차이가 재밌고 라즈베리의 신맛이 좋은 악센트를 주었다.

"헉……?!"

구운 과자를 문 채로 고개를 들자, 푸른 눈이 장난스럽게 모니카를 보고 있었다.

"그걸 다 먹으면 오늘은 이만 기숙사로 돌아가서 쉬라고? 분명 피로가 쌓인 거겠지."

구운 과자를 입에 문 모니카가 뭐라 대답할지 망설이는 사이, 펠릭스는 입꼬리를 들면서 웃었다.

"아니면 내가 간병해 줬으면 좋겠어?"

모니카는 힘차게 고개를 가로저었다.

그런 일이 벌어지면 격양한 시릴의 냉기로 학생회실이 얼어붙을 거다.

전하께 그런 일을 시키다니 이게 어떻게 된 일이냐! —— 그렇게 격노하는 시릴을 상상한 모니카는 몸을 떨었다.

"저, 실례하겠슘니닷!"

펠릭스는 키득대며 허둥지둥 일어나는 모니카를 배웅했다.

모니카는 학생회실을 뛰쳐나가서 문을 닫고 한숨을 내쉬었다.

신체적으로도 정신적으로도 피곤했지만 정보는 착실히 모이고 있다.

(그래도 결정적인 게 부족해…….)

일단 이자벨과 합류해서 정보를 정리하고 싶었다. 슬슬 자수 클럽 공부 모임도 끝날 무렵이다.

모니카가 여자 기숙사를 향해 걸어가는데, 귓가에 희미한 목소리가 들렸다.

『'침묵의 마녀' 님…… 들리십니까?』

린의 목소리다. 아마 떨어진 곳에서 모니카의 고막에 울리게 목소리를 전하는 것이리라.

어젯밤에 린에게 '심연의 주술사' 레이 올브라이트에게 편지를 전해 달라고 맡겼었다.

혹시 그 대답을 받은 걸까?

『급히 '심연의 주술사' 님의 대답을 원한다고 하셔서…….』

어젯밤에 부탁했는데 벌써 대답을 받아 오다니! 감동하는 모니카에게 린이 자랑스러운 목소리로 말했다.

『'심연의 주술사' 님을 납치해 왔습니다.』

"에으?!"

모니카의 목에서 괴성이 새어 나왔다.

* * *

세렌디아 학원 부지 안에 있는 숲속에서 '심연의 주술사' 레이 올브라이트는 무릎을 끌어안은 채 웅크리고 있었다.

"미, 믿을 수가 없어……. 갑자기 납치당한 데다 빙글빙글 돌면서 착지하다니……. 뭐야 이거. 정말로 영문을 모르겠다고. 내장이 코로 튀어나오는 줄 알았어……."

아무래도 린이 제창하는 '스타일리시한 착지 방법'을 체험한 모양이다.

모니카를 여기까지 데려온 린이 진지한 태도로 고개를 끄덕였다.

"만족하신 모양이라 다행입니다."

모니카는 레이에게 미안해서 고개를 꾸벅였다.

"저기, 정말 죄송합니다. 실은, 학원에 '심연의 주술사' 님의 책이 섞여 들어와서……."

일찍이 헤임즈 나리아 도서관에서 표지를 바꾼 주술서가 일반서로 섞여 들어갔고, 그걸 입수한 사람이 진짜 주술을 행운의 주술로 퍼뜨렸을 수도 있다.

모니카가 간결하게 설명하자, 가뜩이나 안색이 나빴던 레이의 얼굴이 아예 흙빛이 되었다.

레이는 보라색 머리를 벅벅 긁으면서 고뇌했다.

"여자아이가 내 책을 집은 건 기뻐…… 굉장히 기뻐……. 근데 뭔가 굉장히 위험한 느낌이 들어……."

"그 주술의 표적이, 전하일지도 몰라, 요."

"어버버버벗."

모니카가 나지막하게 덧붙이자, 레이는 흰자위를 드러내며 괴성을 질렀다. 그 마음은 이해한다.

하지만 지금은 한시라도 빨리 주술서를 회수하고 진짜 주술을 행운의 주술로 퍼뜨린 범인을 붙잡아야 한다.

"그래서 말이죠. 편지에도 썼지만…… 좋아하는 사람의 꿈을 꾸는 주술이라는 게, 실제로 있나요?"

"아니……."

레이는 고개를 축 숙인 채 천천히 가로저었다.

보라색 머리가 흔들리며 그 앞머리 틈새로 선명한 분홍색 눈이 번뜩 빛났다.

"주술의 본질은 타인을 괴롭히는 데 있어……. 원래는 '피술자의 꿈에 간섭하는 주술'이야. 자기 머리카락으로 간이 주술구를 만들어서 그걸 상대의 침구에 넣지. 그러면 술자가 꿈에 간섭해서 괴롭히는 거야. 구체적으로는 꿈속에서 악담을 할 수 있지……."

악담 운운하는 이야기는 제쳐놓고, 모니카는 이야기가 조금 묘해진 걸 깨닫고 곤혹스러웠다.

(본래 주술은 자신의 머리카락으로 상대의 꿈에 간섭하는 것……. 하지만 유행하는 행운의 주술은 좋아하는 사람의 머리카락으로 자신의 침구에 주술구를 넣는 거였어…….)

이래서는 마치 술자가 스스로를 저주하는 것 같지 않은가.

행운의 주술을 유행시킨 사람의 목적은 대체 뭘까?

모니카가 신음하자, 레이가 작은 목소리로 소곤거렸다.

"뭐, 간이 주술구를 만들려면 마력을 부여할 수 있는 종이가 필요하고 그러는 데에는 수행이 필요하니까 주술서를 읽은 것만으로 주술을 쓸 수 있다고는 생각하지 않지만……."

"네?"

레이의 말이 모니카의 기억을 건드렸다.

(혹시…….)

모니카의 생각이 맞다면 모든 것이 이어진다.

아마 이 사건의 범인은 레이의 말대로 주술 같은 건 못 쓸 거다.

그러나 그 인물이 주술을 쓸 수 있느냐 없느냐의 문제가 아니다.

그게 어떤 형태이든 주술을 사용한 의식에 왕족을 말려들게 했다──. 그게 증명된다면 술자는 처형 대상이 된다.

(최대한 원만하게, 비밀리에 이 사건을 처리하려면, 어떻게 해야 할까…….)

* * *

"과연……. 그런 일이 있었나요."

여자 기숙사로 돌아온 모니카는 이자벨의 방에서 정보를 공유했다.

헤임즈 나리아 도서관의 주술서가 세렌디아 학원에 섞여 들어왔다.

그 주술서에 기록된 '상대의 꿈에 간섭하는 주술'이 어째서인지 '좋아하는 사람이 나오는 꿈을 꾸는 행운의 주술'로 퍼졌다.

모니카가 요약해서 이야기하자, 이자벨은 입가에 부채를 대고는 고민하듯 시선을 내리깔았다.

모니카는 애거서가 준비한 홍차를 한 모금 홀짝이고는 자신의 생각을 말했다.

"이 사건의 범인은 마도서 페이지를 찢은 완다 월모트 양이라고 생각해요."

레이는 말했었다. 그 주술은 마력을 부여할 수 있는 종이가 필요하다고.

마력을 부여할 수 있는 종이는 마도서 재료로도 쓰이는 귀중한 물건이다. 귀족 영애라고 해도 간단히 입수할 만한 게 아니다.

그래서 완다는 도서실에 있는 마도서를 찢어서 종이를 조달한 것이다.

"아마 그 사람은, 주술을 자신에게 유리하게끔 응용하지 않았나, 싶어요."

원래는 자신의 머리카락을 사용한 간이 주술구를 상대의 침구에 넣어서 그 사람의 꿈에 간섭하는 주술이다. 그러나 왕족인 펠릭스의 침구에 주술구를 넣는 건 곤란하다.

그렇다면 자신이 꿈에 간섭하는 게 아니라, 펠릭스 쪽에서 간섭하게 하면 된다. ──완다는 그렇게 생각한 게 아닐까?

그렇게 자신에게 유리하게 주술을 해석하여 일그러뜨리고 찢은 마도서 페이지를 사용해 행운의 주술을 실행했다.

"딱 하나 모르겠는 건, 완다 월모트 양이 왜 그걸 행운의 주술로 퍼뜨렸는지예요. 비밀로 해야 더 유리했을 텐데……."

모니카가 팔짱을 끼고 신음하자, 이자벨이 조용한 목소리로 물었다.

"언니는 이 사건을 원만하게 해결하고 싶으신 거죠?"

모니카를 똑바로 바라보는 이자벨의 표정은 의연하고 품격 있는 영애다웠다.

모니카 앞에서 소녀처럼 들뜨는 모습도 케르벡 백작 영애로서 품격 있게 행동하는 모습도 모두 이자벨의 일면이다.

모니카는 조금 기에 눌린 듯한 심경으로 살짝 끄덕였다.

"네, 네에."

"그럼 이 사건의 뒤처리…… 저에게 맡기실 수 있을까요?"

* * *

자수 클럽장 세실리 스탠리는 그 다과회 초대장을 봤을 때 자기 눈을 의심했다.

주최자는 동부의 대귀족 케르벡 백작 영애 이자벨 노튼.

이자벨은 세실리보다 두 살 연하지만 가문의 격은 압도적으로 위다.

이자벨과 친해지고 싶은 사람은 남녀 불문하고 많다. 물론 세실리도 그렇다.

만약 케르벡 백작 영애와 친해지면 아버지도 기뻐할 거다.

(아아, 자수 공부 모임을 열심히 키워서 다행이야…….)

자수 클럽이 정기적으로 개최하는 공부 모임은 귀족 영애의 사교장 중 하나.

주최자인 클럽장은 항상 참가자의 안색을 엿보면서 화제를 제공해야 한다.

최근 그 행운의 주술 소문 덕분에 공부 모임이 활기를 띠었고 잘 얼굴을 비치지 않던 영애도 참가하게 되었다.

그런 세실리의 수완을 평가해서 이자벨도 다과회에 자신을 초대한 것이리라.

"실례합니다."

개인 티 룸의 문을 노크하자, 노튼가 고용인이 세실리를 자리로 안내했다.

이자벨은 이미 앉아 있었다. 오늘은 단둘이서 하는 다과회다.

세실리는 친근하게 웃으면서 이자벨에게 인사했다.

"오늘은 초대해 주셔서 감사합니다. 이자벨 님."

"저야말로 바쁘신 와중에 찾아와 주셔서 고마워요. 아무쪼록 앉으세요."

세실리는 재빨리 테이블의 꽃이나 다기를 관찰했다. 꽃병은 투명도 높은 유리에 섬세한 세공이 들어간 물건, 다기는 금박 장식이 들어간 일급품, 꽃은 커다란 오렌지색 장미였다.

가을이나 겨울에 피는 장미는 크기가 작은 종류가 많다. 그렇기에 이 계절에 커다란 장미를 입수했다는 건 그만큼 이자벨이 유복함을 알려준다.

(역시 동부 대귀족의 영애야……!)

세실리가 감격하는 와중에, 이자벨이 활짝 웃으며 말을 걸었다.

"저는 자수 클럽에서 유행하는 행운의 주술에 흥미가 있거든요. 세실리 님은 이미 아시죠?"

"네. 요전 공부 모임에서도 이자벨 님은 그 행운의 주술에 관해 열심히 물어보셨죠. 후후. 대체 어느 분의 꿈을 보고 싶으신가요?"

"어머, 세실리 님도 참. 이 나라 사람이라면 누구나 동경하는 건 그분이잖아요?"

이자벨은 귀여운 얼굴로 조금 토라진 어린애 같은 표정을 보였다. 이러고 있으면 마치 여동생 같아서 귀여웠다.

세실리는 입가에 부채를 대고는 살짝 미소 지었다.

"그분……. 그렇겠죠. 다들 펠릭스 전하에게 푹 빠져 있으니까요."

"완다 윌모트 님도 그랬나요?"

그 순간, 들뜬 마음에 찬물이 쏟아지는 느낌이 들었다.

세실리는 부채를 쥔 손에 힘을 주면서 동요한 마음을 억눌렀다.

세실리의 사촌인 완다가 펠릭스를 동경하던 건 모두가 아는 이야기다. 딱히 초조해할 일은 아니다.

"네. 그랬었죠. 완다는 펠릭스 전하를 사모해서……."

"그래서 행운의 주술을 알려줬나요?"

세실리는 온몸의 핏기가 가셨다.

이자벨은 부채로 입가를 가리고는 차가운 눈으로 이쪽을 보고 있었다. 그 귀여운 얼굴에 조금 전까지 보이던 소녀다운 순진함은 없었다.

세실리는 바로 입을 열었다.

"그 행운의 주술을 누가 말했는지는 저도 모른답니다."

아아, 지금 내 동요가 목소리에 드러나지 않았을까? 잘 웃고 있는 걸까?

초조함만이 쌓여 가는 세실리에게 이자벨이 다음 칼날을 휘둘렀다.

"'처음 시작하는 행운의 주술'. 저자 레이 올브라이트."

어째서 이자벨이 그 책의 제목을 아는 걸까.

등골이 얼어붙었다. 침을 삼키고 싶은데 입안이 바싹 말라서 그것조차 뜻대로 되지 않았다.

떨리는 손으로 컵을 기울여 홍차로 입을 축인 세실리에게 이자벨이 말을 이었다.

"완다 윌모트 양은 그다지 독서가는 아닌 모양이던데요……. 반면에 당신은 대단한 독서가죠?"

이자벨이 말한 대로 세실리는 독서가다.

자수 클럽 공부 모임의 주최자인 세실리는 다양한 화제를 제공해야 한다.

그래서 유행하는 건 모두 체크했다. 의복, 머리 모양, 소설이나 가극…… 행운의 주술까지도.

그러다 그 책과 만난 것이다.

그것이 행운의 주술 책이 아니라 주술서라는 건 바로 알아챘다.

그러다 흥미 본위로 그 책을 읽던 세실리는 행운의 주술로 응용할 수 있지 않을까? 하고 눈치챘다.

그렇게 해서 '타인의 꿈에 간섭하는 주술'을 베이스로 '좋아하는 사람과 꿈에서 만날 수 있는 행운의 주술'을 만들었다. 그리고 도서실에 있던 책에서 읽었다고 말하고는 사촌 완다에게 몰래 가르쳐 줬다.

『이 행운의 주술을 쓰면 꿈에서 펠릭스 님과 만날 거야.』

그렇게 말하며 행운의 주술에 쓰는 종이를 쥐여 줬다.

맹세코 그때는 그 행운의 주술이 화제가 되었으면 하는 생각은 없었다.

사랑 때문에 고민하는 완다를 응원하고 싶은 마음뿐이었다.

그다음 날 아침, 완다는 크게 기뻐하며 세실리를 끌어안았다.

『세실리! 세실리! 들어봐, 들어봐! 그 행운의 주술 굉장해! 효과가 있었어! 전하와 춤을 추는 꿈을 꿨다고!』

완다가 원하는 꿈을 꾼 건 믿음의 힘이거나, 그저 우연이었을 것이다.

그러나 완다는 그 행운의 주술이 진짜라고 생각해서 크게 좋아하며 친구들에게도 알렸다. 소문은 순식간에 퍼져서 작은 유행이 되었다.

덕분에 자수 클럽 공부 모임은 대성황이어서 세실리는 기뻤다.

사태가 급변한 건 며칠 전.

완다가 어두운 표정으로 세실리에게 말했다.

『행운의 주술이 안 통하게 됐어. 어떻게 해야…….』

행운의 주술 같은 건 그저 착각일 뿐이다.

완다도 알고 있을 테지만 한 번 행복한 꿈을 꾼 그녀는 행운의 주술에 푹 빠지고 말았다.

완다와 세실리는 기숙사에서 같은 방을 쓴다.

그래서 완다는 세실리의 짐을 뒤졌고 그 책을 발견하고 말았다.

세실리가 고개를 숙이자, 이자벨의 차가운 목소리가 쏟아졌다.

"완다 님은 행운의 주술이 가진 효과를 올리려고 전용 종이를 원했던 거겠죠? 실제로 저번 주에 열린 자선 시장에서 종이를 취급하는 가게를 찾았던 모양이고요……. 하지만 마력을 부여하는 종이는 간단히 입수할 수 있는 게 아니에요."

저번 주에 열린 자선 시장에서 완다는 여러 가게를 돌며 마력 부여가 가능한 종이를 찾았지만 결국 발견하지 못했다며 한탄했다.

"그래서 완다님은 도서실의 마도서를 찢어서 대용하려고 했던 거겠죠?"

"당신은…… 어떻게 그런 것까지…….."

눈앞에 있는 이 소녀는 대체 뭘 어디까지 아는 걸까.

세실리가 떨리는 목소리로 묻자, 이자벨은 키득거리며 웃었다.

이자벨은 부채를 조금 아래로 기울였다. 그러자 드러난

입가에는 냉소가 떠올라 있었다.

"어머. 이 정도쯤은 소문 이야기에 귀를 기울이다 보면 자연스레 알 수 있는 일이에요. 정보를 제공하는 데 정신이 팔려서 분석을 소홀히 한 게 아닌가요?"

세실리가 정보 수집에 애쓰는 독서가이지만 완다는 독서를 싫어한다는 것.

완다가 펠릭스에게 빠져 있었다는 것.

세실리와 완다가 친한 사촌 지간이고 세실리가 완다의 사랑을 응원했다는 것.

완다가 자선 시장에서 마력 부여가 가능한 특수 종이를 찾았다는 것.

이자벨은 그런 약간의 정보나 작은 소문을 이어 붙여서 진실에 도달한 것이다.

(어쩜 이리도 무서운지…….)

난로에 불이 켜져 있는데도 온몸이 차가워서 견딜 수 없다.

세실리는 덜덜 떨리는 손을 꽉 움켜쥐고 고개를 숙였다.

그런 세실리에게 이자벨은 연민의 시선을 보냈다.

"'심연의 주술사' 님이 쓰신 그 책은 주술서겠죠?"

"그, 건……."

바로 거짓말을 하려고 했다. 그러나 그건 책을 조사하면 바로 알 수 있는 내용이다.

웅얼거리는 세실리를 본 이자벨이 차갑게 말했다.

"그렇다면 완다 님은 왕족을 저주하려고 했다는 뜻이 되겠네요."

세실리는 바로 거칠게 외쳤다.

"잠깐만! 완다는…… 그 아이는 아무것도 몰라! 그저 행운의 주술이라고 믿는다고!"

거짓말이다. 완다는 세실리의 책을 훔쳐보고 말았다. 자신이 행운의 주술이라고 믿던 것이 진짜 주술임을 알았지만 더한 효과를 원했다.

그럼에도 세실리는 완다를 죄인으로 만들고 싶지는 않았다. 완다는 사촌 자매이자 절친이니까.

마도서 페이지를 찢은 사건은 엄중하게 주의받고 끝났지만, 왕족을 저주하려고 했다면 퇴학 정도로는 끝나지 않는다.

좋게 끝나야 평생 감옥살이고 최악의 경우에는 처형당한다.

"그 아이는 나에게 속았을 뿐이야! 나쁜 짓은 아무것도 안 했어……!"

평정심을 잃은 세실리 앞에서 이자벨은 부채를 접고 조금 전의 차가운 표정과는 정반대로 부드러운 미소를 지었다.

"네, 물론. 이 일은 제 가슴속에 담아두기로 하죠. 저도 평화로운 학원 생활을 어지럽히고 싶지는 않거든요."

세실리의 비밀을 폭로한 뒤, 이자벨은 구원의 손길을 내밀었다.

"도서위원에게 그 책에 관해 이렇게 설명하면 돼요. '빌리기만 하고 한동안 읽지 않았다. 반납일이 다가와서 황급히 읽어 보고 주술서임을 깨달았다' ──. 그러면 도서위원

은 납득하겠죠. 그 뒤에는 당신이 완다 님의 입만 막으면
되는 거예요."

궁지에 몰린 세실리의 사고는 마치 그것 말고는 선택지가
없다는 듯이 이자벨이 내민 구원의 손길에 매달렸다.

──나도 완다도 살았다.

세실리는 자신을 궁지에 몰아넣은 이자벨을 마치 구세주
라도 보는 눈으로 바라봤다.

이자벨은 찻잔을 들고 그저 부드럽게 미소 지었다. 세실
리는 그 웃음에서 자비마저 느꼈다.

이자벨 노튼은 세실리보다 두 살 연하의 소녀다. 그러나
영애로서의 격은 너무나도 다르다.

"맞아요. 그 행운의 주술, 조만간 자연스럽게 시들해지겠지
만…… 가능하면 새 유행으로 덮어씌우는 것도 괜찮겠네요."

"새, 유행……?"

그런 걸 딱 맞게 준비할 수 있을까? 세실리가 당혹스러워
하자, 이자벨은 너무나도 귀엽게 웃으면서 말했다.

"실은 제가 유행시키고 싶은 게 있거든요."

* * *

이자벨이 세실리를 추궁하던 날로부터 일주일이 지났고
학생회 주변은 무척 조용해졌다.

그 행운의 주술이 완전히 잊힌 건 아니었지만 이제 펠릭

스 주변을 쫓아다니면서 머리카락을 뒤지는 사람은 없다.

자수 클럽장 세실리 스탠리는 빌린 책이 알고 보니 주술 서였다고 전하며 도서실에 반납했다.

레이가 표지를 바꾼 주술서는 올브라이트가(家)에 반납되었고, 레이는 선대 '심연의 주술사'에게 마구 쥐어짜였다고 한다.

(이자벨 님은, 굉장해.)

모니카는 학생회실로 향하면서 그날 이자벨과 세실리의 대화를 떠올렸다.

그때, 모니카는 다실 커튼에 숨어서 두 사람의 대화를 전부 듣고 있었다.

세실리를 자백하게 한 이자벨의 수완은 실로 세련되었다.

『이럴 때는 적절하게 정보를 숨겨서 상대가 이쪽이 모든 걸 안다고 착각하게 해서 흔드는 게 비결이에요.』

이자벨의 말은 이랬다.

거기에 상대를 위압해서 궁지에 몬 다음에 구제 수단을 제시하여 함락시키는 게 악역 영애의 테크닉이라나?

훌륭한 악역 영애가 되기 위해서는 극도로 뛰어난 정보 수집 능력과 교섭 능력이 필요하다는 모양이다. 모니카는 알 수 없는 심오한 세계였다.

그러나 그런 유능한 이자벨도 딱 하나 생각처럼 되지 않은 게 있었다.

그건 바로 이자벨이 유행시키려던 것이었다.

『우리 케르벡령을 구해주신 위대한 칠현인 '침묵의 마녀'님의 위업을 정리한 책이 출판되었거든요! 꼭 이 책을 유행시키고 싶어서……!』

커튼에 숨어서 이자벨과 세실리의 대화를 듣던 모니카는 거품을 물고 쓰러질 뻔했다.

그런 책이 출판되었다니 처음 듣는 소리다.

이자벨의 말로는 케르벡령에 사는 사람이 흑룡을 쫓아낸 '침묵의 마녀'에게 감사하면서 호의로 출판했다고 한다. 최소한 본인에게 한마디 양해를 구했으면 했다.

모니카에게는 다행스럽게도 세실리와 이자벨이 힘을 쏟았음에도 그 책이 유행하지는 않았다.

그 대신, 순식간에 유행하게 된 것이 레이스 자수였다. 어느 귀족이 결혼식에서 레이스에 호화로운 자수를 놓은 의상을 입어서 유행에 불이 붙은 것이다.

최근에 자수 클럽 공부 모임에서는 결혼식 의상이나 레이스 자수 화제가 끊이지 않았다.

이자벨은 "언니의 매력을 많은 사람에게 전할 좋은 기회였는데…… 유감이네요."라며 한탄했지만, 모니카는 진심으로 안도했다.

(내 책이 안 유행해서 다행이야…… 정말 다행이야…….)

모니카는 그런 생각을 하면서 학생회실 문을 열었다.

오늘은 학생회 임원 회의는 없지만 펠릭스에게 제출할 서류가 있었다.

학생회실에 다른 임원의 모습은 없고 펠릭스가 혼자 책을 읽고 있었다. 그는 모니카가 들어온 걸 눈치채자 책에서 고개를 들었다.

기분 탓일까? 모니카를 바라보는 푸른 눈이 순간 반짝반짝 빛나 보였다.

"저, 전하. 자선 시장의 수지 보고서, 완성했는데요……."

모니카가 조심스럽게 말을 걸자, 펠릭스는 말없이 손짓했다. 그 눈은 역시 반짝반짝 빛나고 있었다.

모니카가 서류를 들고 슬금슬금 다가가자, 펠릭스는 읽던 책을 모니카에게도 보여주려는 듯 들어 올렸다.

"이걸 봐봐——. '침묵의 마녀'의 위업을 정리한 책이 우리 학교 도서관에 들어왔어."

모니카는 흰자위를 드러내며 쓰러질 뻔했다.

펠릭스가 들어 올린 건 이자벨이 유행시키려고 계획했다가 실패한 그 책이었다.

펠릭스는 하얀 뺨을 장밋빛으로 물들이면서 황홀하게 페이지를 넘겼다.

"설마 그녀의 위업을 이렇게나 자세하게 정리한 사람이 있을 줄이야. 봐 봐, 이 페이지……. '침묵의 마녀'의 미네르바 시절 공적을 현대 마술사에 엮어서 자세하게 정리했어. 이 책에는 그녀에 대한 사랑과 경애가 느껴져. 아아, 기쁘네. 이렇게나 열의를 담아 그녀의 매력을 전하려는 사람이 있다니……."

모니카의 목에서 "으그윽…… 흐에엑……." 하고 다 죽어가는 개구리 같은 목소리가 새어 나왔지만 펠릭스의 입은 멈추지 않았다.

지금 막 열의가 담긴 매력을 전해 들은 '침묵의 마녀'는 남몰래 가슴을 눌렀다.

(기뻐하는 건 좋은 일이지…… 좋은 일이지마아아안……. 앗, 앗, 위가 욱신거려…….)

"모니카, 이다음에 시간 있어? 너라도 괜찮다면 차를 마시면서 이 책에 관해 이야기를 나누고 싶은데."

"죄, 죄송합니다. 저는, 이다음에, 약속이……."

이건 거짓말이 아니다. 오늘은 두 건의 다과회 약속이 있다. 첫 번째는 라나와, 그 뒤에는 이자벨과.

펠릭스는 눈썹이 처져서는 진심으로 유감이라는 표정을 지었다.

"그래. 그건 유감이네……."

모니카는 잽싸게 서류를 제출하고 실례했다며 고개를 숙이고는 복도로 향했다.

그런 모니카에게 펠릭스가 의미심장한 미소를 보냈다.

"응. 좋은 하루가 되기를."

"……?"

이미 방과 후인데 묘한 인사네. 모니카는 고개를 갸웃하면서 티 룸으로 향했다.

라나가 지정한 티 룸은 큰 방이 아니라 개인실이었다.

하얀 식탁보를 덮은 원형 테이블에는 케이크 접시와 홍차가 준비되어 있다.

테이블 중앙에 놓인 케이크에는 사치스럽게 크림이 듬뿍 발렸고 베리가 잔뜩 올라갔다. 왠지 평소 다과회보다 기합이 들어간 것 같다.

"오늘은 과자가, 굉장히 호화롭네……. 특별한 누군가를, 초대하려는 거야?"

모니카가 묻자, 라나는 어이없다는 듯 입술을 삐죽였다.

"오늘의 주역이 무슨 소리를 하는 거야."

"엥……?"

평소에는 고용인에게 홍차 준비를 맡기는 라나가 오늘은 웬일로 직접 포트를 기울여 모니카의 잔에 홍차를 따랐다.

"오늘 생일이잖아?"

모니카는 "앗." 하고 작은 목소리를 냈다.

라나의 말대로 오늘—— 셸그리아 첫 주 첫날은 모니카의 생일이다.

모니카가 언젠가 라나에게 자기 생일을 이야기하긴 했지만 기억하고 있을 줄은 몰라서 놀랐다.

"우리 집에서 생일 축하할 때는 베리 케이크를 내놓기로 정해놨거든."

라나는 익숙하지 않은 손짓으로 케이크를 잘라 신중하게 접시에 옮겼다.

케이크는 옆으로 쓰러졌고 장식한 베리가 접시 위로 흩어지고 말았다.

라나는 분한 얼굴로 두 번째 조각을 접시에 올렸다. 이번에는 쓰러지지 않고 깔끔하게 접시에 올라갔다.

"좋아."

라나가 만족스럽게 고개를 끄덕이고 케이크가 깔끔하게 담긴 접시를 모니카 앞에 두었다.

"자, 맛있게 먹어."

"고, 고마워. 잘 먹겠습니다."

모니카에게 생일이란 가족끼리 축하하는 것이었다.

그래서 모니카가 미네르바에 들어가기 전, 양어머니 힐다 에버렛이 축하해 줬을 때가 마지막이었다.

그때 양어머니는 덜 익은 부분과 새까맣게 탄 부분이 반반인 기적 같은 케이크를 만들었고, 덜 익은 곳과 새까맣게 탄 곳의 중간에 아주 조금 남은 먹을 수 있는 부분을 파내서 모니카의 접시에 놓았었다.

자신을 위해 놓아 준 가장 깨끗한 케이크. 이건 다정하고도 행복한 기억이었다.

모니카는 그런 옛날을 그리워하면서 자신을 위해 놓은 깨끗한 케이크를 입에 넣었다.

향긋한 버터 냄새에 촉촉하고 사치스러운 반죽. 입안에

서 녹는 달콤한 크림. 달콤 쌉싸래한 베리── 행복한 맛이
다.

라나는 뺨에 힘이 풀린 모니카를 바라보고 만족스럽게 콧
소리를 내고는 잘 옮기는 데 실패한 케이크를 먹었다.

문득 모니카는 라나의 주머니에서 손수건 같은 무언가가
삐져나와 떨어지기 직전임을 눈치챘다.

"라나, 그거, 떨어질 것 같아…….."

모니카가 케이크를 삼키고 지적하자, 라나는 어째서인지
얼굴을 새빨갛게 물들이면서 주머니를 가렸다.

그러고는 왠지 고민하는 듯한 얼굴로 시선을 방황하더니
입을 우물거리기 시작했다.

"이건, 빗 같은 걸 넣을 때 딱 좋을 것 같아서……. 하지만
그다지 능숙하지 않아서…….."

"……?"

라나는 잠시 웅얼거리더니 주머니에서 삐져나온 걸 끄집
어냈다.

그건 꾸미지 않은 천으로 만든 소박한 파우치였다. 옆에
는 제비꽃 자수가 들어가 있다.

모니카는 그 천을 본 적이 있었다.

자수 클럽 공부 모임에서 라나가 자수를 놓던 천이다.

"이런 선물이라면, 그…… 신경 안 써도 될 것 같아서…….."

평소에 자수 클럽 공부 모임에 참가하지 않는 라나가 웬
일로 참가한 이유──. 모니카는 라나가 행운의 주술에 홍

미가 생겼나 싶었지만 아니었다.

그때 라나는 모니카에게 자수틀을 숨기려고 했다. 분명 깜짝 선물로 주기 위해서이리라.

라나는 부호의 딸이다. 마음만 먹으면 호화로운 선물을 준비하는 것 정도는 쉽다.

하지만 라나는 그러지 않았다. 그 이유와 라나의 서툰 배려를 느낀 모니카의 심장이 두근거렸다.

(어쩌지…….)

너무 기뻐서 얼굴이 뜨겁다.

"피, 필요 없으면, 딱히……."

모니카는 라나의 말을 가로막으면서 손을 뻗어 그녀의 소매를 잡았다.

"필요해……."

웬일로 모니카가 또렷한 말투로 주장하자, 라나는 입가를 실룩거리면서 파우치를 내밀었다.

"받아."

"고, 고마워!"

라나는 자수가 능숙하지 않다고 말했지만 세밀하게 놓인 제비꽃 자수는 귀여웠다.

파우치를 바라보며 웃던 모니카는 곧장 정신을 차렸다.

"라나는…… 라나의 생일은, 언제?"

"동중월(冬中月)의 넷째 주 넷째 날."

라나는 홍차를 한 모금 마시고는 모니카를 곁눈질했다.

"그날에는, 모니카가 커피를 타 줘."

"응……!"

라나의 생일은 겨울방학 이후다. 그 때라면 모니카는 아직 학원에 있을 수 있다. 라나의 생일을 축하할 수 있다.

그때는 커피에 맞는 과자도 준비하자. 모니카는 행복한 마음으로 그렇게 생각했다.

* * *

라나와 다과회를 마친 뒤, 이자벨과의 다과회에서도 모니카는 생일 축하를 받았다.

『실은 성대한 파티를 열고 싶었지만 그건 할 수 없는 상황……이니까 자그마하게나마 축하드리고 싶어요.』

이자벨은 그렇게 말하며 모니카에게 새 깃펜을 선물했다.

모니카는 파우치와 깃펜을 품에 안고 경쾌한 발걸음으로 다락방에 갔다.

방에 돌아가면 바로 깃펜을 바꾸고 라나와 함께 산 빗을 그 파우치에 넣자.

그런 생각을 하며 창고 문을 연 모니카는 다락방으로 이어지는 사다리 앞에 작은 바구니가 놓인 걸 깨달았다.

"……?"

바구니 안에는 구운 과자와 카드 한 장이 들어 있었다.

별처럼 금박을 수놓은 아름다운 카드에는 이렇게 적혀 있었다.

『친애하는 불량아 동료에게 감사를 담아. 당신이 태어난 오늘 이날이 좋은 하루가 되기를.』

감사라는 건, 얼마 전 서서 읽기에 협력했을 때를 가리킨 것이리라.

그리고 구운 과자는 어디선가 본 적이 있었다.

사블레 반죽 위에 벌꿀로 굳힌 나무 열매를 올린 과자. 이건 모니카가 이 학원에 와서 그 사람에게 처음 받았던 과자다.

모니카는 흐헷, 하고 숨을 내쉬듯이 웃고는 바구니를 든 채 사다리를 올랐다.

제비꽃 자수가 들어간 파우치, 새 깃펜, 별이 잔뜩 박힌 카드.

또 서랍 속 보물이 늘었다.

막간 화려한 악역 패밀리 회담

올려다본 푸른 하늘은 익룡 무리로 가득 차서 이자벨의 몸에 그림자를 드리웠다.

용 재해가 많은 케르벡에서도 좀처럼 볼 수 없는 익룡 무리의 습격. 허나 이자벨의 마음속에는 공포도 절망도 없었다.

왜냐하면 이자벨의 눈앞에는 세상에서 유일한 무영창 마술 사용자인 '침묵의 마녀'가 있으니까.

'침묵의 마녀'가 지팡이를 들었다. 하늘에 반짝이는 문이 열리면서 바람의 창이 익룡을 격추했다.

일격에 미간을 꿰뚫린 익룡의 사체는 지상의 사람이나 건물을 피해 탁 트인 곳에 하늘하늘 쌓여 갔다.

익룡을 해치우는 것뿐만 아니라 그 이후의 처리까지 가능한 마술사가 얼마나 있을까?

이자벨은 온몸을 떨면서 감격에 차 소리를 질렀다.

"이런 건……이런 건…… 너무 멋있어요~!"

그렇게 꿈이 끝났다…….

이자벨은 저택의 자기 방에서 눈을 뜨고 침대에서 상반신을 일으키며 숨을 내쉬었다.

워건의 흑룡과 그 휘하 익룡이 습격한 지 두 달 지났지만 그날 느꼈던 두근거림은 지금도 변함없이 이자벨의 가슴을 크게 두드리고 있었다.

이자벨은 뺨에 양손을 대고는 참을 수 없는 기쁨을 곱씹듯이 후훗 하는 소리를 내며 웃었다.

이제 곧 동경하는 '침묵의 마녀'를 만난다.

"아아앙, 너무 기대돼요~."

이자벨은 두 손으로 베개를 부여잡고는 두 다리를 파닥거렸다.

"이자벨 누나, 기분 좋아 보이네요."

아침 식사 자리에서 동생 헨리가 이자벨의 얼굴을 보며 말했다.

이자벨은 홍차를 한 모금 마시면서 방긋 웃었다.

"후후, 오늘 아침에 무척 멋진 꿈을 꿨거든요."

"'침묵의 마녀' 님이 케르벡을 구하는 꿈이요?"

헨리가 곧장 그렇게 말한 건, 요 두 달 사이 이자벨이 꾼 좋은 꿈이 모두 '침묵의 마녀'와 관련됐기 때문이다.

"바로 그거예요."

이자벨이 수긍하자, 헨리는 이자벨과 똑 닮은 색의 눈을 반짝반짝 빛냈다.

"좋겠네요……! 저도 '침묵의 마녀' 님을 돕고 싶었어요. 으으…… 1년만 더 빨리 태어났다면 중등과에 편입할 수 있었을 텐데……."

올 가을에 '침묵의 마녀' 가 제2왕자 호위 임무를 위해 세렌디아 학원에 편입한다고 한다.

이자벨은 '결계의 마술사' 로부터 그때가 되면 도와 달라는 부탁을 받았다.

『'침묵의 마녀' 님을 적당히 괴롭히시지요. 그러는 편이 들키기 어려워지니까요.』

아버지에게 직접 의뢰하러 찾아온 '결계의 마술사는' 그렇게 말했었다.

그건 이자벨이 '침묵의 마녀' 를 괴롭히는 악역으로 행동하면서 위장 공작을 하라는 게 틀림없다──. 노튼가는 가족회의 끝에 그런 결론을 내렸다.

그래서 이자벨은 악역 영애로 행동하기 위해 밤낮으로 연구했다.

"이자벨이 무사히 임무를 마치면 '침묵의 마녀' 님을 우리 집에 초대하기로 해요."

이자벨의 어머니가 우아하게 미소 지으며 제안했다.

아버지인 케르벡 백작도 좋은 생각이라며 수긍하고는 턱을 어루만지며 말했다.

"그런데 '결계의 마술사' 님이 정하신 설정이라면 '침묵의 마녀' 님은 우리 어머니께서 거두신 걸로 되어있는데……."

'침묵의 마녀' 모니카 에버렛은 선대 케르벡 백작 부인이 거둔 딸이라는 설정으로 세렌디아 학원에 잠입한다.

즉, 케르벡 백작에게 의붓 여동생이 되는 셈이다.

케르벡 백작은 진지한 표정으로 가족을 돌아보면서 물었다.

"'침묵의 마녀' 님을 우리 집에 초대했을 때 『잘 왔다, 여동생이여.』라고 하며 맞이해야 할까?"

케르벡 백작의 제안에 가족이 일제히 불만을 제기했다.

"이의 있습니다! 분명 '침묵의 마녀' 님은 설정상으로 제 고모님이지만, 그 이외의 국면에서는…… 가능하면 언니라고 부르고 싶어요!"

"저도! 저도 누님이라 부르고 싶어요!"

"여보. 갑자기 당신 같은 오빠가 생기면 '침묵의 마녀' 님도 곤혹스러워하실 거예요."

딸과 아들만이 아니라 아내까지 퇴짜를 놓자 케르벡 백작은 고개를 깊이 끄덕이고는 중요한 결정 사항을 말하려는 듯 진지하게 말했다.

"흠. 그렇겠군. 좋아. 이 농담은 없었던 걸로 하지. 그럼 다음 의제다. 악의 백작에게 어울리는 웃음소리가 『훗훗훗…….』인지 『큭큭큭…….』인지에 관해서……."

침묵의 마녀의 자그마한 수수께끼 풀이

The Silent Witch's

little mystery

맑게 갠 겨울의 어느 휴일, 세렌디아 학원 마법전 클럽이 사용하는 연습장에서 마법전이 벌어졌다.

대치하는 건 학생회 부회장 시릴 애슐리와 마법전 클럽장 바이런 갈레트.

휴일인데도 불구하고 이 두 사람의 결투에는 그런대로 많은 학생이 견학하러 찾아왔다.

오락이 한정된 폐쇄적인 학원에서 마법전은 작은 볼거리니까.

펠릭스를 위시한 학생회 임원들도 시릴을 응원하려고 발길을 옮겼다.

"시릴 님. 히, 힘내, 세요."

"부회장님~! 파이팅임다~!"

모니카 옆에서 크게 소리 지른 건 글렌이다. 그는 학생회 임원은 아니지만 임원용으로 마련된 맨 앞줄에 약삭빠르게 앉아 시릴을 응원하고 있었다.

그 옆에서 마법전 기록을 맡은 닐 곁에 클로디아가 기대고 있다.

클로디아는 딱히 오빠를 응원할 생각은 없는지, 시선은 닐을 향했다.

결투가 시작되고 나서 5분 정도 지났다. 처음에는 서로 위력이 약한 마술로 견제하며 빈틈을 노렸다.

그러나 장기전에 들어가면 마력 회복이 빠른 시릴이 유리하다.

바이런도 그걸 아는지 시릴과 조금 거리가 멀어지자 공세에 나섰다.

원격 마술로 불화살을 만들어 시릴을 기습한 것이다.

그러나 영창의 길이로 원격 술식임을 파악한 시릴이 얼음벽으로 불화살을 막았다.

"좋은 승부네."

펠릭스가 살짝 중얼거리는 게 들렸다. 모니카도 그렇게 생각했다.

바이런의 마술이 눈에 띄게 늘었다. 분명 비밀 특훈 덕분이리라.

바이런이 거리를 둔 채 조금 길게 영창했다. 그러자 커다란 화염구 세 개가 동시에 시릴을 덮쳤다.

모니카는 화염구가 겉보기엔 화려해도 위력은 그리 크지 않음을 파악했다.

(화염구는 미끼고, 진짜는 아마…….)

화려한 폭발음이 들리며 주변에 불똥이 튀었다. 그러나 그 불똥 때문에 주변 나무가 불탈 일은 없다. 마법전 전용 결계가 주변을 보호하기 때문이다.

화염구와 부서진 얼음벽이 반짝이며 흩날리는 가운데, 한 줄기 불화살이 시릴의 왼 어깨에 직격했다.

단축 영창으로 만든 불화살을 막지 못하고 시릴이 괴로운 신음을 내며 나무에 기댔다.

 시릴의 위기를 목격한 글렌이 "부회장님!" 하고 절규했다.

 클로디아는 귀가 따갑게 큰 소리를 듣고 싫다는 표정으로 귀를 막았다. 오빠가 위기에 처했는데도 매정했다.

 시릴은 고통으로 얼굴을 일그러뜨리며 반격했다.

 지면에서 바이런 주변을 한 바퀴 감싸는 얼음 기둥이 솟아났다.

 (저건 기둥 하나하나가 다중 강화 술식을 보조하는 역할이야──. 그렇다면 기둥 중심에 이중 강화한 공격 마술을 발동시키는 패턴이다.)

 모니카의 예상대로 기둥 중심── 바이런의 발밑에 마법진이 떠올라 거기서 강력한 냉기가 솟아올랐다.

 바이런은 얼음 때문에 다리가 지면에 붙어 버려 초조해하면서도 냉기를 막기 위해 영창했다. 그러나 마술이 발동되지 않았다. 마력이 고갈된 것이다.

 "자, 자네들. 거기까지야. 애슐리의 승리네."

 심판인 맥레건의 말에 바이런은 분한 듯 무릎 꿇었다.

* * *

 펠릭스가 웃으며 마법전을 마치고 결계 밖으로 나온 시릴을 칭찬했다.

"좋은 마법전이었어."

그 한마디를 듣자 시릴의 얼굴이 확 밝아졌다. 진심으로 기뻐 보인다.

"감사합니다. 영광입니다. 전하."

한편, 패배한 바이런은 휘청거리는 발걸음으로 그 자리를 떠나려 했다.

그런 그를 쫓아가는 한 여학생이 있었다. 모니카가 아는 인물이다.

(저 사람은…….)

조금 신경 쓰인 모니카는 혼자서 뒤를 쫓았다.

이윽고 금세 두 사람을 발견했다.

숲과 기숙사로 이어지는 길 중간에서 바이런은 그 여학생과 마주 보고 고개를 숙였다.

"한심한 모습을 보였어. 약혼자인 너에게 창피를 줘서 미안하다."

"저는…….."

"아니, 됐어. 말하지 마. 졸업 때까지는 반드시 애슐리에게 이길 테니."

바이런은 그렇게 말하고 빠르게 기숙사로 향했다.

남겨진 여학생은 그 뒷모습을 향해 손을 뻗으려 했지만 결국 아무 말도 하지 않은 채 내렸다.

모니카는 말을 걸어야 하나 고민했다. 그러나 고민할 것도 없이 발밑에서 빠직, 하는 작은 소리가 들렸다. 자신이 신은 부츠가 작은 가지를 밟은 것이다.

그 소리를 듣고 여학생── 자수 클럽 부클럽장, 실라 애시버튼이 모니카를 발견했다.

자수 클럽 공부 모임에서 모니카를 챙겼던 검은 머리에 안경을 쓴 친절한 영애는 뭔가 할 말이 있는지 모니카를 바라봤다.

모니카는 손가락을 꼼지락거리면서 실라에게 말을 걸었다.

"약혼자, 이신가요?"

"맞아요. 뭐…… 부모님끼리 정했지만요."

실라는 모니카가 엿본 것을 질책하지 않고 덤덤히 말했다.

모니카는 큰맘 먹고 줄곧 신경 쓰였던 것을 묻기로 했다. 이때를 놓치면 다음 기회는 없을 것 같아서다.

"갈레트 님이 가진 손수건의, 제비꽃 자수……. 실라 님이 놓으셨나요?"

"어딘가에서 봤나 보네요? 뭐…… 그래요. 남성이 받아도 기쁘지 않겠죠."

담백한 어조에 자조가 조금 섞였다.

모니카는 바로 큰 목소리로 말했다.

"갈레트 님이 소중하다고 하셨어요!"

실라가 안경 안쪽에서 살짝 눈을 크게 떴다. 기쁨보다도 놀라움이 앞서는 표정이었다.

모니카는 바이런이 들고 있던 손수건을 떠올렸다.

아름답게 놓은 제비꽃 자수. 뒤집으면 보이는 파란 실.

파란 잉크로 연애편지를 쓰면 사랑이 성취된다는 행운의 주술에 따라 숨겨 놓은 메시지.

"갈레트 님은, 파란 실을 눈치채지 못하신 모양이던데…….
'저기, 괜찮으신가요?"

"오히려 눈치챈 당신이 대단하네요. 노튼 양은 마치……
그래요. 탐정 같아요."

실라는 그렇게 중얼거리고 쓴웃음을 지었다.

그녀의 눈이 바이런이 사라진 쪽을 안타깝게 바라봤다.

"'그래요.' 라는 말이 입버릇이 될 만큼, 저는 표현을 잘
못 골라요. 언제나 그렇죠. 마음을 전하기에 제일 알맞은 말
이 안 나와요."

조용한 목소리에는 부족한 자신감이 드러났다.

평소에는 어딘가 멍하니 있는 것처럼 보이던 실라의 얼굴
이 비굴하게 일그러졌다.

"예전에 자수 클럽 공부 모임 도중에 이상형이 누구냐는
질문을 받았어요. 저는 노력가인 바이런 님을 좋아했으니
까……. 네, 맞아요. 솔직하게 말하면 됐겠죠. 하지만 저는
갑자기 부끄러워서……."

실라는 몸 앞으로 맞잡고 있던 손가락을 움켜쥐며 중얼거
렸다.

"그래서 저는, 그만 이렇게 말한 거예요. '애슐리 님 같은
사람을 좋아해요.' 라고요. 애슐리 님도 바이런 님도 노력가
인 점이 닮았으니까요."

그리고 그 이야기를 들은 바이런은 실라가 시릴을 좋아한다고 오해하고 말았다.

(타인의 사정에 내가 끼어드는 건 좋지 않은 것 같아. 하지만…….)

모니카는 결의를 다지고 입을 열었다.

"저, 갈레트 님은 당신이 돌아봐 줬으면 해서, 결투……."

"어떻게 그분이 저를 좋아하기 때문이라고 생각할 수 있겠어요. 분명 약혼자로서 자존심에 상처가 났다거나, 그런 거겠죠."

분명 실라는 자신감이 없는 거다. 그래서 호의를 솔직하게 전할 수 없다.

혹시 상대에게 폐가 되거나 기분이 상할까 하는 불안감에 사로잡혀서 결국 하고 싶은 말을 삼키게 되는 마음은 모니카도 잘 안다.

"그래서, 파란 실로 자수를……?"

"네. 뭐, 그래요. '좋아해요.'라고 썼죠. 제가 봐도 빙빙 돌아가는 방식이네요. 저는 마음 한편으로 전해지지 않아도 괜찮다고 생각했을지도 몰라요."

정말로 전해지지 않아도 괜찮을까? 모니카는 그런 생각이 들었다.

모니카는 연심 같은 건 잘 모르지만 마음을 전하는 것이 얼마나 어려운지는 안다.

고맙다고 한마디 하는 것조차 용기가 필요하니까.

그렇기에 모니카는 호의나 감사를 전했을 때 얼마나 기쁜지도 안다.

(그래도, 내 생각을 밀어붙이는 건, 좀 아닌 것 같아…….)

할 말이 떠오르지 않았던 모니카가 침묵하자, 실라가 뭔가를 떠올린 듯한 표정으로 말했다.

"맞다. 탐정님. 하나만 지혜를 빌려주시지 않을래요?"

실라는 주머니에서 카드 한 장을 꺼냈다.

셸그리아 카드다. 우상단에 작은 구멍을 뚫어서 오렌지색 리본을 묶었다.

'좋은 셸그리아가 되기를. 바이런 갈레트.'

무뚝뚝한 메시지 옆에는 노랗고 동그란 무언가가 그려져 있었다.

실라가 그 노란색 무언가를 가리키고 말했다.

"바이런 님이 셸그리아 카드를 보내셨는데 여기에 그려진 정체불명의 노란색 기호를 해독할 수가 없어서요."

정체불명의 기호. 확실히 기호로 보이기도 한다. 아마 바이런이 물감으로 그린 것이리라.

(하지만 왜 굳이 물감을 준비했지?)

모니카는 바이런이 이 카드를 샀을 때를 돌이켜봤다.

여러 카드가 진열된 가운데, 바이런이 눈여겨보았던 꽃 그림.

그걸 떠올린 순간, 모든 것이 하나로 이어졌다.

"그렇구나. 그래서 리본을……."

실라가 의아한 표정으로 중얼거리는 모니카를 바라봤다.

모니카는 카드를 바라본 채로 입을 열었다.

"저, 갈레트 님이 카드를 사시는 모습, 봤어요. 그때 갈레트 님이 사신 건, 그냥 하얀 바탕 카드였어요."

바이런은 장미 카드를 보고 있었지만 그걸 들지는 않았다.

그때 매장에 있던 장미는 빨간색, 흰색, 분홍색——. 노란색 장미 카드는 없었다.

"갈레트 님이 그리신 이건, 노란색 장미예요. 그리고, 이 리본도 직접 다셨을 거예요."

"어째서 그렇게 공들여서……."

"꽃장식, 이예요."

학원제에서 남학생이 여학생에게 선물하는, 장미 리본을 묶은 꽃장식.

그건 선물하는 이의 머리 색이나 눈 색에 맞춰 색을 고른다고 엘리엇이 말했었다.

"갈레트 님은, 노란색 기운이 감도는 금발에 오렌지색 눈을 가지셨어요. 그러니까 노란 장미에 오렌지색 리본을 다신 게 아닐까요."

그렇게 말한 모니카는 노란색 장미로 보이는 그림과 카드에 묶인 오렌지색 리본을 손가락으로 가리켰다.

실라는 천천히 눈을 크게 뜨고는 카드에 그려진 허접한 장미 그림을 바라봤다.

모니카는 그 꽃장식을 보내는 사람에게 용기를 받을 수 있

는 행운의 주술로 해석하고 있다.

(갈레트 님은 분명, 실라 님에게 용기를 주고 싶었던 게 아 닐까…….)

모니카가 마음속으로 그렇게 생각하는데 실라가 나지막이 말했다.

"졸업 파티의 댄스가, 기대되네요……. 그때까지, 확실하 게 마음을 전해야겠죠."

"네……? 댄스?"

모니카는 꽃장식이 댄스 신청을 의미하는지 모르고 고개 를 갸웃했다.

실라는 혼자 납득한 표정으로 살짝 미소 짓고는 모니카에 게 고개를 숙였다.

"그래요……. 작은 용기를 줘서 고마워요. 탐정님."

* * *

"다녀왔어."

모니카가 다락방으로 돌아오자 침대 위에서 책을 읽던 네 로가 고양이의 앞발로 재주 좋게 책갈피를 끼우며 책을 닫 았다.

"오, 어서 와. 결투 어땠냐? 썰렁이의 압승인가?"

"좋은 승부였지만 시릴 님이 이겼어."

모니카는 침대에 앉아서 악수하듯이 네로의 앞발을 잡았다.

네로가 새로운 장난인가 해서 꼬리를 흔들자, 모니카는 수줍은 듯이 말했다.

"네로. 늘 고마워."

"갑자기 왜 그래?"

"왠지, 분명하게 말해 주고 싶은 기분이어서."

모니카는 네로의 앞발에서 손을 떼고 책상 앞에 앉았다.

네로는 기분 좋게 울고는 침대 위에서 몸을 젖혔다.

"이 몸에게 감사를 바치는 건 좋은 일이지. 그래그래. 그 기세로 이 몸을 칭송하는 노래를 만들라고. 제목은 '최강이고 멋진 네로 님 노래'로 확정이군⋯⋯. 응? 뭘 적는 거야?"

"셀그리아 카드, 써 보려고."

모니카는 어떻게 글을 쓸지 고민했다.

(쓰고 싶은 것⋯⋯ 많이 있어.)

언니라고 부르며 따르는 사람이 있다는 것, 멋진 친구가 생긴 것, 존경하는 선배가 있는 것, 비밀스러운 불량아 동료가 생긴 것⋯⋯. 물론 극비 임무 중이라 모든 걸 쓸 순 없지만.

"응. 좋아⋯⋯. 다 됐다."

모니카는 다 적은 글을 보고 만족스럽게 살짝 웃었다.

책상으로 뛰어오른 네로가 카드를 빤히 바라보더니 갑자기 잉크병에 앞발을 담그고는 카드 여백에 꾹 눌렀다.

"네로?!"

"이 몸의 발바닥 젤리 도장이 좋은 포인트가 되지 않겠냐."

모니카가 고른 카드는 장식이 없는 심플한 것이어서 확실히 네로의 발자국이 포인트가 된······ 것 같은 느낌도 들었다.

"뭐, 상관없나."

모니카는 그렇게 중얼거리고 봉투에 카드를 넣었다.

침묵의 마녀로부터 감사를 담아

With thanks from the Silent Witch

왕립 마법 연구소의 연구원 힐다 에버렛은 예상 밖의 연구 결과가 나왔을 때처럼 복잡한 표정으로 안경을 슬쩍 밀어 올렸다.

"이게 어떻게 된 일일까…….."

"그건 제가 할 말인데요."

힐다의 뒤에서 하우스 메이드 마틸다가 낮게 중얼거렸다.

힐다의 눈앞에 있는 건 천장에 닿을 정도로 커다란 얼음 덩어리였다. 얼음덩어리 안에는 타버린 다리미판과 백의가 들어 있었다.

"그게, 다리미는 쇳덩어리의 무게와 열로 주름을 펴잖아. 그러니까 지향성을 부여한 평면 결계에 열을 부여해서 누르면 단시간에 다리미 같은 효과가 나지 않을까 했는데…….."

"작은 화재가 일어났군요."

그리고 다급해진 힐다가 불을 끄려고 얼음 마술을 써서 이런 꼴이 난 것이다.

힐다는 마틸다를 올려다보며 안경 안쪽으로 눈물을 글썽였다.

"마틸다. 당신을 편하게 해 주고 싶었어."

"그러길 바라신다면 지금 당장 저걸 정리하고 새 다리미판을 사다 주시죠."

"네에⋯⋯."

그럼 이 얼음덩어리를 어떻게 처리할까. 그냥 녹이면 분명히 실내가 물에 잠길 것이다.

역시 여기서는 극소 화염 마술로 얼음을 녹여서 증발시킬 수밖에 없다고 생각하고 술식을 계산하는데, 마틸다가 앞치마 주머니에서 뭔가를 꺼냈다.

"맞다. 이 충격적인 광경 때문에 깜빡 잊어버렸네요. 모니카 아가씨께서 셸그리아 카드를 보내셨습니다."

"어? 모니카가? 어디? 보여줘, 보여줘!"

힐다도 모니카도 글을 자주 쓰는 편이 아니라서 이렇게 편지 교환을 하는 건 오랜만이었다.

게다가 셸그리아 카드는 가족이나 연인에게 보내는 것──. 그렇기에 힐다는 긴장했다.

카드에는 그리운 필적으로 이렇게 적혀 있었다.

『힐다 씨, 잘 지내시나요? 저는 잘 지내요.

매일 힘든 일이 많지만 즐거운 일도 많아요. 열심히 할게요.

아무쪼록 좋은 셸그리아 보내세요.

모니카』

메시지의 여백에는 어째서인지 고양이 발자국이 찍혀 있었다.

힐다는 메시지를 세 번 다시 읽고는 마틸다에게 카드를 보여 줬다.

"올해 동지에는 돌아오려나."

"진수성찬을 준비할까요."

"마틸다 너무 좋아. 사랑해!"

"사랑하신다면 다리미판을 사다 주세요."

"네에."

답하는 목소리가 밝게 울렸다.

(다리미판하고 같이 이 카드를 장식할 액자도 사자.)

왜냐하면 양녀가 처음으로 준 계절 카드니까.

힐다는 콧노래를 흥얼거리며 겨울 거리로 이어지는 문을 열었다.

지금까지의 등장인물

Characters of the Silent Witch

Characters *Casebook of the Silent Witch*

모니카
에버렛

칠현인 중 한 명인 '침묵의 마녀'. 이번 권에서 마침내 골무 사용법과 시작매듭, 끝매듭 짓는 방법을 터득했다. 지금까지는 사각매듭으로 얼버무리고 있었다.

루이스
밀러

칠현인 중 한 명인 '결계의 마술사'. 학생 시절에는 개구쟁이인 고학생이었다. 사랑하는 아내와는 학생 시절부터 알고 지냈다.

네로

모니카의 사역마. 최근에는 탐정 놀이에 빠졌다. 모니카 주변에 있으면 사건이 끊이지 않으니까 조만간 밀실 살인사건도 일어나지 않을까 기대하고 있다.

린즈벨피드

루이스의 계약 정령. 메이드란 고용주의 비밀을 우연히 알아버리고, 그 비밀을 탐정에게 증언하는 게 양식미라고 생각하고 있다. 루이스의 갖가지 악행을 탐정에게 이야기할 준비는 되어있다.

펠릭스 아크 리디르

리디르 왕국 제2왕자. 세렌디아 학원 학생회장. 최근에 몰래 좋아하는 것에 관해 이야기할 상대가 생겨서 굉장히 기뻐하고 있다.

레이 올브라이트

칠현인 중 한 명인 '심연의 주술사'. 주술구 등을 직접 제작하기에 손재주가 뛰어나다. 휴일에는 그림을 그리거나 시를 지으며 보낸다.

시릴 애슐리

하이온 후작 영식(양자). 학생회 부회장. 동물을 좋아하지만 평소에 마력을 방출하기 때문인지 동물이 좀처럼 따르지 않아서 슬퍼한다.

Characters

엘리엇 하워드

더즈비 백작 영식. 학생회 서기. 아침에 매우 약하다. 잠에 취해서 시릴을 "할멈." 이라고 부르는 바람에 노성을 들은 적이 있다.

닐 크레이 메이우드

메이우드 남작 영식. 학생회 서무. '조정자의 가계' 사람으로 학원 내부의 크고 작은 다양한 트러블이 생기면 불려 간다. 선후배의 신뢰도 두텁다.

브리짓 그레이엄

셰일베리 후작 영애. 학생회 서기. 오빠가 둘에 여동생이 하나 있다. 여동생은 그녀를 잘 따르지만, 정작 본인은 거리를 두고 있다.

라나 콜레트

콜레트 남작 영애. 자선 시장에서 모니카의 생일 선물을 찾았지만 고급품을 선물하면 부담스러워하지 않을까 고민하고 또 고민하다가 자수 실을 손에 들었다.

클로디아
애슐리

하이온 후작 영애. 시
릴의 의붓여동생이자
닐의 약혼자. 이용당
하는 걸 무척 싫어해
서 타인을 이용하는
게 뛰어난 사람을 싫
어한다.

이자벨
노튼

케르벡 백작 영애. 모
니카의 임무 협력자.
동경하는 언니가 얼
마나 근사한지 알리
는 것에 실패해서 매
우 원통했다.

벤저민
몰딩

세렌디아 학원 고등
과 3학년. 궁중 음악
가의 아들. 사랑에 빠
진 아름다운 여성을
좋아하지만 자신을
부양해 주는 마담도
정말 좋아한다. 후원
자는 상시 모집 중.

글렌
더들리

세렌디아 학원 고등
과 2학년. 정육점집
아들이자 루이스의
제자. 위험한 스승에
게서 도망치다 보니
비행 마술이 부쩍 숙
달되었다.

Characters
Casebook of the Silent Witch

엘리안느 하이엇

레인부르그 공작 영애. 펠릭스의 육촌. 숙녀로서의 교양은 얼추 익혔지만 재봉은 조금 서툴다.

윌리엄 맥레건

세렌디아 학원 기초 마술학 교사이자 상급 마술사. 통칭 '수교의 마술사'. 기혼자이며 아들이 셋, 딸이 하나, 손주가 일곱 명 있다.

로자리 밀러

루이스의 아내이자 의사. 남자 취향이 안 좋다는 건 본인도 알고 있다.

윌디아누

펠릭스의 계약 정령. 물의 상위 정령. 하얀 도마뱀이나 종자 청년의 모습이 되기도 한다.

바이런 갈레트

세렌디아 학원 고등과 3학년. 마법전 클럽장. 시릴을 라이벌로 생각한다.

콘래드 애스컴

세렌디아 학원 고등과 3학년. 마법 역사 연구 클럽장. 여러모로 빈틈이 없다. 웃음소리가 독특하다.

실라 애시버튼

세렌디아 학원 고등과 3학년. 자수 클럽 부클럽장. 바이런의 약혼자. '그래요.' 가 입버릇.

힐다 에버렛

모니카의 양어머니. 왕립 마법 연구소 연구원으로 일찍이 모니카의 아버지 밑에서 조수로 일했다. 가사는 못한다.

마틸다 메이슨

에버렛가의 하우스 메이드. 힐다와 모니카가 사람답게 생활할 수 있던 건 그녀 덕분이다.

후기

'사일런트 위치' 4권 애프터를 구입해 주셔서 정말 감사합니다.

4권 후기에서 신나게 가필했다고 말씀드렸습니다만, 신나게 가필한 것만으로는 부족해서 신나게 한 권을 새로 써 버렸습니다.

편집부 여러분, "메인 스토리를 팍팍 진행하고 싶어. 하지만 일상 에피소드도 소중히 하고 싶어. 잔뜩 쓰고 싶어. 더 쓰고 싶어······." 라고 하는 어리광쟁이 작가의 마음을 간질이는 4권 애프터를 제안해 주셔서 감사합니다.

이야기를 많이 쓸 수 있어서 굉장히 즐거웠습니다.

이 작품은 4권과 5권 사이의 에피소드를 중심으로 한 4.5권 같은 위치가 됩니다.

다만 로마 숫자로 4.5를 표기할 수 없어서 4권 애프터라는 제목이 되었습니다.

이 'after' 라는 부분에 관해 편집부 쪽에서 몇 가지 단어를 제안하셨습니다.

"영어 실력이 밑바닥인 저라도 알 수 있을 만큼 간단한 단어로 해 주세요."

제가 그렇게 애원한 결과, 본 제목으로 확정되었습니다.

제안해 주신 단어 중에는 'fragment'도 있었습니다만, 저는 이걸 "플라밍고……?"라고 오독했습니다.

'사일런트 위치 Ⅳ-flamingo(플라밍고)-'.

……꽤 임팩트 있는 제목이지 않나 싶습니다.

* * *

이번에는 후기 페이지에 여유가 있어 각 에피소드를 잠깐 언급하려 합니다. 아직 본문을 읽지 않으신 분은 스포일러에 주의하세요.

【프롤로그 칠현인과 도서관의 비밀】

칠현인은 취임 경력이 오래될수록 존경받기에 모니카, 루이스, 레이 세 명 중에서는 레이가 가장 존경받아야 합니다만 대체로 늘 이런 취급을 받습니다.

그래 봬도 루이스는 신경 쓰고 있기는 합니다. 후배나 부하였다면 걷어찼을 겁니다.

【검은 고양이 탐정의 망(亡)추리 ~불량아들의 서서 읽기 대작전~】

당초 부제는 '글러먹은 메이드는 보았다', 혹은 '루이스 밀러 살인 미수 사건'이었습니다.

보통 'ㅇㅇ 살인 미수 사건'이라고 하면 ㅇㅇ이 죽을 뻔하는 이야기 같습니다만, ㅇㅇ에 루이스 밀러를 넣으니까 갑자기 그가 살인 미수 사건을 저지른 듯한 느낌이 드는 건 저뿐인가요?

【얼음의 귀공자와 정육점 아들의 분투 ~고기 도둑과 미아 소녀~】

아기 다람쥐가 먹히는 이야기입니다. 먹이사슬 계층구조에서 상당히 낮은 위치에 있는 거겠죠. 빨리 사람이 되면 좋겠네요.

【냉소가의 우울 ~사랑 넘치는 음악가와 구 학생 기숙사의 소문~】

사랑 넘치는 음악가와 그가 실연할 때마다 휘말리는 처진 눈 씨를 아무쪼록 따스한 눈길로 응원해주세요.

【악역 영애의 암약 ~행운의 주술이 보여주는 꿈~】

전하가 머리카락이나 양말 문제 등으로 걱정받는 이야기입니다.

【에필로그 침묵의 마녀의 자그마한 수수께끼 풀이】

'사일런트 위치'에서는 그림이 서툰 남자 캐릭터가 많이 나옵니다만, 지금 시점에서 제일 서툰 사람은 역시 꾸물거리는 화풍의 화가인 부회장님이 아닐까요?

【시크릿 에피소드 침묵의 마녀로부터 감사를 담아】

힐다 에버렛의 터무니없는 가사(화재) 에피소드는 연중행사라고 합니다.

모니카의 가사 능력이 어딘지 이상한 이유는 흥미가 없어서가 절반, 힐다 여사가 베푼 교육의 영향이 절반이라고 생각합니다.

* * *

후지미 난나 선생님, 언제나 근사한 일러스트를 그려 주셔서 감사합니다.

소도구까지 세심하게 묘사해 주셔서 기쁩니다. 분홍색 책등에 있는 공들인 장식을 본 저는 그만 크게 웃음을 터트리고 말았습니다.

엄청 귀엽잖아…… 어쩜 이리도 귀여운 책등일까…….

(누가 무슨 목적으로 만들었는지는 본문을 확인해 주세요.)

타나 토비 선생님, 언제나 세심하게 만화판을 그려 주셔서 감사합니다.

만화판도 원작 소설 1권 후반부에 내용에 접어들어서 이러저러한 장면을 볼 생각에 벌써부터 무척 기대 중입니다.

마지막으로 이 작품을 구입해 주신 독자 여러분께 진심으로 감사의 말씀을 드립니다.

언제나 정말 감사합니다.

5권에서는 겨울방학편이 시작됩니다. 열심히 쓸 테니 함께해 주시면 감사하겠습니다.

이소라 마츠리

(※일본어판 발매 당시의 내용입니다.)

사일런트 위치 Ⅳ -after- 침묵의 마녀의 사건부

2024년 06월 10일 제1판 인쇄
2024년 06월 20일 제1판 발행

지음 이소라 마츠리
일러스트 후지미 난나

번역 이경인

발행 영상출판미디어(주)
등록번호 제 2002-000003호
주소 07551 서울특별시 강서구 양천로 570 NH서울타워 19층
대표전화 02-2013-5665

ISBN 979-11-380-4808-8
ISBN 979-11-380-1204-1 (세트)

구매 시 파손된 도서는 구매처에서 교환하실 수 있습니다.
기타 불편사항, 문의사항이 있으신 독자님께서는 노블엔진 홈페이지
[http://novelengine.com] 에서 Q&A 게시판을 이용해 주시기 바랍니다.

비극의 원흉이 되는 최강악역
최종보스 여왕은 국민을 위해 헌신합니다
1~6

"이런 최악의 쓰레기 악역인 최종보스로 환생하다니!!"
평화롭게 고등학교 3학년 방학을 즐기던 나.
그러던 어느 날 교통사고로 정신을 잃은 내 앞에 펼쳐진 것은 좋아하던 게임 시리즈
'너와 한줄기 빛을' 속 세계! 그런데 하필이면 나라를 파멸로 이끌 비극의 원흉으로 전생했다?!
남은 시간은 10년. 그 안에 내 치트인 예지 능력과 지력, 권력을 이용해 그 미래에서 벗어나겠어!
──라며 고군분투하는 사이, 어느새 주위 사람들에게 사랑받고 있습니다(?)

텐이치 지음 / 스즈노스케 일러스트

방어력에 올인한 결과는…… 최강 캐릭터 탄생?!
애니메이션 시즌 2 방영작! 핵폭탄급 뉴비의 최강 플레이 스토리!!

아픈 건 싫으니까
방어력에 올인하려고 합니다
1~12

[글] 유우미칸
[일러스트] 코인

게임 지식이 부족해서 스테이터스 포인트를 모조리 VIT(방어력)에 투자한 메이플.
움직임도 굼뜨고, 마법도 못 쓰고, 급기야 토끼한테도 희롱당하는 지경.
어라? 근데 하나도 안 아프네……. 그 이전에, 대미지 제로?
스테이터스를 방어력에 올인한 탓에 입수한 스킬【절대방어】.
추가로 일격필살의 카운터 스킬까지 터득하는데──?!
온갖 공격을 무효화하고, 치사급 맹독 스킬로 적을 유린해 나가는 『이동형 요새』 뉴비가
자신이 얼마나 이상한지도 모르고 나갑니다!

유우미칸 지음 / 코인 일러스트

영상출판
미디어(주)

슬라임을 잡으면서 300년,
모르는 사이에 레벨MAX가 되었습니다
1~18

회사의 노예처럼 일하다가 죽고, 여신의 은총으로 불로불사의 마녀가 되었습니다.
이전 생을 반성하고, 새로운 생에서는 슬로 라이프를 결심해
돈에도 집착하지 않고 하루하루 슬라임만 잡으면서 느긋하게 300년을 살았더니——
레벨99 = 세계 최강이 되어 있었습니다?!
그 소문이 퍼지고, 호기심에 몰려드는 모험가, 결투하자고 덤비는 드래곤,
급기야 나를 엄마라고 부르는 딸까지 찾아오는데 말이죠——

모리타 키세츠 지음 / 베니오 일러스트

영상출판
미디어(주)

녹왕의 방패와 한겨울의 나라

1~2

방패로 환생한 내가 눈을 뜬 곳은
일 년 내내 눈이 내리는 어느 왕국의 보물 창고.
하지만 휘황찬란한 보물이 즐비한 가운데,
나는 '지저분한 방패' 소리만 듣고 아무도 거들떠보지 않았다.
그러한 나에게 손을 내밀어 준 사람은 나처럼 고독했던 마음씨 착한 어린 왕자.
'나와 함께 살아가 줘.' 라는 부탁에 나는 응했다. ──"내가 평생 지켜줄게!"
하지만 내게는 어떤 비밀이 숨겨져 있는 것 같은데──?!

푸니짱 지음 / 히하라 요우 일러스트

ROSY